베개 위의 수목원

베개 위의 수목원

위의

최지우,
장재희 외

대산청소년문학상
수상 작품집
31

민음사

작품집을 펴내며

서른한 번째 대산청소년문학상 수상 작품집 『베개 위의 수목원』을 내놓습니다. 세상을 향해 새싹을 피우는 청소년기의 푸르른 모습을 많은 분께 알리게 되어 기쁘고 설레는 마음입니다.

청소년문학상 공모에 이어 4년 만에 오프라인으로 진행된 올해 문예캠프를 통해 우리 문학 청소년들의 여전한 열정을 실감할 수 있었습니다. 대산청소년문학상의 오랜 전통이자 자랑인 문예캠프를 다시금 계성원에서 열며 참가자 모두는 오랜만에 펼쳐지는 문청들의 모임에 다소 긴장하기도 했습니다. 그러나 문학에 대한 호기심과 기대감으로 서로에게 다가가는 사이에 문예캠프는 누구에게도 낯설지 않은 이야기로 가득 찼습니다. 모든 순간 최선을 다했던 문예캠프에서의 귀한 만남이 문학인으로서의 미래에 한 걸음 다가서는 소중한 경험이 되었기를 바랍니다.

청소년기는 10대의 기쁨, 고민, 희망 등 그 시기에만 누리고 느낄 수 있는 것들로 가득합니다. 그렇기에 드러내지 않아도 절로 환히 빛나는 우리 청소년들의 이야기가 담긴 이 책은 누군가에겐 추억으로, 누군가에겐 다가올 미래로, 또 누군가에겐 자신과 다르지 않은 현실로 다가와 공감과 위로를 전할 것입니다. 이 책을 통해 낯선 소재와 장르를 두려워하지 않는 10대 문청들의 모험심과 인물이나 배경 설정의 다양함을 만끽하시고 여러분의 수목원에서 여러분이 꿈꾸는 이야기는 어떤 것인지 다른 이에게 들려주시기 바랍니다.

대산문화재단 역시 수많은 이야기를 만들어 갈 우리 청소년들과 함께하겠습니다. 재단은 학교에서는 접하기 어려운 새로운 경험을 제공하기 위해 '교보인문학석강', '교보인문기행' 등 인문학 프로그램을 통해 더 넓은 세상을 만날 기회를 제공하고 있으며, 또한 시립청소년문화교류센터를 운영하며 '세계와의 만남', '미지희망원정대', '뿌리깊은 세계유산' 등 다양한 프로그램을 통하여 세계시민으로 성장할 수 있는 길잡이가 되어 주고 있습니다. 이를 바탕으로 성장한 청년들은 대산문화재단의 '절정문학회', '대산대학문학상' 등의 사업을 통해 자연스레 재단과 동행을 할 수도 있습니다. 함께 발맞춰 성장해 갈 대산문화재단과 청소년 모두에게 많은 관심과 응원을 부탁드립니다.

마지막으로 올해 대산청소년문학상에 함께해 주신 전국의 문학 청소년 여러분, 정성스러운 심사에서부터 문예캠프를 더욱 풍부하게 만든 문학 수업까지 긴 여정을 함께해 주신 심사위원 선생님들께 모두를 대표하여 감사드립니다. 아울러 독자들의 눈과 마음에 닿기까지 작품집 곳곳에 세심한 손길을 보태 주신 민음사와 관계자 여러분께도 감사의 말씀을 전합니다.

대산문화재단 이사장

신창재

차례

작품집을 펴내며 5

시

소설

시

시 부문 심사평

올해로 31회째를 맞은 2023년 대산청소년문학상은 시 부문에 중등부 76명, 고등부 299명 총 375명의 응모자들 중 예심을 거쳐 총 35명의 예심 통과자를 선발했습니다. 전체적으로 최근의 시 경향을 반영하듯 세계의 애매성을 사물의 감각에 투영한 화자의 몽롱한 감각으로 드러낸 작품들이 많았으며, 직접적인 경험보다는 현실에 대한 몽상적인 감각을 통해 미적인 확장을 시도하는 작품들이 많이 눈에 띄었습니다. 기본기와 주체적인 표현 방식의 유무를 따져 예심 통과자를 선발했으며, 7월 31일부터 8월 2일까지 계성원에서 열린 문예캠프를 통해 글 쓰는 친구들 사이의 우애와 소통을 다지고 심사위원들과의 창작 수업을 통해 짧은 시간이나마 글쓰기의 실질적인 고민들을 함께 나누었습니다. 캠프에 참여한 학생들 모두 서로의 용기를 북돋고 글쓰기의 근원적인 고독을 함께 감당하고 있는 동료들을 발견하는 기쁨과 소통의 즐거움을 나누는 자리가 되었기를 바랍니다.

문예캠프에서 치러진 이번 백일장의 시 부문 시제는 "손, 꽃, 돌, 얼음 네 개의 단어들 중 셋을 골라 15행 이상의 시를 창작하라"였습니다. 심사위원들은 이 시제를 통해 자신이 선택한 소재들을 얼마나 잘 연결하여 시 속에서 자연스러운 흐름을 만들 수 있는지에 주안점을 두고 작품들을 평가했습니다. 사전에 창작해 둔 시를 단순 변주하는 것이 아니라 백일장 본래의 취지에 맞게 현장에서 자신의 상상력과 표현 능력을 얼마나 잘 발휘할 수 있을지를 평가하기 위한 것이었지요. 우리는 백일장에 출품된 작품들을 심사한 후 예심 발표작들의 점수를 합산해 이번 대산청소년문학상의 수상자 13명을 선정했습니다.

　중등부 금상 수상작인 박시연 학생의 「밤에」는 두 손을 모아 기도하는 행위와 이 기도의 행위 속에서 일어나는 생각과 감정의 변화를 얼음과 돌로 형상화한 수작입니다. 소재들의 연결이 매우 자연스러우며, 이 소재들이 사람들의 간절한 바람과 소망의 물화(物化)로 표현된다는 점에서 성숙하고 뛰어난 시적 인식과 표현을 보여 주고 있어 금상 수상작으로 선택하는 데 이견이 없었습니다. 예심 작품들을 포함한 박시연 학생의 시는 과장이나 무리한 수사 없이도 삶의 페이소스와 인간의 내면에 자라는 감정들을 섬세하게 표현하고 있어 앞으로 성장할 시 세계가 매우 기대됩니다. 꾸준히 자신의 세계를 차곡차곡 만들어 가기 바랍니다. 수상을 축하합니다.

　고등부 금상 수상작인 최지우 학생의 「환상의 여름」은 캠프에서 지낸 뜨거운 여름과 주변의 숲을 떠올리듯, 한여름의 감상을 주어진 시제를 통해 감각적인 화자의 상상적인 작은 모험으로 효

과적으로 그려 냈습니다. 최지우 학생은 손과 돌과 꽃을 주재료로 사용했습니다만, 시의 말미에서 "쥐고 있던 여름이 녹아내리는 것 같고"라는 구절의 '여름'으로 발음의 유사성을 이용해 또 다른 시제였던 '얼음'을 환기함으로써 즐거운 놀라움을 주었습니다. 예심 작품들도 탄탄한 완결성을 가지고 있어 앞으로 좋은 시인이 되기를 기대합니다. 감각적인 표현이 오롯한 자기만의 세계와 더불어 성장하기를. 수상을 축하드립니다.

일일이 거명하지 않았습니다만, 은상과 동상 수상 작품들이 펼쳐 나간 감각의 세계를 그려 내는 필치와 자아의 내부와 외부가 만나는 접촉면에 대한 고민들을 통해 우리 사회 청소년들이 살아나가고 있는 현실과 그 바깥을 향한 꿈을 충실한 표현으로 만나는 것은 즐거운 일이었습니다.

2박 3일 캠프를 함께하면서 심사위원들은 여러분의 문학에 대한 사랑과 열정을 확인하고 또 자라나는 여러분의 삶과 글쓰기에 대한 충실을 배워 가는 시간을 가졌습니다. 읽고 쓰며 시를 사랑하는 모든 청소년 참가자들의 앞으로의 인생과 앞으로 쓸 모든 시들을 축복하고 싶습니다. 시를 통해 더 넓고 깊은 감각과 정신의 확장을 경험하고 그 성장을 통해 얻은 표현들을 우리 모두에게 돌려주는 훌륭한 시인들이 되어 주기 바랍니다.

기억하세요. 여러분이 한국문학의 미래입니다.

심사위원 이병일·장철문·정한아

수중 도시

안양예술고등학교 2
최지우

　물속에서 피아노를 친다 몸에서 투명한 영혼이 흘러나온다 빛과 어둠이 섞여 찰랑이는 도시를 연주하는 시간, 악보를 넘기다 파도에 손을 베인다 핏방울 하나가 곧 허물어질 것 같은 건물들 사이를 유유히 헤엄쳐 간다 녹아 흐르기 위해 탄생한 얼음처럼 무너지기 위해서 건설된 도시가 있다 잿빛 소음으로 균열이 간 담장들 물때가 낀 건물들은 어둠에 잠긴 숲처럼 술렁거린다 층계를 걷다 보면 물에 잠긴 사람들의 표정이 언어가 되어 부유하고 있다 노랫소리는 헤엄치는 피라미 떼처럼 아무도 찾지 않는 곳으로 숨어 버리고, 가라앉은 건물의 잔해를 하나씩 건져 올린다 심연 속에는 상처들이 많아 잠긴 귀의 한쪽이 먹먹해진다 소리 없는 비명이 기포처럼 수면 위로 튀어 올라 잠을 깨운다 노을이 몽롱하게 피어난 섬 위에서 흘러가는 대로 앉아 있기로 한다 도시 아래에 발을 담그면 물에 잠긴 내 과거의 표정들이 흔들거린다 누군가 수면 위로 던진 돌멩이가 파문을 일으키고 불안은 물수제비처럼 동심원을 그리며 퍼져 나간다 깨진 유리창을 다시 돌이킬 수 없는 것처럼, 누가 무심코 던진 한마디 말에 아슬아슬하던 세계가 무너

져 내린다 고통이 한순간 역류하는 것 같아 주억거리며 눈물이 흘
러나온다 핏방울처럼 작은 물고기가 무너진 도시를 헤매고 있다
잠을 뒤척이다 보면 불온한 치어들이 얇은 지느러미를 떨어 대며
꿈속을 헤엄쳐 간다

환상의 여름

안양예술고등학교 2
최지우

여름을 뒤집어쓴 숲속으로 진입한다 어딘가 외로워 보이는 내
가 우거진 그늘에 앉아 빈 허공을 그린다 벗겨진 나무에 기대어
있으면 손바닥 위로 녹음이 고이고 은밀하게 찾아든 새벽 아무도
찾을 수 없는 숲에서 새벽과 함께 잠에 든다 맨발로 숲을 뛰어다
니는 상상 물웅덩이를 밟는다 낯선 마음이 굴러떨어진다 마음은
아무리 만져도 그 두께를 알 수 없어서 손 옆에 가득 쌓인 돌을
주워 물웅덩이 속으로 하나씩 던진다 젖은 마음은 알아볼 수 없고
물에 잠긴 돌의 기분으로 한참을 앉아 있는다 나도 몰랐던 슬픔이
언어가 되어 물속을 부유한다

고여 있던 새벽의 손을 씻는다
손등에 떨어진 별자리를 문질러 닦는다

여름이 햇살을 몰고 컹컹 짖으며 달려온다 축축한 손으로 여름
을 쓰다듬으면 굳어 있던 기억이 나이테를 따라 돌기 시작하고 폐
에서 식도를 뚫고 능소화가 흐드러지게 피어나는 꿈을 꾸었어 가

늠할 수 없는 보폭으로 숲을 거닐었지 꽃을 꺾다가 햇살에 손을
베인다 상처에 입을 갖다대자 훅 끼치는 여름의 맛 손바닥에는 꽃
들의 영혼이 모여 소란스럽다 기억을 머금고 자란 꽃들은 가시마
다 짙은 슬픔을 숨겨 두었고 다 피지 않은 꽃봉오리에는 덜 깨어
난 기억이 움츠려 있다 꽃잎을 만질 때마다 손이 따끔거린다 너무
오래 잠겨 있어 부식된 돌처럼 색 바랜 심장 퉁퉁 부어오른 손

　　말하는 법을 잊는 사람처럼 앉아 있으면
　　쥐고 있던 여름이 녹아내리는 것 같고

　　깨지 않는 꿈을 꾸며 여름 속으로 반쯤 몸을 담근다

베개 위의 수목원

고양예술고등학교 2
강주은

귓가에 무성한 초록 잎이 바스락거리며 여름을 들추는 소리.

이것은 고요고요, 지금은 빛이 투과한 한낮입니다. 자고 일어날 때마다 빠진 머리카락의 개수를 셉니다. 지난 꿈의 실체를 확인합니다. 숨소리를 듣습니다. 이 고요가 깨지지 않았으면 좋겠어 늘 똑같은 일상을 유지하려고 합니다. 어제는 고양이가 밟고 지나간 이불의 자리를 보았고요. 작은 발자국이 남긴 주름을 내 발바닥과 빗대어 보았습니다. 밖으로 향할 땐 신발의 밑창을 확인하고요. 늘 왼쪽이 더 닳아 있습니다. 심장이 치우친 제 왼쪽 어깨는 더 기울어져 있어요. 마룻바닥으로 대지로. 오늘은 깨끗한 발바닥을 이불에 포개어 봅니다. 고양이의 발자국을 덮습니다. 목까지 덮고 눕습니다.

바스락거리는 이불에 내 발의 도장을 찍을 때, 마당의 나무들과 함께한 제 발의 실핏줄을 어루만지는 나무의 그림자와 함께 오늘 치의 고요를 나누며 나와 일렁이고요. 그림자끼리 마주쳤을 때 느껴지는 온기, 나는 신발을 신지 않고 마당으로 뛰어갑니다. 발바닥이 오늘의 밑창입니다. 오른쪽 어깨에 햇살이 내려앉습니다. 왼쪽으로 기울어진 어깨는 침실이 있는 방 창문에 기대어 있고요. 방 안으로 나의 옆모습이 들어섭니다. 나는 저곳에도 있고 이곳에도 있군요. 이것이 오늘의 고요입니다. 흔들리는 잎들. 나는 왼쪽 팔을 들어 술렁입니다. 흔들리고요. 나뭇가지의 심정에 이입합니다. 나는 나무를 대신해 마당 전체를 오갑니다. 살갗이 닳고 이마가 우중충해져도 일기장을 적신 기담은 다음 장으로 향할 줄 모릅니다. 녹이 슨 빨간 대문. 혼자서 열립니다. 바람이 흘리고 간 또 다른 통로처럼.

어렵게 잠들어 놓고 깨어나지 않았으면 했던 마음에도 그림자가 있을까. 그림자는 실체가 사라질수록 누군가를 잘 그립니다. 내가 오래 길게 지켜 온 손톱. 나뭇잎들이 만든 그늘의 그림자와 눈이 마주칠 때 나는 흔들리며 입에서 물방울이 터지고 있었습니다.

＞ 오늘의 고요를 지켰으니 휴식을 취할 시간입니다. 바깥에서 나무의 가지들, 잎사귀들이 빛을 받고 있습니다. 내가 누워 있는 자리로 그림자가 생깁니다. 오뉴월의 화사한 낮에. 흔들거리는 가지들.

덩굴식물

안양예술고등학교 3
공윤하

어느 날 등이 굽은 마라토너의 이야기를 들었다
달리지 않는 삶은 상상할 수 없습니다
고통을 넘어 도달하는 게 무엇인지
나는 경험해 본 적 없고

엄마가 주워 온
뿌리가 드러난 화분
끝을 짐작할 수 있도록

엄마는 매일 물을 주었다
베란다에서 하루에 두 번, 여덟 시간마다
끼니보다 더 중요한 일이 되었는데

자라나는 가지 솟아나는 새순
한 가지가 몇 개의 가지를 더 만들 수 있을지
알아내기 전에

아직 켜져 있는 티브이 위로
마라토너가 뛰고 있다
반환점에서, 스태프가 건넨 물을 마신다
마시기 전에 뱉는다

욕심 때문에 울컥울컥
엄마는 화분에 물을 준다
가지가 자란다 셀 수 없이
그러니까, 무수해졌을 때

가지를 잘라 주어야 해
뿌리가 버틸 수 있을 만큼
너무 많은 가지는
너무 많은 가지를 죽게 하고

끝을 보려면

가지치기를 해야 한다
엄마는 화분의 나이테가 궁금하고

마라토너는 숨이 찬 모습이다
헝클어진 뿌리 같은 얼굴을 한 채
뻗어 나가고 있다 결승선을 향해
엄마는 아직 가지를 치고 있다

그러니까 말라 죽어 가는 걸 볼 수 없어서
주워 왔다고 했다
물을 흠뻑 받은 화분은
땅에 젖은 채 계속
끝에 다다르고 있었다

돌잔치

영생고등학교 3학년
이상민

　잠에서 깨어났을 땐 연필을 쥐고 있었다 공간은 환했고 흰 그
림자로 너울거리는 사람들의 실루엣이 보였다 닫혀 있는 커튼 아
래로 흘러나오는 새벽은 물빛이었다 눈을 크게 뜬 사람들의 이마
에 주름이 접혔다 반듯한 나무 식탁 위에 눈동자들의 초점이 맺힌
다고 적자 식탁에서 검은 동공들이 깜빡였다 해독할 수 있을 것만
같아 연필심으로 찌르면 뾰족한 눈물이 흘렀다 한쪽에선 누군가
의 손등이 긴 칼을 쥐고 케이크를 자르고 있었다 천연색의 케이크
에서 묻어 나온 생크림은 연필로 칠할 수 없어서 입에 머금고 음
미했다 혀에 닿자 녹아내리는 부드러운 덩어리를 마음이라고 가
르쳐 주는 사람이 있다 하얀색 플라스틱 빵칼로 그것을 정확히 등
분하여 접시 위에 나눠 주는 사람이 있다 식탁 위에 작은 텔레비
전이 틀어져 있다 버튼맨처럼 한 시간마다 채널을 돌리는 사람이
있다 원시시대를 재현하는 인류가 동굴 속에 둥근 인류들을 새겨
넣고 있었다 그 가운데에 글씨가 빼곡한 칠판이 보였다 멀리서 보
면 아이들의 가슴팍이었다 서로의 가슴에 연필로 이름을 적어 주
던 아이들은 앞으로만 쓰러졌다 눈을 감고 자는 것 같아서

빛이 환한 곳은 눈이 피곤해서 바닥과 수평이 되도록 눕는다
무엇이 적힐지 모르는 등을 활짝 열어 두고서

세 번째 시집

안양예술고등학교 3학년
김가연

　집으로 돌아오는 길에 서점에 들러 시집을 샀다. 시인의 말과 문장 하나하나 마음에 들지 않는 부분이 없었다. 집에 들어와 시집을 올려 두려고 책장을 둘러보았다. 먼지가 쌓인 구석에 같은 시집이 한 권 더 있었다. 책장 위에 있던 시집을 꺼내어 먼지를 털었다. 두 권의 시집은 글자의 간격과 글씨체마저 균일했다. 두께도 같았고 크기도 똑같았으며 심지어는 가격도 같았다. 그 사실은 이상한 기분이 들게 했다.

　시집 밑에는 시집을 구입한 날짜가 찍혀 있었다. 나는 삼 년 전 같은 날짜에 이 시집을 샀었다고 한다. 이때는 시집의 내용이 나에게 있어 그다지 인상적이라는 인상을 주지 못했던 것 같다. 시집을 잠깐 읽다 말고 덮어 두었을지도 모른다. 시간이 지나면 같은 책의 내용이 다르게 읽힌다는 말이 떠올랐다. 그러나 나는 그것이 현재의 내가 과거의 나보다 성숙해졌기 때문이라고 생각하지 않는다. 시간의 흐름에 따라 변화하는 풍경들, 계절이 바뀌면 단풍잎이 떨어지고 베란다에 앉아 있다 날아갔던 새가 다시 돌아오는 것처럼. 책상에 올려 둔 커피가 잔잔히 요동치고 있었다.

 두 권의 시집을 손에 들고 형광등 불빛에 비추어 보았다. 시집 표지에 그려진 그림이 서로 다른 방향을 바라보고 있었다. 단 한 번도 마주 본 적 없는 것처럼. 맞닿은 적 없는 것처럼. 그들은 그들의 시선에서 뒤돌아보지 않는다. 빛을 머금은 그림은 마치 지금 당장이라도 살아 숨 쉬는 것 같았다. 나는 이제 시를 써야 한다고 생각했다. 서사 구조와 치밀한 논리에 대한 생각들. 감상적으로 보여서는 안 되었다. 노트북 앞에 앉아 두 권의 시집을 옆에 두고 시를 쓰기 시작했다. 시집에 있던 얼굴들이 빛을 뚫고 튀어나오기 시작한다. 그들은 이제 서로를 마주 보고 인사하고 있다. 두 명의 시인이 시를 쓰고 있는 내 모습을 빤히 쳐다본다. 그들이 나에게로 걷잡을 수 없이 점점 가까워지고 있다.

여전히 물속을 헤엄치는 나비에게

고양예술고등학교 3학년
김시원

오늘은 오래전에 날개를 붙잡아 주었던 나비가 죽은 날이야 처음 봤을 때를 기억해? 오른쪽 날개가 찢겨 나간 모습은 은은하게 남아 있는 잔물결 같았지 찢긴 자리가 물에 젖은 것처럼 축축해 보인다고 느낄 때면 어느 순간 눈에는 눈물이 흐르고 있었어 날개로부터 스며드는 것들과 우리가 울 때마다 조금씩 몸을 움직이는 잔물결들 그렇지만 우리가 물속에서 울었다는 건 아무도 모르는데

물속에는 우리가 두고 온 게 많아 계속해서 울어 보지만 여전히 젖지 않는 곳 우리는 가끔 나비가 되어 날아다녔지 날갯짓이 물살에 밀려 뻐근해지는 날들이 우리에게로 밀려오고 있었지만 여전히 나비는 우리에게로 돌아오지 않았어

눈을 감지 않아도 떠오르는 것들이 있지 가끔씩 몸을 웅크리는 나비가 우리의 꿈속으로 날아올 때, 양쪽 날개가 젖은 나비는 우리의 날갯짓을 닮아서, 그러니까 물결로부터 퍼지는 것들은 우리

로부터 떨어지는 나비의 날개 조각들이었고

　가끔 눈가에 고인 눈물이 무거워질 때마다 나는 물속으로 고개를 떨구게 되지 그곳에서도 우는 건 여전히 우리만 알 수 있어 날갯짓이 일정하지 못한 나비도 그렇게 떨어진 적이 있었을 거야 주머니에 숨겨 둔 나머지 날개와 함께

　물속에서 우는 우리는 언제나 혼자야 더 이상 우리가 아닌, 너와 나로 갈라지는 이 틈을 느낄 때마다 껴안아 주는 날개가 있었지 눈물을 흘려 보낸 것들이 가슴으로 차오를 때마다 어딘가 울렁거리는 기분을 나비도 느꼈을까

　우리는 가끔 죽었던 나비가 물속으로부터 천천히 날갯짓을 하는 꿈을 꾼다 휘청이지 않아도 저절로 앞으로 밀려 나가는 나비와 어깨에 힘을 풀어도 나아가는 꿈 우리는 나비를 생각하며 또 다른 나비가 되어 갔어

클로버라는 이름의 박애주의자

춘천여자고등학교 3학년
김하은

고양이는 갈비뼈를 드러내며 굳어 간다
붉은 웅덩이로 고인 숨소리가 바퀴에 밟혀 흩어지고 있다

아스팔트 위로 바람의 추모 행렬이 이어진다
작은 실눈에 걸린 세상은 무슨 모양일까
나도 모르게 살금살금 걷는다
손톱으로 허공을 할퀴어 본다

주머니에서 오래된 클로버를 꺼낸다
잎이 몇 개였는지 모르겠다
줄기만 남은 클로버도 클로버라고 할 수 있을까
나는 나에게 불을 붙이는 상상을 한다

나는 오늘 카르마를 배웠다 녹턴을 쳤다
블로그에 짧은 고백을 썼다
해열제를 먹었다

인터뷰한 적 없는 얼굴이 잡지에 실렸다
들판에 누워 있는 열아홉을 보았다

버려진 꽃다발처럼 누워 있는 고양이
그 가느다란 동공에 담긴 마지막이 나의 실루엣이었더라면
도로에 발을 딛는 순간은 없었겠지

나의 등 뒤에는 항상 클로버가 무더기로 피어 있었고
외면하면서도 그림자는 그곳에 두고 왔다
도망치다가 초록으로 뭉개지는 꿈을 꾸기도 했다
멈춘 입김을 되삼키는 건 기분 나쁜 일이었다

시체가 느끼는 감정에 대하여 시를 지어야 한다
시체는 클로버, 감정은 안단테로 한다
이마가 자꾸 열기를 뱉는다

기억을 걸러 내는 방법을 아는 사람은 서둘러 나에게 편지를
써 주길 바랍니다

그리운 클로버의 유언이다

오토바이는 체리

고양예술고등학교 3학년
이누리

재미있는 것들

발음하기 어려운 이름의 밴드를 좋아했지 기타를 칠 줄도 모르
면서 기타를 사고 음정을 못 맞추면서 노래를 부르고

오토바이는 검붉은 체리, 씨를 뱉으며 중얼거렸어 오지 않을
누군가를 기다리는 건 생각보다 지루하지 않은 일이야 주인 없는
동전과 분리수거장에 버려진 일기장은 어디로 가는 걸까

정말 모두의 목소리가 모인 곳에 바다가 생긴 걸까 그렇다면
바닷물을 마신 사람은 너무 많은 사연을 가지게 된 거 아니야?

지구 나이가 몇 살인지도 모르면서 사람들은 이곳이 사람이 살
고 있는 유일한 행성이라고 하지 외계인은 발견되지 않고 외계인
의 흔적만 떠다니고

말장난을 하다 보면 점점 내가 하는 말을 진짜라고 믿게 돼

창문은 우주 너머를 훔쳐볼 수 있을 것만 같은 통로
고개를 내밀어 반짝이는 것들이 모두 내 것이라고 믿고 싶었지
버스 정류장의 찢어진 노선도를 하나하나 짚으며 완성되지 않
은 이름을 붙여 주었어

여름은 모든 걸 쏟아지게 하고
팔뚝에 붉은 흔적들을 남긴 뒤 떠나가지

가채점된 시험지는 이면지로 쓰일 뿐이고
잠든 뒤에 다시 눈뜰 수 있을지는 아무도 모르는데 다들 눈을
감는다

붉은 뺨을 숨길 방법이 존재하지 않는 건 불리해
나쁜 생각을 하지 말아야 하는데

나쁜 생각이라는 건 대체 누가 정하는 것인지
영구치는 왜 한 번밖에 나지 않는 거야
물러지지 않은 사과를 부러워했다

동물원

양일고등학교 3학년
최나연

1

언제부턴가 빨래 통에서 기름이 샌다

아빠의 외투가 기름을 머금었다

아빠는 자신의 몸집을 한참 넘어선

트럭을 끌고 아침마다 주유소에 간다

등껍질에 몸을 수그리고

비탈길을 오르는 거북이처럼

트럭 바깥 창에서 바라본 아빠는 초라했다

운전대를 잡느라 손이 굽고

씀벅거리며 저 너머를 헤아리는

눈과 고개가 앞으로 쏠렸다

볕에 그을려 뺨의 주름이 유독 선명하다

빨래 통에 들어온 아빠의 옷 목 부분은

전부 하얗게 소금기가 서렸다

미끈한 기름 냄새가 울컥 올라온다

2
엄마가 숨을 내쉴 때마다
너덜거리는 입술 각질이 팔랑였다
토끼잠 때문에 선명해진 실핏줄이
장미 넝쿨처럼 돋아났다
하루 종일 바코드의 붉은빛을 쐰
두 눈이 그 빛에 감염되어
토끼의 눈처럼 붉게 충혈됐다
장미 꽃잎 같은 동공이 흔들린다
반짝이는 동전을 담았던 두 손에서
쇠 냄새는 사라지지 않고 맴돈다

3
언니는 집에 돌아오면 침대를 떠나지 않는다
집의 묵은내가 밴 이불에 파묻혀
판다처럼 짙게 물든 눈을 감춘다

일찍이 집을 떠나던 날 흐르던
검은 아이라이너 자국이 눈가에 스며들었다

4
집에서 초식동물 특유의 초록 냄새가 난다
육식동물이 떠도는 바깥에서
맡을 수 없는 초라하고 여린 향
내 안에도 어떤 초식동물의 피가 흐르는지
파리한 백열등에도 숨이 죽는다

거꾸로 쓴 반성문

안양예술고등학교 3학년
최예나

엄마, 난 폐수 속 개구리알에서 태어났지

동네 아이들이 내 뒷다리를 늘어뜨리면
밤새 퍼지던 무수한 개구리의 씨들
벽면에 말라붙은 알 여러 개가 부스러진다

골목에 울려 퍼지는 수캐구리 울음소리
어젯밤 미끌거리는 내 이름을 짜 마시던 엄마
더 탁해져도 티 나지 않는 폐수

나는 하수구 앞에 코를 박고 쪼그려 앉는다 물비린내가 골목을
휘감는다, 말없이 나를 바라보던 엄마, 나는 낮 동안 아이들이 햇
빛을 피하던 그늘 앞에 선다 전봇대의 냄새를 맡는다 질척한 물갈
퀴 자국이 바닥에 남겨진다 손바닥에 묻은 점액질, 끈적거린다 가
로등이 깜빡거린다 올라간 교복 치마를 잡아 내린다 아이들의 웃
음소리, 내 배를 가른다

> 엄마의 눈물샘에서 잠수하던 나날들

흙 위에서 바짝 말라 가던 소문의 등껍질이 빛에 드러난다 비밀의 입을 벌려 본다 바닥으로 늘어지는 검은 혓바닥, 얼굴에 물을 붓는다 하수구를 향해 꿈틀거리는 앞다리를 당긴다 하늘에 구름이 떠간다 가로등이 하나둘 꺼진다 홀로 켜진 빛, 동전을 움켜쥔다 쇠 냄새가 난다 사람들이 골목에 남기고 간 발자국, 끝이 보일 때까지, 그림자가 쫓아올 때까지 따라 밟는다

엄마, 나는 날 닮지 않은 아이를 낳고 싶어
온종일 엄마의 동공 속에서 반성문을 쓰고 싶어

개구리가 쭈그려 앉는다 하수구 안을 우글거리는 개구리알, 눈을 비빈다 모든 개구리알이 모여 찰박인다 누군가는 그걸 딸이라고 부르겠지 볼을 빵빵하게 부풀린다 바닥에 박힌 돌을 걷어찬다 내 곁을 떠돌던 빛들에 걸려 넘어진다 잡히지 않는 수캐구리, 집

집마다 세워 둔 투명한 유리병들이 깨진다 뾰족한 쇠창살에 돌을
던진다 그을린 접시를 밟아 으스러뜨린다 가로등 불이 하나둘 꺼
지기 시작한다 움푹, 가라앉은 꼬리뼈의 끝을 매만진다

폭우

인덕원중학교 3학년
박시연

예고 없이 내린 폭우

매섭게 떨어지는 빗줄기를 음악 삼아 듣는 테이블에는
풍경이 내리고

반 칸 내려앉은 현관문에는
고통이 내린다

그래 비가 오지 않을 때도
세상은 항상 더러운 것을 아래로 흘려보냈었지

결국 고통은 아랫사람들의 것이었기에

음악이 내린 후
재난이 흐른다

새벽 다섯 시,
어스름한 푸른 새벽에
장대비가 쏟아진다

골목길 전체를 덮은 빗물이 끝없이 아래로 내려간다

건물에 딸린 파이프들은
꼭 무언가를 게워 내듯
구정물을 쏟아 낸다

구정물도 물이다
흙탕물도 바닷물도
모두 물이야

그런 생각을 하며 집 안까지 들어온 흙탕물을 퍼낸다

그렇게
그렇게 여름이 끝나고 있다는 것을 느낀다

계속해서 빗줄기는 아래로,
더 아래로 흐르고 있다

밤에

인덕원중학교 3학년
박시연

사람들은 밤이면
두 손 모아 기도했다

보이지 않는 생각과
보일 수 없는,
보여 주지 못한 생각 사이에서
매일 밤 수백, 수천 개의 손이 피어났다

꼭 모은 두 손
싹 싹
마치 불을 지피는 것만 같은데

열이 오르고
계속해서 손바닥은 뜨거워지고

손 안에서,

어떤 생각은 얼음을 닮아 금방 녹아 봄이 됐다
물에서 숨을 쉴 수 있는 것처럼 그랬다
또 어떤 생각은 돌을 닮아 더 좋게, 깊게 자리했다
마냥 슬프지만은 않았다
그저 보다 더 위험해졌다

사람들은 해가 뜨면 차가워지고
달이 뜨면 다시 열이 올랐다
자꾸만 얼음을 녹이고 돌을 달궜다

그런 밤이 계속됐다

생각하려 할수록 더 뜨거워지기만 했다

나는 얼룩말이다

서일중학교 1학년
구윤모

어른 얼룩말이
동물원을 탈출했다.
동물들이 잘 쉬고, 잘 먹게
보살펴 준다는 동물원에서

나는 새끼 얼룩말이다.
사람들은 나를 잡아다
동물원 우리 안에 집어넣었다.
이틀 전, 어른 얼룩말이 동물원을 탈출했다.

사람들은 나에게
먹을 것과 장난감을 주었다.
하지만,
나는 여전히
우리 안에 갇혀 있었다.
사흘 전, 어른 얼룩말이 동물원을 탈출했다.

담 너머의 세상이 보였다.
순간, 담 너머의 세상을 보고 싶었다.
나는 있는 힘껏 뛰어올랐다.
하지만,
담은 나를 넘어트렸다.
담은 나를 밀었다.
담은 나를 긁었다.
5일 전, 어른 얼룩말이 동물원을 탈출했다.

다친 나를 본 사람들은
피라냐 떼처럼 몰려들어
나를 치료해 주었다.
하지만,
그들은 내가 담을 넘어가게
도와주지 않았다.
그들은 동물원의 그림자들이다.

6일 전, 어른 얼룩말이 동물원을 탈출했다.

나는 담을 넘어가 보지 못했다.
아직까지도.
때로는 어른 얼룩말이 부럽다.

이틀 후, 새끼 얼룩말이 동물원을 탈출했다.

세면대

안곡중학교 3학년
이서우

초파리가 비누에 앉았다

물을 적시던 손을
비누 위로 올렸다

툭

뚝

초파리 위로 물방울이 동그라져 떨어졌다

습기 두 방울에
파리는 미끄러져 떨어졌다
죽은 것 같기도 했다

나는 잠잠히 물을 틀어

파리를 하수구로 흘려보냈다

난 뭐라 중얼거렸으나
물소리에 묻혀 파리가 살았든 죽었든
그는 듣지 못했을 것이었다.

소설

소설 부문 심사평

제31회를 맞는 올해 대산청소년문학상은 국내에서 가장 큰 청소년 문예 장학 사업이라는 사실 외에도 두 가지 뜻깊은 점이 있었다. 모든 참가자에게는 코로나 이후 4년 만에 문예캠프가 열렸다는 사실이 그렇고, 심사위원들에게는 예심에서부터 개성과 완결성을 갖춘 응모작들이 무척 많아서 문예캠프 참가자들을 선정하는 심사 자체가 즐겁게 고되었다는 점이 그렇다. 소설 부문에서 신중하게 36명의 '수상 후보들'을 선정했는데 그중에는 당장 기성 문학잡지에 발표해도 좋을 만한 응모작들도 보였다. 중등 부문의 응모작들도 구분하지 않는다면 고등부 작품과 크게 차이 나지 않았다.

문예캠프를 떠나면서 심사위원들은 올해 본심 심사가 쉽지 않으리라 예감했고 그래서 백일장에서 응모자들의 진짜 글쓰기 솜씨를 가릴 수 있을 만한 시제를 선정해야 한다는 데 의견을 모았다. 흥미로운 논의 끝에 "1박 2일 예절 캠프에서 어떻게 2등이 되었나?"로 시제를 결정했다. 이 시제에는 소설의 몇 가지 방법적 요소가 들어 있는데 1박 2일이라는 시간, 예절 캠프라는 공간적 배경, '어떻게'에 함축된 서사적 질서와 인과(因果) 그리고 1등이 아닌 2등에는 글쓴이의 세상과 인물을 보는 시선과 사유를 담을 수 있었다. 짧은 시간 안에 이 모든 요소를 구상하고 인물과 이야기를 만들어 내는 작업은 분명 쉽지 않을 터였으나 참가자들이 예심 작품에서 보여 준 뛰어난 글솜씨를 믿어 보기로 했다. 36명의 열정적인 수상 후보들이 자신만의 어떤 창의적인 예절 캠프를 상상하고 보여 줄까, 한정된 시간을 어떻게 활용할까, 그리하여 어떤 의미를 담을까? 심사위원들은 기대했고 본심 심사 후 그 기대는 찬사로 이어졌다.

중등부에서 금상을 수상한 성연아의 작품은 일명 '타비 사태' 생존자의 인터뷰 형식의 이야기다. 언니를 따라서 간 예절 캠프에 타비라고 불리는 괴물들이 급습하여 세 사람이 살아남는다. '나'를 포함한 자매와 다른 한 명. 이 작품에 다른 생존자 한 명이 없었더라면 타인에 대한 인식이 부족했다는 아쉬움이 남았을 텐데, 성연아는 시선을 옆 사람들로 돌려 작품의 의미를 더 높였다. 친구들이 죽었다는 사실을 받아들일 수 없어서 이미 정해진 걸 받아들이기 싫다는 나의 캐릭터나 재치 있는 문장들, 타비들의 급습 후 '전과는 다른 방식'이 필요했다는 진술로 이야기의 흐름을 바꾸는 소설적 기술까지 글쓴이의 개성이 충분히 드러난 작품이었다.

고등부 금상 수상자 장재희의 작품은 「신으로 시작하는 말」이라는 예심작부터 매우 인상적이었다. 예심, 본심 두 편의 작품들에서 글쓰기의 격차가 보이지 않았다는 점도 본심 점수에 영향을 끼쳤다. 좋아하는 유튜버에게 악성 댓글을 단 적이 있으며 언젠가 유튜브 채널을 운영하는 게 꿈인 스무 살의 나는 예절 캠프에 참가하게 된다. 이 글의 키워드는 시대와도 연결된 악성 댓글, 예절, 유튜버, 꿈, 용서로 보인다. 내가 이 예절 캠프의 2등 수상자 선물인 삼각대로 앞으로 어떤 영상을 찍을지, 자신을 향한 악성 댓글에는 어떤 대응을 할지 소설이 끝나도 궁금해진다. 장재희는 소설이 나 외에 타인들과 사회를 포함하고 바라봐야 한다는, 소설의 잘 알려진 진실과 그 의미를 보여 주기 위한 디테일의 사용 방법을 이미 잘 알고 있는 듯하다. 자신의 이야기 속에 타인과 시대를 잊지 않는 올해 수상자들의 다음 작품을 어디선가 다시 읽게 되길 바란다.

물론 예심에서 높은 점수를 받은 작품과 본심에서의 원고에 큰 격차가 보이는 글도 없지 않았지만, 백일장의 글들을 보면서 심사위원들은 소설의 가치와 역할을 이해하는 학생들의 글이 역시 좋았다고 총평했다. 문예캠프 동안 두 번에 걸쳐 진행된 문학 수업에서도 그런 학생들이 참여도도 높았다. 내 글 외에 다른 예비 수상자들의 작품에 관심을 보이고 같이 경청하는. 소설의 기술은 학습으로 가능하다. 그러나 소설이 예술인 이유는 상황과 인물을 바라보는 글쓴이의 남다른 시선에 있고 그것을 더 유용하고 독창적으로 보여 줄 방법에 대한 고민이 작품의 변별성과 개성을 만든다. 지금보다 타인의 말에 귀 기울이고 주위를 살피는 연습을, 많이 읽고 생각하는 생활의 학습을 지속하면 어떨까. 문학은 시합도 경기도 아니다. 수상 기회를 다음으로 미뤘을 뿐일 올해의 모든 응모자에게 격려와 응원을 보낸다.

4년 만에 대면으로 열린 올해 대산청소년 문예캠프에서 소설을 좋아하는 미래의 젊은 문학인들과 심사위원들, 관계자들이 모여 뜨거운 여름 문학 축제의 시간을 가졌다고 해도 과언이 아니다. 특히 심사위원들은 새로운 차원의 문학의 등대를 발견한 기분이었다. 환하고 지속적이며 다른 이들에게 도움을 줄 수도 있는.

심사위원 박서련·방현석·정용준·조경란

신으로 시작하는 말

고양예술고등학교 3학년
장재희

나는 홍대입구역 3번 출구에서 전단지를 돌리고 있다. 배낭이 너무 무겁다. 전단지가 가득 들어 있기 때문이다. 힘들지만 전부 비우기 전까지는 집에 돌아가지 않겠다고 결심한다. 미끈거리는 바람막이 점퍼 때문에 배낭이 자꾸만 흘러내린다. 전단지가 구겨지지 않도록 조심하면서 배낭끈을 다시 끌어올린다. 내 모습이 칠칠맞지 못한 아이처럼 보일까 걱정한다. 되도록 허리를 곧게 펴야 한다. 눈을 마주치려고 애써야 한다. 사람들은 내가 내미는 손을 무시하거나 한번 돌아보고 만다. 그러나 누군가는 종이를 받는다. 읽어 보기도 한다. 짧은 순간 사람들은 내 얼굴을 쳐다본다. 나는 눈을 돌리지 않는다. 눈동자를 피하지 않고 쳐다본다. 그들의 기억 속에 오래 남고 싶다. 눈앞에서 종이를 구겨 가방에 넣어도 나는 아랑곳하지 않는다. 이마에 맺힌 땀방울도 닦지 않은 채로 계속 전단지를 돌린다.

모두 상상일 뿐이다.

사실 나는 지금 침대 안에 있다. 홍대입구역 3번 출구로부터 한 시간가량 떨어진 경기도 오래된 아파트 내 방에 있다. 매일 밤 전단지 돌리는 상상을 하면서.

*

신은 키가 컸고 와이드 팬츠와 맨투맨을 입고 있었다. 그리고 에어팟 맥스를 목에 걸고 있었다. 요새 유행하는 패션 아이템 중 하나였다. 나는 신의 맨투맨에 적힌 글자를 읽었다. 러브 유어셀프. 고개를 들어 신의 얼굴을 보았다. 눌러쓴 캡 아래 깊은 그늘이 눈에 띄었다. 바글거리는 인파가 나와 신을 지나쳐 걸었다. 누구도 내 앞에 서 있는 존재가 신이라는 사실을 모르는 것 같았다. 꽉 쥐었던 주먹에 힘이 풀렸다.

신이 다시 한번 말했다. 원한다면 인류 멸망을 도와줄게.

진짜 신을 만나게 될 줄은 몰랐다. 뉴스를 보면서 신을 생각했던 것을 떠올렸다.

일주일 전부터 나는 뉴스를 시청하기 시작했다. 학교에 다녀오면 교복만 갈아입고 노트북으로 유튜브를 틀었다. 구독 목록에서 뉴스 채널을 찾아 최신 영상들을 둘러보았다. 두 시간이 걸리는 날도 있었고 삽십 분 만에 끝날 때도 있었다. 대부분 비슷한 내용이었다. 폭행. 성추행. 보복 살인. 데이트 폭력. 큼지막한 붉은 글씨로 그런 단어들이 적힌 영상들. 의자에 앉은 채로 몸을 웅크렸다. 아나운서의 목소리가 들렸다. 단조롭고 깔끔한 목소리. 그들이 가끔씩 힘을 줘서 발음하는 단어와는 어울리지 않는다고 생각했다. 그런 담담함은 너무 무심한 것 아닌가. 어떤 상황에서도 침묵하는 신처럼. 울음 때문에 코가 잔뜩 막힌 목소리로 사건을 보도

하는 아나운서를 상상했다. 신도 가끔은 인간을 위해 울어 줄까.

나는 사실과 진실이 헷갈렸다. 사실은 겉으로 보이는 것과 달랐다. 언니가 방으로 들어가서 나오지 않는 건 사실. 진실은 언니가 죽어 간다는 것이었다. 언니는 방문을 굳게 걸어 잠갔다. 내가 등교하고 엄마의 출근으로 집이 비는 시간에만 잠시 나왔다. 나는 언니가 음식을 먹은 흔적을 치우면서 한숨을 쉬었다. 닫힌 방문 앞을 오갈 때마다 희미한 울음이 들렸다. 난 울지 않았지만, 세상이 지옥 같다고 생각했다. 그래서 뉴스를 보기 시작했다. 낯선 불행을 보고 있으면 기분이 나아졌다. 일종의 진통제와도 같았다. 나는 자주 악몽을 꿨고 이상한 죄책감에 시달렸다. 더는 무서운 꿈을 꾸고 싶지 않았다. 상황을 벗어날 돌파구가 필요했다. 식은땀에 젖은 채로 깨어나서 문득 떠올렸다. 전단지를 돌리면 어떨까. 언니 이야기를 담은 전단지를 만들어서 사람들에게 알리는 거야.

매일 상상만 했다. 실행에 옮기는 짓은 무모하다고 생각했다. 내가 만든 전단지를 누가 유심히 읽어 줄까. 자극적인 제목일수록 백만 조회수를 넘기는 뉴스 영상들을 떠올렸다. 분명 비슷한 사건인데도 제목에 따라서 조회수가 달라졌다. 나는 수업을 듣다가도 노트에 전단지를 그렸다. 우리 언니가 히키코모리가 된 이유는 홍대입구 때문이다. '홍대입구'를 강조해서 큼지막한 형광펜으로 적었다.

— 내년이면 언니가 성인이라니 시간 너무 빠르다.

언니는 절대로 방문을 열지 않았기에 우리는 카카오톡으로 이야기했다. 사실은 일방적인 대화였지만 언니는 내가 보낸 말들을 꼭 읽어 주었다. 나는 질문을 하지 않았다. 오늘 있었던 일이나 재미있게 본 웹툰 같은 것을 공유했다. 온통 내가 보낸 말풍선으로 빼곡한 화면에 이미 적응한 지 오래였다.

사실 예전에도 나는 신을 본 적이 있었다. 에어팟 맥스를 갖고 있지는 않았다. 언니와 내가 엄마 몰래 냉장고에서 맥주를 훔쳐 마시고 있을 때였다. 언니는 고등학교 1학년, 나는 중학교 3학년이었다. 우리는 부엌 바닥에 쪼그리고 앉아 맥주를 따랐다. 일부러 불을 껐다. 어둠 속에서 키득거리는 기분이 좋았다. 고작 한 캔을 따랐는데 둘 다 취해 버렸다. 나는 차가운 냉장고에 이마를 기대고 몽롱한 기운에 잠겼다. 언니는 기도하는 것처럼 두 손을 모으고 있었다. 웃는지 우는지 알 수 없는 표정이었다. 가만히 앉아 언니가 중얼거리는 목소리를 듣는데 인기척이 느껴졌다. 누군가 냉장고를 향해서 다가오고 있었다. 어두워서 얼굴은 보이지 않지만 엄마보다 훨씬 키가 컸다. 그는 냉장고 문을 열고 차가운 생수 통을 꺼내더니 우리가 꼭 쥐고 있던 유리컵에 따라 주었다. 열린 냉장고가 내뿜는 백색 불빛이 정오의 태양처럼 느껴졌다.

신이다.

분명 언니는 그렇게 말했다.

전단지를 만들겠다고 결심했다. 전부 기억이 시킨 일이었다. 나는 그 순간을 되찾고 싶었다. 터무니없고 씁쓸했던 맥주 맛. 결국 엄마에게 들켜서 혼이 났던 일까지 전부 소중해서 잊고 싶지 않았다. 신이 따라 주었던 냉수가 무척 달았다는 사실도.

시험 기간이 되면 언니는 종교도 없으면서 자꾸만 기도했다. 실수하지 않도록 해 달라고. 내가 했던 기도는 고작 찍은 문제가 맞았으면 좋겠다는 정도였다. 나는 언니가 지닌 간절함에 대해 자주 생각했다.

언니를 질투하잖아. 신이라면 곧바로 내 마음을 맞출 것 같았다.

전단지 돌리는 일을 진짜 실행에 옮기자고 결심했다. 오백 장에 오천 원. 도안을 제작하고 업체를 골랐다. 대박신도시 인쇄소는 버스를 타고 몇 정거장 거리에 있었다. 가까운 곳보다 훨씬 멀었지만 후기를 꼼꼼하게 읽어서 고른 인쇄소였다. 나는 후기 같은 것을 유심히 보는 성격은 아니지만 사소한 것도 전부 살피는 언니를 따라 했다. 상상 속에서 그랬던 것처럼 바람막이를 입고 배낭을 들었다.

'우리 언니가 홍대입구에서 당한 일을 혹시 아시는 분이 있나요?'

도안이 담긴 USB를 만지작거리다가 버스에서 내렸다. 역시나 인쇄소에는 가지 못할 것 같았다. 다른 도시로 향했다. 지하철역을 찾아 걸었다.

언니는 그날 마지막 기말고사가 끝난 기념으로 친구들과 놀러 간다고 했다. 홀가분한 얼굴이었다. 화장품을 주문한 택배가 자꾸만 도착했다. 엄마는 언니를 무릎에 눕히고는 눈썹을 깎아 줬다. 작은 칼날이 거울처럼 깨끗했다. 사각거리며 짧은 털이 잘려 나갔다. 간지럽다며 언니는 웃었다. 이마에 글씨를 쓰고 있는 것 같았다. 나는 엄마가 쥐고 있는 눈썹 칼을 물끄러미 바라보았다. 숱이 없는 내 눈썹을 만졌다.

언니는 머리를 깎고 출가하는 사람처럼 결연했다. 토요일 아침, 손을 흔들며 언니를 배웅했다. 러브 유어셀프. 언니가 입은 맨투맨에 적힌 글자를 읽었다.

그리고 그날 집으로 돌아온 언니는 방문을 걸어 잠갔다.

나는 전단지 없이 납작한 배낭을 메고 홍대입구역 3번 출구 앞에 섰다. 구글 로드맵을 자주 봐서 그런지 주변은 익숙했다. 상상 속 내가 서 있던 자리를 바라보았다. 발 디딜 틈도 없었다. 암묵적으로 사용하는 쓰레기통인지 낡은 박스 안에 무질서하게 담긴 쓰레기 더미가 군데군데 놓여 있었다. 나는 주먹을 꽉 쥐고 가로등처럼 가만히 있었다. 아무도 내게 눈길을 주지 않았다. 대부분 이어폰을 꽂고 있었다. 자꾸 땀이 흘렀다. 두려움이 몰려왔다. 무방비했다.

그 순간 하늘에서 목소리가 들렸다.

나는 신이야. 원한다면 인류 멸망을 도와줄게.

번쩍 고개를 들었다. 러브 유어셀프라고 쓰인 맨투맨이 눈에 들어왔다. 인류 멸망이라는 단어는 단조롭게 발음하는 살인 사건보다 무심하게 들렸다.

마주한 신은 헤드폰을 끼고 있었다. 은색 에어팟 맥스가 햇살 아래에서 반짝거렸다.

신으로 시작하는 단어를 연달아 세 번 말하면 인류가 멸망할 거야. 아주 간단한 방법이지. 신은 등을 돌리며 잠깐 목에 걸어 두었던 에어팟 맥스를 귀에 걸치려고 했다. 다급한 마음으로 덥석 팔을 붙잡았다. 묻고 싶은 말이 너무 많았다. 생각이 끓어 넘치는데 정작 내뱉을 수는 없었다. 나는 간신히 언니를 떠올렸다.

불행 같은 걸 왜 만들었는지 알려 주세요.

불행하지 않으면 신을 찾지 않으니까. 그럼 내 할 일이 사라지니까.

백수가 되지 않으려고 만들었구나.

너는 아무것도 몰라.

아니, 나는 알았다.

언니가 홍대입구역에서 어떤 불행을 당했을 때도 내 앞의 신은 노이즈 캔슬링 헤드폰을 끼고 있었다. 그래서 언니가 부르는 목소리를 듣지 못했다. 만약 저 헤드폰이 없었다면. 그 헤드폰이 패션 아이템과 노이즈 캔슬링 기능을 가진 에어팟 맥스가 아니었다면 나는 신을 덜 미워했을 것이다.

그 에어팟 맥스 나한테 주세요.

신은 대답을 망설이다가 헤드폰으로 귀를 막았다. 몰려오는 인파 속으로 유유히 사라지는 뒷모습을 바라보았다. 나는 달렸다. 역 안으로 멀어지는 신을 향해 달렸다. 밀치고 밀쳐지면서 계단을 내려갔다. 휘날리는 전단지가 된 기분이었다. 에이씨. 누군가 쏘아붙이는 소리가 들렸다. 강한 힘이 내 어깨를 밀쳤다. 난간에 몸이 부딪혔다. 몸속에 징이라도 달린 것처럼 거대한 진동이 울렸다.

신은 이미 사라지고 없었다.

나는 비닐봉지처럼 가벼운 배낭을 안고 빈자리가 없는 지하철을 탔다. 신으로 시작하는 단어를 생각했다. 신라면. 신김치. 와중에도 배가 고픈 나 자신이 우습게 느껴졌다. 창밖으로 노을이 지고 있었다. 처음으로 학교를 빼먹었다는 사실을 알았다. 엄마에게서 아무런 연락도 없는 것을 확인했다. 나는 배낭을 세게 끌어안았다. 언니에게 문자를 보냈다.

—신으로 시작하는 단어 세 개만 알려 줘.

가끔 학교를 빼먹고 집을 지켰지만 일상은 변하지 않았다. 여전히 유튜브 채널로 뉴스들을 보았다. 담담한 어조는 신을 닮았구나. 나는 인류 멸망을 하고 말겠다는 결심이 생길 때까지 뉴스를 보기로 했다.

신이 된 기분이었다. 행복하지는 않았다.

어린 시절 언니와 나는 비슷한 증상에 시달렸다. 한동안 엄마
는 몇 시간이고 앉아서 뉴스를 보았다. 우리는 엄마 곁에 있었다.
일본에 큰 지진이 났을 무렵이었다. 채널을 돌려도 대부분 지진에
대해서 보도했다. 나는 쓰나미가 덮친 바닷가 마을이 모래성처럼
무너지는 것을 보았고 거대한 흙더미 아래 깔린 사람들을 상상했
다. 언니는 참을 수 없다는 듯 손톱을 물어뜯었다. 엄마가 뉴스를
끄고 방으로 들어가면 우리는 세면대에 가득 물을 받았다. 작은
인형을 가지고 와서 물 위에 띄웠다. 언니와 나는 구조대 역할이
었다. 푸슝. 쾅. 팡. 팡. 입으로 낼 수 있는 효과음을 전부 동원하며
인형들을 구했다. 한참을 그렇게 놀다가 수건을 가지고 와서 인형
을 닦았다. 흠뻑 젖은 인형의 머리카락을 말리던 우리는 아팠다.
무력했다. 할 수 있는 일이 아무것도 없었다.

언니는 무력감을 떨쳐 내기 위해 공부를 시작했다. 한순간도
쉬지 않았다. 나는 언니가 부러웠다. 아픔을 이겨 내기 위해 노력
을 한다는 것. 그런 간절함이 내게는 없었다.

현실적으로 생각해.

언니는 입버릇처럼 말했다.

어쩌면 언니도 나와 똑같을지 몰랐다. 알지도 못하는 신에게
자꾸만 기도했으니까. 닫힌 방문을 차마 두드리지는 못했다. 나
신을 만났어. 내가 인류 멸망을 할 수 있대. 신으로 시작하는 단어
세 개만 말하면 끝이야. 나는 방문 앞에 서서 속삭였다. 속삭임은
너무 작아서 내 귀에도 들리지 않았다.

무차별 폭행에 관한 뉴스를 보았다. 두려워서 몸을 웅크릴 때마다 엄마 곁에서 뉴스를 보았던 어린 시절이 되살아났다. 지금은 알 수 있다. 엄마도 자신이 가진 불행을 달래기 위해 뉴스를 보았다는 것을. 그렇지만 죽음이라는 세계에 무방비하게 노출된 언니와 나는 인형이 아픔을 느끼지 못한다는 것을 너무 일찍 배웠다.

나는 신으로 시작하는 단어 하나를 말했다. 이제 돌이킬 수 없었다. 주먹을 꽉 쥐었다.

푸슉. 쾅. 팡. 팡.

—언니, 내가 수영장에서 오줌을 싼 적이 있었잖아.

우리는 고작 한 살 터울이었고 키도 비슷했지만 사람들은 내가 동생이라는 것을 바로 맞췄다. 초등학교 여름방학이었다. 엄마는 우리를 데리고 동네 수영장에 갔다. 레일이 서너 개 있는 작은 수영장이었다. 엄마는 자유형 폼을 따라하는 언니를 쳐다보고 있었다. 나는 물이 차가워서 움직이지 못하고 발장구만 쳤다.

애, 걸리적거린다.

수영모를 쓴 여자가 킥 판으로 나를 치고 지나갔다. 살짝 밀쳐진 정도였지만 물에 젖은 킥 판은 묵직했다. 나는 물속에서 발을 헛디뎠다. 언니가 나를 바로 일으켜 세웠지만 나는 이미 물을 잔뜩 먹은 뒤였다. 콜록거리며 숨을 골랐다. 언니가 콧물을 훔쳐 주었다. 정신을 차려 보니 사람들이 전부 인상을 찡그린 채로 물 밖에 있었다. 나는 엄마를 찾았다.

애 오줌을 쌌나 봐요. 엄마는 사람들 곁에 서서 말했다.

언니만 수영장 안에 남아 있었다. 콧속으로 들이닥친 물 때문에 머리가 시큰거렸다. 괜찮냐고 묻는 목소리가 들렸다. 언니가 물 밖으로 나가자고 말했다. 그렇지만 꼼짝도 할 수 없었다. 먼저 나간 언니가 손을 내밀었다. 나는 그 손을 잡았다. 그래도 발은 움직이지 않았다. 짧고 분명한 미래를 보았다. 언젠가 내가 속한 세계는 텅 비어 버리고 맵싸하게 먹먹해질 것이었다. 언니의 손을 세게 잡았다. 이 손도 사라져 버리면 어떡하지. 얼굴이 축축했다.

학교에 등교하지 않아도 엄마는 연락이 없었다.

뉴스를 보면서 나는 사람을 때리는 선택을 한 사람을 미워했다. 오줌을 쌌다고 말한 엄마를 미워했다. 방문을 잠가 버린 언니를 미워했고 그 모든 선택지를 만든 신을 미워했다.

집 안에는 나 혼자였다. 내성적이라는 말을 정말 싫어하면서도 줄곧 그 단어 안에 숨었던 내 모습. 신으로 시작하는 단어 한 개를 말했다. 달라질 건 아무것도 없다고 생각했다.

누군가 현관문 틈에 전단지를 끼워 놨다. 잃어버린 우리 강아지를 찾아 주세요. 역시나 커다란 붉은 글씨로 적혀 있었다. 나는 음식물 쓰레기를 손에 들고 전단지를 읽었다. 분명 강아지라고 쓰여 있었는데 전단지 속 사진에는 곱슬머리 여자아이가 웃고 있었다. 그게 애칭이라는 사실을 한참 동안 생각하고 알았다.

미아를 찾는 전단지를 정말 오랜만이었다.

나는 음식물 쓰레기를 버리고 놀이터를 찾았다. 초등학생 두 명이 미끄럼틀에 걸터앉아 유튜브를 보고 있었다. 꼭꼭 땋은 양갈래 머리카락이 어깨를 따라 꼼지락거렸다. 이거 맛있겠다. 그네에 앉아 간간히 재잘거리는 대화를 엿들었다. 정오의 햇살에 눈을 찡그려도 채도를 한껏 높인 초록색 풍경은 선명했다. 입고 있는 회색 후드티가 답답했다. 아이들은 노란색 티셔츠를 입고 있었다. 언니, 탕후루 먹으러 가자. 아이들이 엉덩이를 털고 일어섰다. 나는 그네를 타고 조금씩 발을 구르기 시작했다. 이마와 목덜미가 시원해졌다.

남은 건 내가 고를 선택이었다. 선택지가 가져올 미래는 이미 정해졌다는 것을 나는 알고 있었다. 후드티 주머니에서 반으로 접은 전단지를 꺼냈다. 사진이 구겨지지 않도록 조심스럽게 펼쳤다.

그리고 남은 건 신으로 시작하는 단어 한 개.

몸을 일으켰다. 아이들은 걸음이 빨랐다. 벌써 자그마한 점처럼 보였다.

*

우연히 지나친 탕후루 가게 앞에서 나는 곱슬머리 여자아이를 발견한다. 꾀죄죄한 모습이다. 손톱을 물어뜯으면서 유리창 너머 반짝이는 과일들을 보고 있다. 나는 머뭇거리다가 아이를 향해 다가가서 이름을 묻는다. 땀에 젖은 곱슬머리 아이가 고개를 들어 나를 쳐다본다. 전단지 속 강아지가 맞다는 것을 확인한다. 신애야. 아이의 이름을 부른다. 신으로 시작하는 마지막 단어를 말해버린다. 나는 깜짝 놀라서 눈을 질끈 감는다. 그렇지만 아무 일도 일어나지 않는다. 아이는 다시 유리창으로 고개를 돌린다. 나는 이마에 맺힌 땀방울을 닦는다. 가게 안으로 들어간다. 딸기 탕후루를 사서 아이에게 건넨다. 붉은 얼음 같은 딸기를 깨물어 먹는 아이의 손을 잡고 보호자에게 전화한다. 제가 강아지를 찾았어요.

언니, 내가 미아를 찾았어.

집으로 돌아와서 굳게 닫힌 방문 아래 틈으로 전단지를 밀어

넣는다. 아이 엄마가 울면서 기뻐했어. 반쯤 끼워 두었던 전단지가 빨려 들어가듯 스르륵 사라진다. 살며시 웃는 목소리가 들린다. 너무 작아서 잘못 들었는지 곱씹는데 웃음소리가 다시 한번 들려온다. 심장이 쿵쿵거린다. 끼익 하며 문고리가 돌아간다. 언니가 서 있다.

언니, 탕후루 먹으러 가자.

모두 상상일까. 그래도 상관없었다. 나는 언니의 손을 꽉 잡았다.

1박 2일 예절 캠프에서 어떻게 2등이 되었나

고양예술고등학교 3학년
장재희

나는 퀸의 「마마(MAMA)」를 들으면서 버스에 올라탔다. 가사 해석을 검색해서 음악과 함께 따라 읽었다. "엄마, 나 사람을 죽였어요. 방아쇠를 당겨 버렸어요."

나도 사람을 죽였다. 버스가 심하게 덜컹거렸다. 예절 캠프는 산자락에 있었다. 낯선 창밖을 쳐다보다가 마마, 외치는 소리에 휴대폰으로 고개를 돌렸다.

나 사람을 죽였어요.

퀸의 노래처럼 총을 가지고 사람을 죽인 건 아니었다. 내가 죽인 사람은 유튜버였다. 콘텐츠는 평범했지만 특유의 입담과 예쁜 얼굴로 인기 유튜버 반열에 선 사람이었다. 나는 그녀의 팬이었지만 점차 변해 가는 모습이 싫었다. 그녀의 노출과 점점 거칠게 변하는 입담이, 그러니까 천박하다고 생각했다. 그냥 유튜브 접어라. 몇 마디 댓글을 달았다. 그러자 그녀는 실시간 방송을 켜서 악플러들 때문에 죽음을 결심했다고 말했다. 그게 끝이었다.

예절 캠프는 시골 동네 뒷산에 있었다. 평범한 3층짜리 회색 건물이었다. 근처에 도토리묵과 막걸리를 파는 식당이 있었다. 늘 상상해 왔던 한옥 건물은 아니었다. 나는 캠프 안으로 발을 디뎠다. 입소식은 간단했다. 열 명 남짓한 인원뿐이었다. 1박 2일간 활동을 잘 마치신 분을 선정하여 상품을 드려요. 나는 주위를 둘러보았다. 어린아이는 단 한 명도 없었다. 내가 가장 어렸다. 러닝셔츠를 입은 중년 남자가 불그스름한 얼굴을 자꾸 쓸어내렸다. 이곳에서 풍기던 냄새의 정체를 알아차렸다. 술 냄새였다.

주식 투자에 실패해서, 사기를 당했거나 사기를 쳐서. 예절 캠프에 모인 이들의 사연이었다. 어린아이는 없냐는 질문에 누군가 코웃음을 쳤다. 요새 예절을 누가 캠프에서 배워. 유튜브로 배우지. 예절 캠프의 프로그램은 짧았다. 다과 시간에는 정말 다과만 먹었고 인사 예절을 배우는 시간에는 모두들 입을 모아 이미알고 있다고 말했다. 다큐멘터리 감상 시간에는 훌쩍이는 사람도있었지만 저녁이 되면 대부분 술을 마셨다. 나는 금주와 금연이라고 적힌 안내판을 발견했다. 벽에 걸린 안내판 밑에서 소주잔이 오갔다.

내가 밥을 먹지 않을 때, 학교에 가기 싫다고 투정을 부릴 때할머니는 나를 협박했다. 예절 캠프에 보내겠다고. 예절 캠프에서떼를 쓰면 회초리를 맞는다고 겁을 주었다. 잘못한 게 있으면 예절 캠프에 가야 했다. 그렇지만 유튜버에게 용서를 구할 방법이없었다. 네가 잘못한 거야. 단호하게 선언을 해 줄 할머니도 죽었다. 지금의 나에게 남은 속죄는 제 발로 예절 캠프에 입소하는 일뿐이었다.

여기는 이제 예절 캠프가 아니야. 단 하룻밤이라도 마음을 편하게 술 마시려고 돈 털어서 숨는 곳이야. 러닝셔츠를 입은 남자가 말했다. 나는 잘못을 했어. 돈만 좇다가. 그는 소주를 털어 넣

으며 중얼거렸다. 아무도 그에게 묻지 않았는데도. 나는 남자의
붉은 얼굴을 쳐다보았다. 그는 누구보다 착실하게 예절 캠프의 프
로그램에 참여했다. 술을 마시는 것 빼고는. 나는 숙소라고 마련
된 이불 위에 누웠다. 예절 캠프 안내 책자를 펼쳤다. 상품 목록이
쓰여 있었다. 1등은 오만 원권. 2등은 삼각대, 3등은 구급 상자였
다. 삼각대라고 쓰인 부분을 톡톡 두드렸다.

　나는 정말로 평범한 사람이었다. 언젠가 유튜브 채널을 운영하
는 것이 꿈인 스무 살이었다. 그리고 그녀의 팬이었다. 유튜버 지
은. 남은 삶을 어떻게 살아가야 하는지 정말 모르겠을 때 나는 지
은의 브이로그를 보았다. 운동하고 공부하고 친구를 만나고 꼭 저
렇게 살아가야지. 아르바이트를 전전하며 괴로울 때도 지은을 생
각했다. 언젠가 지은처럼 브이로그를 찍어야지. 그랬던 그녀가 실
시간 방송을 시작했을 때, 지은이라는 채널을 삭제하고 새로운 이
름을 지었을 때 나는 그녀가 미웠다. 좋아하는 건 퀸의 노래라는
소개말은 여전했지만 그녀의 이름은 더 이상 지은이 아니었다.

　그냥 죽어 버려.

　키보드를 두드리면서 중얼거렸다.

　나는 삼각대가 갖고 싶었다. 예절 캠프 카운터의 직원에게 조심
스럽게 물었다. 혹시 제가 1등이라면 2등으로 바꿔 주세요. 직원
은 나를 쳐다보지도 않고 대꾸했다. 그거 무작위로 정하는 건데.

　퇴소식 날이었다. 3등부터 차례대로 순위를 발표했다. 내 이름
은 불리지 않았다. 1등은 러닝셔츠를 입은 남자였다. 그는 뛸 듯
이 기뻐했다. 나는 가방을 챙겼다. 2등 스티커가 붙어 있는 삼각
대가 눈에 띄었다. 주인은 보이지 않았다. 나는 조심스럽게 삼각
대를 들어 올렸다.

딸랑.

오만 원권 봉투를 찢던 러닝셔츠 남자가 순식간에 사라졌다. 그가 있던 자리에는 바닥으로 팔랑거리며 떨어지는 오만 원짜리 지폐뿐이었다. 나는 삼각대를 든 채로 바닥에 떨어진 지폐를 내려다보았다.

그게 마지막 기억이었다.

눈을 떴더니 내 몸에 2등 스티커가 붙어 있었다. 하얀 손이 나를 향해 뻗어 왔다. 손은 내 입을 벌리더니 카메라를 물려 주었다. 손의 주인이 카메라 앞에 섰다. 댓글은 예절을 갖추어서 달아 주세요. 나는 몸부림치려고 애썼다.

지은아, 투정 부리지 마라.

할머니의 목소리가 떠올랐다.

내 앞에 선 여자는 분명 지은이었다. 내가 그토록 좋아했던 지은. 그녀가 웃음기 어린 목소리로 말했다. 오늘의 BGM은 퀸의 「마마」. 노래가 울려퍼졌다. 눈을 감고 싶었지만 흐느꼈다. 나가고 싶었다. 퇴소하고 싶었다.

그러나 내 몸에 붙은 2등 스티커는 사라지지 않았다.

품(Poop) 바이러스

고양일고등학교 3학년
권효민

당신은 내 이야기를 들을 준비가 되었는가.

입꼬리를 한껏 내리고 가장 불편한 자세로 앉았는가. 그러니까 당신은 웃지 않을 준비가 되었는가. 그렇다면 이제 이야기를 시작하겠다. 혹여 자신도 모르게 웃음이 나올 것 같다면 그 즉시 당신의 볼을 세게 꼬집어라. 정신이 번쩍 들 정도로. 그리고 명심해라. 앞으로 듣게 될 이야기는 절대 웃을 만한 이야기가 아니라는 걸.

코로나19의 여운이 채 가시지 않은 어느 날이었다.

또 다른 전염병이 대한민국을 덮쳤다. 전염병의 이름은 '품 바이러스'. 품 바이러스에 걸린 감염자는 그냥 시도 때도 없이 품, 품 웃음을 터트렸다. 빨래를 널던 임산부가 이유도 없이 품 하고 웃는 게 인스타에 올라왔다. 마트 계산대 아주머니도 이유 없이, 품, 품, 하다가 사장에게 혼이 났다. 학교 폭력위원회가 열리던 자리에서 갑자기 부장이 품, 하고 웃음을 터뜨렸다. 휴가를 마치고 돌아가던 군인도 뭐가 좋은지 품, 하고 웃음을 터뜨렸다. 바이러스는 품 소리와 함께 급속도로 퍼져 나갔다.

서울대학교 박 교수는 폼 바이러스의 원인이 존댓말 때문이라고 주장했다. 박 교수의 인터뷰 내용 중 발췌한 일부를 들려주자면, "존댓말은 상사나 어른에게 문자메시지를 보낼 때, 그 내용을 한 번 더 확인하게 함으로써 우리의 시간을 빼앗고, 후배나 아이들로 하여금 우리 어른들을 꼰대로 만들고 있습니다……." 그러니까, 존댓말이라는 압박으로 인해 우리의 감정을 조절하는 호르몬이 어딘가 문제가 생겼다는 것이었다. 정부에선 폼 바이러스의 확산을 막기 위해 '존댓말 금지'라는 정책을 실행했다. 박 교수의 주장에서 과학적 근거는 찾아볼 수 없었지만 지푸라기라도 잡는 심정이었다. 한술 더 떠, 아예 이 기회에 아메리칸 스타일로 모두가 수평적 관계를 갖자는 주장도 내놨다. 이러한 정부의 발표가 최근 대세가 된 MG 세대(일명, 조미료 세대)의 표심을 잡기 위한 거라고 어느 평론가가 주장했지만 정부의 결정을 막지는 못했다. 급속히 확산되는 폼 바이러스를 막기 위해선 뭐라도 일단 해야 했기 때문이다.

　폼, 하하.
　폼, 폼, 하하하. 하하하.
　폼, 푸하하하하하하하하.
　코로나와 마찬가지로 폼 바이러스도 변이를 일으켰다. 처음엔 폼, 폼 하던 웃음소리가 갈수록 화통해졌다. 일단 바이러스에 감염이 되면 어른이고 애고 장소를 가리지 않고 호탕하게 웃어 댔다. 코로나가 침 등의 분비물을 통해 전염되었다면 폼 바이러스는 소리만으로도 전파가 되는 모양이었다. 즉, 주변 사람의 웃음소리를 듣는 순간 저도 모르게 동화가 돼 버리는 것이다. 당연하게도 바이러스는 일주일 동안 은밀하게 퍼졌다. 아무리 사는 게 힘들어도 웃지 않는 사람은 없었기 때문이다.

길을 가건 상점엘 가건 꼭 크게 웃는 사람이 있었다. 그걸 보면서 웃지 않는 사람들은 오히려 민망함을 느꼈다. 길 여기저기서 사람들의 웃음소리가 들려왔다. 옆집 아저씨도, 꽃집 아주머니도, 피시방 알바 누나도…… 감염자가 늘었다. 우주 밖에서도 그 웃음소리가 들릴 정도로 사람들은 배꼽 빠져라 웃어 댔다. 이런 현상을 두고 자신은 아직 바이러스에 걸리지 않았다고 주장하는 한 대중문화 평론가는, 슬픔 바이러스가 번졌다면 전 국민이 사망했을 것이라며 품 바이러스는 인류의 멸망을 방지하기 위해 자연이 만들어 낸 우성학적인 자연선택적 진화, 라는 다소 모호한 주장을 해 댔다.

삐빅, 하는 소리와 함께 긴급 재난 문자가 왔다.

품 바이러스 위기 경보 단계를 '심각'으로 상향하겠다는 내용이었다. 문자 속에선 현재 감염자가 약 30만 명 정도라고 나와 있었지만, 그게 진짜인지 알 길은 없었다. 바이러스의 시초가 어디고, 감염이 어디에서 어디로 어떻게 전파되는 건지 아직 구체적으로 알아내지 못했기 때문이다. 아마 감염자는 30만 명보다 더 많을 것이었다.

그 뒤로는 딱히 특별한 건 없었다. 우리는 이미 코로나를 겪었기 때문에, 감염자는 즉시 병원을 방문해라, 바이러스에 감염되지 않기 위해선 존댓말을 쓰지 말아야 한다…… 이런 뻔한 말뿐이었다. 그래서 문자는 '어떤 일이 있어도 절대 웃지 마세요'라는 문장으로 끝이 났다.

풉, 하하하하하. 방에서 실없는 웃음소리가 들려왔다.

안전할 줄 알았던 우리 가족에게도 결국 풉 바이러스가 찾아온 것이다. 최초 감염자는 바로 형이었다. 형이 바이러스에 감염된 건, 군대에 입대하고 나서였다. 수직적 군위 관계를 중시하는 군대라지만, 그렇다고 감염의 위험을 무시할 순 없었기에, 모든 군인은 '다, 나, 까' 대신 반말을 썼다. 물론 성실하게 살아온 형도 마찬가지였다.

첫 면회를 갔을 때 형은 군대에 꽤 적응을 잘 하는 듯 보였다.

"어때, 군 생활은 할 만해? 사람들은 전부 괜찮고?"

응, 당연하지. 엄마의 물음에 형은 웃으며 고개를 끄덕였다. 형은 한 달 내 많은 게 바뀌어 있었다. 빡빡 밀었던 머리는 그새 또 자라 있었고, 얼굴과 몸은 새카맣게 타다 못해 여기저기 살 껍질이 벗겨졌다. 또, 살도 더 빠진 것 같았다. 평소 사이즈와 비슷한데도 삐쩍 마른 형의 몸 때문인지 군복이 헐렁해 보였다. 군대에 가면 저절로 다이어트가 된다던 사촌 형의 말처럼 훈련이 무지하게 힘들긴 한 모양이었다.

"그래도 나중에 가면 이것도 다 추억일 거야. 누구나 다 가는 군대, 너라고 못 하겠니. 일 년 반 생각보다 금방 가."

엄마는 군대 그거 별거 아니라는 듯 형의 등을 토닥이며 말했다. 굉장히 상투적인 위로였다. 평소 내성적인 형의 모습에 걱정이 많았던 엄마였다. 엄마는 그게 다 아빠 없이 커서 그런 건 아닌지, 늘 우리에게 미안해했다. 내가 갓난아기였을 적, 부모님은 이혼하셨기 때문이다. 너무 어릴 적이라 난 아빠의 얼굴조차 기억하지 못했다. 그리고 형은 아빠가 없다는 이유로 학창 시절 내내 친구들에게 놀림을 받곤 했다. 그랬기에 엄마는 이 기회에 형이 좀 더 남자다워져서 돌아오길 바랐다.

"네…… 그렇죠. 누구나 다 하는 거……."

형은 무언가 말하려는 듯 입만 뻥긋거리다 이내 말을 흐렸다. 뭐지, 싶었지만 형은 이내 다시 활짝 웃어 보였다.

네, 별 탈 없이 잘 할 거예요. 하하하하하하.

그렇게 한 달이 가고 두 달이 갔다. 그리고 우린 첫 면회를 마지막으로 지금까지 형의 얼굴을 보지 못했다. 벌써 군 복무가 반년이 다 되어 가는 대도 말이다. 다른 친구 형들은 면회는 언제 오냐며, 면회 좀 오라고 난리라던데 형은 오히려 우리가 면회 오는걸 피했다. 이유를 물어도 늘 피곤한데 뭘 와, 라며 그냥 전화로도 자기는 충분하다는 말뿐이었다. 형에게 묻지 않고 무작정 찾아간 날도 있었지만, 형은 끝내 모습을 드러내지 않았다. 살이 더 빠졌을까, 밥은 잘 먹는 걸까, 얼굴을 보며 묻고 싶은 게 많았다. 하지만 우리 가족이 형의 소식을 들을 수 있는 건 오직, 전화뿐이었다.

"어, 엄마. 걱정하지 마. 나 보기보다 잘 지내고 있어. 하하하하하."

수화기 너머 형의 목소리는 달라진 게 없었다. 늘 그렇듯 밝은 목소리였다. 엄마는 형에게 하고 싶은 말이 많은 표정이었지만, 하지 않았다. 그저 애꿎은 두 입술만 잘근잘근 씹었다. 그래? 잘 지낸다니 다행이네…… 둘 사이엔 어색한 침묵만이 맴돌았다. 하지 못한 말들이, 또 하고 싶은 말들이 전해지지 못한 채 허공에 흩어졌다. 속이 쓰렸다.

그 후로 형은 자주는 아니지만, 그래도 잊을 만할 때쯤 전화를 해 왔다. 밝은 목소리로. 하지만 그때마다 형은 변화하는 게 느껴졌다. 좀 모자라 보였다. 형은 웃었다. 날이 갈수록 더 많이 웃었다. 어, 엄마. 나 밥 잘 챙겨 먹고 있다니까. 하하하하하하. 알겠어. 무슨 일 있음 바로 전화할게. 하하하하하하하하하하. 아마 그때부터 형은 폽 바이러스에 이미 감염되어 있던 건지도 몰랐다. 하지만 우린 그 사실을 전혀 알아차리지 못했다. 형이 이상하다고 생각은 했지만, 설마 폽 바이러스에 걸렸을 줄은 상상도 하지 못했다. 우린 그저 잘 지낸다는 형의 말만 믿고 있었다.

우리가 형의 감염 사실을 알게 된 건, 형이 입원했다는 연락을 받고 나서였다. 형은 무려 이틀 동안이나 기절해 있었다. 의사는 형의 몸 곳곳에 타박상 흔적이 있다고 했다. 머리, 어깨, 배, 허벅지 할 것 없이 형의 몸은 시퍼런 멍으로 뒤덮여 있었다. 형이 깨어나고 병실엔 군법무관이 찾아왔다. 그는 형에게 군대 내에서 무슨 일이 있었는지 묻기 시작했다. 형은 군대 내 폭력에 얽혀 있었다. 웃음 바이러스가 그러한 진실을 그동안 가리고 있어서 아무도 알아채지 못했던 것이었다.

선임인 이태호 병장이 목을 조르고 욕설을 했다는 게 사실이야?

하하하하하하.

옆에 있던 이우진 상병도 함께 가담하여 배를 걸어차고 밤새 잠도 못 자게 괴롭혔다, 맞아?

하하하하하하하하하하하하하.

하지만 주위에 있던 다른 동료들은 도와주거나 이들을 말리지 않고 방관했다는 것도, 정말인가?

하하하하하하하하하하하하하하하하하하하하하하하.

하지만 형은 계속 웃기만 할 뿐이었다. 형의 눈동자 속은 텅 비어 있었다. 꼭 도축 당하기 전 닭의 눈과 같았다. 공허했다. 이제 어떻게 되든 상관없다는 듯. 결국 형은 집으로 옮겨졌다. 형이 증언하지 않았으므로 진실도 밝혀지지 않았다. 국가는 바보처럼 웃기만 하는 형을 필요로 하지 않았고 그 몫은 오로지 형을 낳은 어머니 몫으로 되돌아왔다. 그래도 나라가 한 일이니까, 나라를 위했던 건데. 엄마는 무슨 말이 하고 싶다가도 계속 눌러 참기만 했다. 엄마의 얼굴에도 이상한 기운이 드리우고 있었다.

그 후로도 형은 종일 웃어 댔다. 밥을 먹으면서도, 씻으면서도…… 계속 웃었다. 형의 웃음소리를 듣는 건 참 고역이었다. 너무 웃기지 않은가? 누군가의 웃음소리를 듣는 걸 괴로워하는 모습. 웃음은, 웃는다는 건 행복할 때만 나오는 거니까.

난 그런 형의 웃음소리를 피해 평소보다 집을 더욱 빨리 나서고 또 늦게 들어갔다. 폽 바이러스 때문인지 수영장을 찾는 회원들이 줄어 훈련 시간보다 먼저 가 연습하거나 가장 늦게까지 남아 수영장을 청소하곤 했다. 몸은 더 피곤했지만, 집에서 형의 웃음소리를 듣고 있는 것보단 나았다.

막 수업이 끝난 터라 수영장은 조용했다.

물 위로 정리되지 않은 패들만이 둥둥 떠 있었다. 난 몸을 풀고 레인 앞에 섰다. 그리고 물속으로 몸을 던졌다. 양팔을 번갈아 가며 높게 들어 앞으로 뻗었다. 쉭쉭 물살이 갈라지는 소리가 났다. 레일의 끝 지점에 다다르자 턴을 하기 위해 몸을 웅크렸다. 그러곤 앞쪽으로 돌며, 벽을 두 다리로 힘차게 밀었다. 우린 이걸 '플립 턴'이라 불렀다. 끝 지점에서 몸을 굴려 나아갈 방향을 바꾸는 것. 내가 가장 좋아하는 수영 기술이었다.

폽 바이러스로 분위기가 흉흉해서인지 수영부 내에선 이상한 소문이 돌기 시작했다. 바로 코치님이 요즘 수영부 아이들을 골라 따로 남긴다는 것이었다. 그렇게 코치님에게 불려 간 아이는 갑자기 실력이 확 늘어 나타났다. 갑자기 플립 턴도 제대로 못 하던 애가 순위권에 들질 않나, 신기록을 세우지 않나……. 아이들은 아마 그 애만 따로 코치님이 특별 훈련을 해 주었을 거라며 숙덕였다. 그러면서, 자기들도 특별 훈련을 받고 싶다며 코치님의 눈에 들기 위해 애를 썼다. 문득, 수영에서 가장 중요한 건 플립 턴이라던 코치님의 말이 떠올랐다. 아무리 빠르게 헤엄쳐도 끝에서 제대로 돌지 못하면 나아갈 방향을 잘못 잡게 된다던.

훈련을 끝내고 집으로 돌아왔다. 문을 열자 여전히 형의 웃음소리가 들려왔다. 하지만 이상했다. 형의 웃음소리가 아닌 또 다른 웃음소리가 들리는 것 같았다. 난 천천히 집 안으로 들어섰다. 하하하하하하하하하하. 킥킥키키키키키킥. 뭐지? 형의 방을 지나 안방 앞에 섰다. 분명히 안방 문틈 새로 괴상한 웃음소리가 들렸다. 난 심호흡을 한 후 벌컥 방문을 열었다. 그곳엔 엄마가 있었다. 엄마는 옷도 갈아입지 않은 채로 침대에 누워 있었다. 엄마의 두 어깨가 들썩였다. 미안하다…… 키키키키키키킥킥.

엄마도 폽 바이러스에 걸리고 말았다.

엄마는 아빠와 일찍이 이혼하고, 작은 사무실에 취직했다. 업무 자료들을 정리하는 일이라 했지만, 사실은 커피를 타고 복사를 하는 등 잔심부름을 주로 했다. 사무실은 무척 외진 곳에 있었다. 사실 사무실이라 하기에도 뭐한 창고 같은 곳이었다. 엄마가 도시락을 놓고 간 날, 도시락을 전해 주기 위해 난 엄마가 일하는 사무실을 찾아갔다. 허름한 상가 안에 있던 사무실은 간판도 표지판도 따로 없어 찾는 데 애를 먹었다. 상가 주변 골목을 몇 번이나 돌고, 지도를 다시 확인한 후에야 겨우 찾을 수 있었다.

사무실 문을 두드리자 엄마가 나왔다. 열린 문틈 새로 본 사무실 내부는 생각보다 더 협소했다. 사무실 직원은 대표를 포함해 다섯 명도 채 안 되는 것 같았다. 엄마는 내게 도시락을 받아 들곤 고맙다는 말과 함께 얼른 사무실로 다시 들어갔다. 문이 닫히기전, 본 책상 위의 임홍태, 라는 이름이 눈에 띄었다. 난 그 이름을 곱씹어 보았다. 분명 낯이 익은 이름이었다. 아, 임홍태. 엄마의 핸드폰에서 봤던 이름이었다.

퇴근한 엄마의 핸드폰은 쉬지 않고 울려 댔다. 확인해 보면 거의 대부분이 임홍태 부장에게 온 전화나 문자였다. '저기, 김미옥 씨. 혹시 지금 에이포 용지 한 묶음 사서 우리 집으로 가져다줄 수 있나?', '미옥 씨, 이거 오타 확인하고 수정해서 오늘 새벽까지 나한테 보내.' 전화나 문자의 내용은 전부 이런 식이었다. 엄마는 정말 제멋대로라며 씩씩댔지만, 임 부장의 부탁을 들어주지 않을 순 없었다. 이게 남편 없이 혼자 애를 키우는 엄마가 살아온 방식이었다. 꾹 참고, 최대한 참고, 끝까지 참기.

하지만 임홍태 부장의 전화는 날이 갈수록 심해졌다. 이젠 쉬는 연휴에도, 새벽 늦은 시간에도 전화나 문자를 해 댔다. 전화를 받지 않거나 문자에 답장이 없으면 받을 때까지 엄마를 닦달했다.

"아, 김미옥 씨. 다름이 아니라 저기 우리 딸이 오늘 생일이라 혹시 근처 빵집에서 케이크 하나만 사다 줘 봐. 돈은 내가 줄게. 맛있는 초코케이크로 부탁해."

임 부장은 엄마에게 자기 딸의 생일 케이크 배달을 부탁했다. 엄마는 연휴에도 상사 딸내미의 생일 케이크를 사러 나가야 했다.

근처 빵집에서 케이크를 사고 버스를 타 임 부장의 집까지 갔다. 그리고 돌아온 엄마의 손에는 꼬깃꼬깃한 만 원짜리 지폐 세 개가 쥐어 있었다.

키키키키키킥키키킥키키킥.

그리고 엄마는 웃었다.

엄마의 핸드폰은 여전히 울리고 있었다. 하지만 엄마는 받지 않았다. 이제 아무렴 어떠냐는 듯. 엄마는 계속 웃어 댔다. 평소, 사람은 웃어야 복이 온다며 내게도 늘 웃고 다니라 말하던 엄마였다. 하지만 엄마의 웃음은 보는 사람까지 괴롭게 만드는 웃음이었다. 하하하하하하하하하. 킥킥키키키킥키키킥.

하루는 코치가 나를 불렀다. 이따 훈련이 끝나고 잠깐 남으라는 것이었다. 혹시 특별 훈련을 하려 하시나? 다른 아이들은 날 부러움의 눈빛으로 쳐다보았다.

"수영한 지 벌써 10년이 지났지? 그래. 이제 이런 애들 물장구 말고 제대로 수영해 봐야지."

코치는 나를 제대로 키워 보겠다며, 이제 매일 남아 따로 더 훈련하겠다 했다. 난 내게 온 이 기회를 놓치지 말고 잡아야겠다는 생각에 정말 열심히 훈련에 임했다. 하지만 난 코치의 기대만큼 결과를 내지 못했다. 대회에선 늘 아쉽게 4등만 했다. 요즘 대체 무슨 생각을 하고 있는 거야! 늘 수영만 생각하라고 했지! 코치는 플립 턴을 하다 삐끗한 나를 보며 소리쳤다. 엄마마저 폼 바이러스에 걸리고 내 머릿속은 온통 그 생각뿐이었다. 수영할 때도 마찬가지였다. 형과 엄마의 웃음소리에 잠도 제대로 못 자 몸은 완전 피곤에 절어 있었다.

난 무거운 몸을 이끌고 다이빙대에 올라섰다. 아래엔 코치가 나를 바라보고 있었다. 하지만, 다이빙하는 순간, 어지러움에 다리가 풀렸고 난 그대로 낙하했다. 코치는 나를 불러냈다. 그리고는 아무도 없는 빈 수영장 속으로 나를 밀어뜨렸다. 난 두 발을 허우적거리며 물 밖으로 나오려 했지만, 코치는 나오지 못하게 막았다.

"너 제대로 안 할래? 저번 시합에서 4등 한 거 벌써 잊은 거야? 1등 해야 할 거 아냐!?"

숨이 막 넘어갈 때쯤 코치는 물 밖으로 날 꺼냈다. 난 가쁜 숨을 몰아쉬었다. 나도 모르게 두 주먹에 힘이 들어갔다.

"어쭈 치겠다? 이게 세상이 요즘 흉흉하니까 애들이 이 모양이지. 뭐? 존댓말 금지? 웃기고 있네."

그러자 코치의 손이 올라갔다. 그러곤 내 뺨에 날카롭게 꽂혔다. 뺨에는 엉덩이와 똑같은 손자국이 붉게 나 있었다. 이건 코치님만의 특별 훈련 방식이었다. 학생들을 대회 1등으로 만든, 신기록을 세우게 만든. 세상 참 좋아졌다. 나 때는 이런 거 얄짤없었어. 1등 못 하면 어디 사람 취급이나 해 줬는 줄 아냐? 코치는 나를 손으로 툭툭 치며 말했다. 그리고 그 순간 난 풉, 웃음이 나올 것만 같았다. 이유는 몰랐다. 나도 모르게 입 밖으로 웃음이 터져 나왔다. 풉, 푸히히히히히히히히.

한껏 화가 난 코치가 내게 뭐라 뭐라 소리를 질러도 난 웃었다. 웃는 것밖에 할 수 있는 게 없었다. 사실 이젠 어떻게 되든 상관없었다. 코치가 바라는 대로 내가 1등을 한다 해도 달라질 건 없을 것 같다는 생각이 들었다. 엄마와 형도 마찬가지였을까.

다녀왔습니다. 인사를 받아주는 사람은 없었지만 그래도 인사했다.

풉, 푸히히히. 자꾸 입술 새로 웃음이 새어 나왔다. 멈추려 해도 멈춰지지 않았다. 하하하하하하하하. 키키킥키키키킥. 이젠 웃음소리에도 익숙해졌다. 더 이상 귀를 막거나 인상을 찌푸리지 않았다. 대신 나도 함께 웃었다. 푸히히히히히히히히히히히. 고개를 돌리자 군복을 입은 형이 보였다. 형은 거울을 보며 자신에게 경례하고 있었다. 차렷, 경례! 싸가지 없게 자세 똑바로 안 해! 꼭 오래전 일을 그대로 재현하듯 그랬다. 그러곤 웃었다. 하하하하하하하하하. 그 모습을 보는 나도 웃음이 나왔다. 푸히히히히히히히히히히.

엄마는 집에 없었다. 아마 또 임 부장의 전화를 받고 나간 거겠지. 히히히히히히히히. 난 침대에 누웠다. 침대에 닿자 엉덩이가 따끔거려 왔다. 푸히히히히히히히히히히히. 난 두 팔을 허우적거렸다. 코치 앞에서 했듯이. 날 꺼내 줄 사람은 아무도 없었지만, 계속 허우적거렸다. 너무 웃어서일까, 눈에 눈물이 고였다. 눈물이 뺨을 타고 아래로 흘렀다. 그리고 난 계속 웃었다.

'존댓말 금지' 정책이 실행된 지 보름이 지났지만, 풉 바이러스의 감염자는 여전히 하루가 다르게 늘고 있었다. 사람들의 항의가 빗발치자 정부에선 얼른 새로운 주장을 내놨다. 서울대 박 교수는 뉴스 인터뷰에서 "풉 바이러스의 원인이 사실, 존댓말이 아니라 90도 인사인 것으로 밝혀졌습니다. 90도 인사는 우리의 허리를 숙이게 함으로써……"라며 말을 바꿨다. 어느 때보다 인기를 중요시하는 정부는 이에 대한 방안으로 '하이파이브 인사'라는 정책을 제시했다. 90도 인사는 너무 올드하다며 우리도 아메리칸 스타일로 하이파이브를 하자는 것이었다.

뭐 아메리칸 스타일?

나는 그 뉴스를 보면서도 계속 웃어 댔다.

자꾸 실없는 웃음이 나왔다. 풉. 푸하하하하하하하. 풉 바이러스의 원인이 존댓말이든 90도 인사든 이젠 중요하지 않았다. 존댓말을 하지 않는 세상이 와도, 90도 인사 말고 하이파이브 인사를 나눠도 앞으로 세상이 변하지 않을 거라는 건 너무도 자명했으니까. 웃음은 멈추지 않을 것이다. 어쩌면 전 국민이 다 웃게 될지도 몰랐다. 그건 과연 비웃음일까. 아니면 진실된 기쁨의 웃음일까.

그래서 묻는다. 혹시, 당신도 지금 웃고 있는 건가?

그렇게 웃지 말라고 했을 텐데. 뭐, 이제 상관없으려나.

미성년

소하고등학교 3학년
이소윤

　사람들이 나에게 무슨 일을 하느냐고 물으면 나는 당당히 음지에서 일한다고 대답한다. 시청각실이 도서관 지하 1층에 있으니 틀린 말은 아니다. 물론 나는 하나와 같은 용기가 없기에 곧장 "제가 일하는 곳이 도서관 지하 1층 시청각실이라서요." 하고 덧붙이지만 말이다. 내 말에 한순간 차갑게 변하는 사람들의 눈빛은 지금은 사라진 하나를 떠오르게 만든다. 이렇듯 하나의 유머는 언제나 사람들을 당황하게 했다. 경악과 혐오감 그 어딘가에서 헤매는 사람들의 불완전한 눈빛에 하나의 천진한 웃음은 그런 반응을 예상했다는 듯 가볍게 터져 나왔다. 사람들의 반응을 살피는 하나의 시선은 날카롭고도 집요했다. 스스로를 해치면서 웃는다는 건 어떤 마음으로 할 수 있는 걸까. 누군가는 자기 자신을 과하게 낮추며 웃어 대는 하나를 보며 가벼운 아이라고 생각했을 것이다. 하지만 나는 알 것 같았다. 그 가벼움의 무게를.
　하나가 없는 시청각실은 정말이지 적막하다. 나는 오늘도 하나가 얼마나 외로웠을지 짐작해 본다. 그러다 보면 나도 어서 하나를 따라 이곳을 탈출하고 싶다는 마음이 점점 더 커져만 간다. 이곳에서 내가 하는 일이라곤 사람들이 요청하는 영화를 틀어 주는 것뿐이다. 프로그램을 켜서 영화를 검색하고 클릭 하나로 끝나는 일. 처음 발령이 났던 때만 해도 이 육십 평이 넘는 시청각실의 청소는 내가 온전히 도맡아야 했다. 그때만 하더라도 출근하면 두세 시간을 청소에만 썼다. 사람이 한 명 겨우 들어갈 만한 독서실 책상 같은 좌석엔 모니터와 십 년 넘게 사용된 흔적이 남아 있는 헤드셋이 전부였다. 나는 그 좁은 동굴 같은 곳에 들어가 모니터를 닦고 소독용 에탄올로 헤드셋을 닦아 냈다. 어차피 아무도 사용하지 않을 것들을 말이다. 청소를 하면서도 내가 청소부인지 어렵게 합격한 공무원이 맞는지 종종 헷갈렸다. 지금 생각해 보면 차라리 정신없이 청소하던 그때가 그립다. 지금은 청소 외부 업체에서 청소를 도맡고 있기에 더더욱 나는 할 일이 없다. 오직 하나를 그리워하는 일밖에는 할 일이 없다.

미디어 시청각실은 영화 감상을 위한 공간이었지만 정작 이곳에서 영화를 보는 사람은 아무도 없었다. 도서관 주변에서 볼 수 있는 건 산과 수많은 비닐하우스뿐이었다. 말 그대로 이 동네는 깡촌 시골이었다. 어르신들만 가득한 이곳에 시청각실이 웬 말인가. 영화관도 없는 시골 주민들의 문화생활을 돕는 취지에서 만들었다고는 하는데, 정책이란 항상 이런 식으로 겉만 번지르르한 텅 빈 강정이었다. 물론 그 덕에 나도 먹고사는 것이니 딱히 불만은 없었다. 어르신들은 정책의 취지와는 달리 격조 있는 문화생활보단 집에서 보는 막장 드라마를 더 좋아했다. 서로 잡아먹을 듯 굴다가 결국 용서하고 가족이 되어 가는 그런 드라마. 이곳에 드라마는 없다. 아무도 찾지 않아 낡은 예술영화들만 있을 뿐. 그렇게 내가 지루한 나날을 보내고 있을 즈음 하나가 나타났다.

"아이씨, 몰라. 짜증 나. 끊어, 씨." 하나의 첫인상은 욕설로 시작해서 욕설로 끝났다. 이곳에 학교가 있던가. 처음 보는 교복을 입은 채 학교에 있어야 할 시간에 이곳에 찾아온 하나. 정체가 무엇일까 생각하던 찰나 하나는 무작정 나를 향해 자신을 소개했다. 내가 중간에 끼어들 새도 없이 랩처럼 자신의 삶에 대해 쏟아 냈다. 요약하자면, 원래 아빠와 단둘이 대구에서 살다가 거듭 정학을 당해 더는 받아 주는 곳이 없어서 결국 자신을 버린 엄마가 있는 이곳 단양에 오게 되었다고 했다. 대안학교라기에 평범한 학교랑 다름없을 줄 알았더니, 처음 교실에 들어가자마자 자기가 있을 곳이 아니라고 판단했다는 하나의 말은 거침이 없었다. 네가 있을 곳이 아니라니, 내가 묻기도 전에 하나는 말했다. 학생들 전부 마음이 아픈 아이들이라고 자기소개를 했다며, 딱 보니 하나같이 정상이 없었다면서. 하나같이 정상이 없다는 그 말에 나도 모르게 웃음이 터졌다. 그러자 하나는 해맑게 웃으며 물론 나도 정상은 아니지만 하고 답했다. 그렇게 교복엔 항상 전 담배 냄새가 배어 있고 짙은 화장을 한 채 모든 말의 대부분이 욕설인 하나와 하루 만에 친구가 되었다.

하나는 내가 일하는 동안 맨 끝자리 동굴로 들어가 헤드셋 볼륨을 가장 크게 틀어 놓고 백색소음처럼 깔리는 영화 소리를 자장가 삼아 잠자리에 들었다. 아무도 찾지 않는 곳이기에 상관없었다. 한번씩 하나의 코골이가 들리면 혼자가 아니란 생각에 마음이 편해지기도 했다. 밤에 무얼 하는 건지 하나는 한 번도 깨지 않고 몸을 웅크린 채 내내 잠을 잤다. 그러곤 퇴근 시간이 되면 귀신같이 일어나 나와 함께 퇴근 준비를 했다. 퇴근 준비라 해 봤자 모니터를 끄고 헤드셋을 제자리에 올려 두는, 자기 잠자리를 치우는 게 전부였지만. 나는 하나가 보던 영화를 종료하고 컴퓨터 전체 전원을 껐다. 하나는 내가 마감을 다 끝마치기도 전에 항상 먼저 일 층으로 올라갔다. 하나는 도서관 로비에 한참을 서서 앞에 펼쳐진 드넓은 밭과 빼곡하게 설치된 비닐하우스를 바라봤다.

아마도 내가 하나에게 이 도서관의 역사를 말해 준 날부터였던 것 같다. "원래 이 도서관은 저 참치 캔 공장에서 일하는 외국인 노동자들에게 숙소 목적으로 제공되던 곳이었어." 이곳에 불이 난 적이 있었다. 불이 꽤 크게 번져 수십 명이 죽었다. 나중에 밝혀지기를 우즈베키스탄에서 온 노동자가 불을 지른 것이라고 했다. 그 이유는 알 수 없지만 확실한 건 화재 사건 이후로 불을 낸 사람뿐 아니라 다른 이들까지 이곳에서 쫓겨났다는 것이었다. "그때부터 쭉 방치되어 있던 건물을 정부에서 도서관으로 재사용하게 된 거야. 오싹하지?" 내가 말을 마치자마자 하나는 특유의 천진한 웃음을 지으며 이곳이 더 마음에 쏙 든다고 답했다. 예상치 못한 하나의 대답에 내가 당황하자 하나는 내 눈을 뚫어져라 쳐다봤다. 꽤 오랜 시간 서로를 바라봤던 것 같다. 나는 하나의 눈에서 엄마를 통해 바라본 나와 마주하게 되었다. 항상 무언가를 기다리고 있는 눈. 지독하게 익숙한 것이었다. 나는 그 이후로 하나와 함께 여태 아무도 찾지 않았던 내 집으로 향했다.

하나는 우리 집에 와 함께 저녁을 먹고, 언제나 그렇듯 밤 10시가 되면 집을 떠났다. 어디로 향하는지 정확히 알 수는 없었으나 어설프게나마 짐작할 수는 있었다. 늘 욕설이 난무하는 하나의 전화 통화와 오빠가 사 주었다는 여러 화장품을 보면서 말이다. 그것들에 대해 깊게 묻지는 않았다. 아니, 그러려고 노력했다. 하나의 사정을 안다 해도 내가 온전히 책임져 줄 수는 없으니까. 내가 모르는 하나의 비밀은 어쩐지 감당하기 어려울 것이라는 예감이 들었다. 난 그 거대한 비밀이 우리의 일상을 망치길 원하지 않았다. 온종일 함께 있고 시시한 농담을 하는 것, 그리고 밥을 같이 먹는 것. 남들 눈에는 평범해 보일 수 있는 이 일상이 여태 나에겐 없었다. 하나도 그리 다르지는 않았으리라고 생각했다. 고로 우리는 알았다. 함께하는 식사의 의미가 어떤 것인지를. 다만 이때를 돌이켜 떠올려 보면 이따금 다른 생각이 들기도 한다. 나의 그런 비겁함이 지금의 하나를 만들어 버린 건 아닌가 하는 그런 생각이 말이다.

저녁 식사 시간은 하루 동안 우리가 이야기를 나누는 몇 안 되는 시간이었다. 종일 같이 있었으나 하나는 내내 잠만 자고 난 카운터를 지켜야 했기에 대화할 일은 없었다. 다만 나도 하나도 이 사실에 대해 깊게 여기진 않았다. "내가 지금까지 일하면서 들었던 가장 황당한 민원이 뭔지 알아? 여기 너무 조용하다고. 왜 이렇게 조용하냐고 묻더라." 하나는 내 말에 웃겨 죽겠다는 듯 깔깔댔다. 우리의 대화는 주로 이런 사사로운 이야기로 이뤄져 있었으나 어떤 대꾸를 해야 할지 모르게 되는 순간도 있었다. 하나에게 혹시 조퇴한 거냐고 물어본 적이 있었다. 매일같이 학교에 있어야 할 시간에 도서관에 왔기에 문득 묻고 싶어졌다. 그때 하나는 "그건 아니고, 얘 때문에."라고 말하며 영상을 보여 줬다. 하나가 고개를 푹 숙이고 있는 아이의 뺨을 때리고 있었다. "나 아예 학교 잘릴 수도 있어요." 하나는 덧붙여 말했다. 그 말 이후에 뭐라고 몇 마디 더 뇌까렸는데 난 그게 무슨 말이었는지보다 그때 하나의 천진한 표정이 더 기억에 남았다. "미안하지는 않니." 난 영상에서 눈을 떼고 말했다. 하나는 이상한 걸 묻는다는 얼굴로 대답했다.
"원래 때리는 쪽이 더 힘들거든요."

이후로 하나를 볼 때면 불쑥 그 말이 생각나곤 했다. 그럴 때마다 난 하나의 눈을 피할 수밖에 없었다. 그러면서도 하나를 지속적으로 만났다. 때리는 쪽이 더 힘들다는 말을 처음 들었을 때 난 처음으로 하나를 이해할 수 있을 것 같다고 느꼈다. 언젠가 아주 오래전에 비슷한 생각을 했던 적이 있는 것 같았다. 그때는 엄마도 하나와 같은 마음이었을까 싶기도 했다. 그래서 난 하나가 그런 말들, 가령 학교 선생이나 동창생을 어떻게 해 버리고 싶다 같은 이야기들을 할 때 말리지 않았다. "아, 나도 어른 되면 혼자 살고 싶다. 언니는 자취해요?" 언젠가 대화를 하다가 하나가 이렇게 물었던 적이 있었다. "아니, 난 엄마랑 살아." 무슨 생각으로 이렇게 대답했는지 모르겠다. 엄마와 살고 싶은 마음은 조금도 없었지만 그때만큼은 하나와 완전히 다른 사람이고 싶었다. "엄마랑 사이가 좋나 보네." 하나는 혼잣말하듯 내뱉으며 무슨 생각을 하는 건지 읽을 수 없는 표정을 지었다. "우리 엄마는 결혼 네 번이나 했는데 대박이죠?" 하나는 이렇게 말하더니 갑자기 웃어 버렸다. "장난인데."라고 이야기하더니 더 크게 웃었다. 난 따라 웃어야 할지 알 수 없어서 하나의 시선을 피하기만 했다. 하나가 처음이자 마지막으로 자기 가족 이야기를 했던 순간이었다. 물론 나도 마찬가지였다.

하나에게도 내 이야기를 깊게 털어놓은 적은 없었다. 그중에서도 가족에 관한 이야기는 절대 입 밖으로 내놓지 않겠노라고 다짐한 것들이었다. 얼마 전 엄마가 내 명의를 도용했을 때부터 더 굳게 다짐했었다. 엄마가 새아빠의 자식, 그러니까 내 배다른 형제의 휴대전화를 내 명의로 개통해 줬다. 정작 난 그 일을 가족 중에서 제일 늦게 알았다. 엄마는 그 일에 대해 동의를 구하는 거라고 하기는 했으나 실상은 통보에 가까운 이야기를 했다. 어떻게 그럴 수 있냐며, 내가 길길이 날뛰며 신고하겠다고 하자 엄마는 어린애를 혼내기라도 하듯 날 다그쳤다. "그래도 동생인데 어떻게 그러니." 더는 어떤 이야기를 해도 엄마의 생각이 바뀌지 않을 걸 확신했다. 난 말을 바꿨다. "그래서, 그 사람이랑은 언제까지 같이 지낼 건데." 내 말이 끝나기가 무섭게 엄마는 이씨 그 양반, 하고 말문을 열더니 빠르게 쏟아 내기 시작했다. " 그 양반이 계속 들먹이던 거 있지, 논산에 있다는 숨겨진 땅. 아마 진짜로 있는 거 같아. 같이 산 십 년이 아까워서라도 그 땅 받기 전까진 못 헤어진다." 엄마는 땅만 받으면 같이 살 수 있다고 덧붙였으나 난 더 듣지 않고 전화를 끊어 버렸다. 어느 정도 예상한 대답이었고 항상 듣던 이야기였다. 다만 아무리 들어도 그 말이 익숙해지지는 않았다. 정확히는 십 년째 그 허무맹랑한 거짓말을 믿고 있는 엄마의 순진함이.

그 사람은 다정하고 능력 좋은 남자였다. 적어도 엄마에겐 말이다. 그가 하는 이야기의 대부분이 거짓이라는 건 언뜻 봐도 눈치챌 수 있었으나 엄마는 여태 그걸 눈치채지 못했다. 자기 앞으로 숨겨진 땅이 수도 없이 있고 그 땅값이 날이 갈수록 오르고 있다는 이야기들. 그런 부자인 본인이 당신을 사랑하고 있다는 엄마를 향한 그 사람의 고백은 전형적인 사기꾼의 말이었다. 그러니까 전형적인 사기 수법, 유약한 사람을 등쳐 먹기 위해 특화된 언변이라는 것이었다. 엄마는 유약한 사람의 역할을 너무나도 훌륭하게 수행하고 있었다. 엄마는 뭔가 이상하다는 내 말은 귓등으로도 듣지 않았고 그 사람의 말은 곧이곧대로 다 믿었다. 그 사람과 연애를 하다가 결국 결혼하게 되는 순간까지. 당연하게도 엄마가 꿈꾸던 장밋빛으로 가득한 미래는 없었다. 이 핑계 저 핑계를 대는 그 사람에게 돈을 갖다 바치는 현실만 있을 뿐이었다. 마치 기다렸다는 듯 엄마의 삶이 무너지기 시작했다. 그 무렵 난 매일같이 엄마가 결혼하기 전, 그 사람을 만나기 전으로 돌아간다면 더할 나위 없으리라고 생각했다.

다만 그때 정확히 엄마가 어떤 일을 하며 누구를 만났는지는 알 수 없었다. 휴대전화 요금을 내지 못해서 연락이 두절되기가 부지기수였다. 그런 경우가 아니라도 엄마는 내 연락을 잘 받지도 하지도 않았다. 언젠가는 거의 삼 개월 동안 연락이 닿지 않았던 적도 있었다. 모르는 번호로 걸려온 전화를 받았을 때 들려온 엄마의 목소리는 삼 개월 만에 들어도 곧바로 알 수 있었다. 내가 어디냐고 왜 여태 연락도 없었냐고 묻자 엄마는 천천히 말했다. "응, 나 찜질방." 찜질방 비용이 없어서 못 내고 있다고, 와서 내 주라고 엄마는 이어 말했다. 엄마와의 통화는 늘 그런 식이었다. 엄마의 연락을 무시하고 싶었던 적이 한두 번이 아니었다. 다만 언제나 생각에서 멈췄다. 여전히 엄마를 이용하려고만 하는 새아빠라는 사람과 평소엔 찾지도 않다가 필요할 때만 연락해 오는 그의 자식이 엄마의 가족이었으니까. 내가 아니라면 엄마가 어떻게 살아갈지 도무지 상상할 수 없었기에 난 엄마에게 화를 낸 적도 돈을 빌려 주지 않은 적도 없었다. 엄마가 요구하는 돈은 많아 봤자 오십 만 원을 넘기지 않았다. 그 액수가 날 질리게 했고 엄마에 대한 희망을 가지는 걸 가능케 했다.

하나와 보내는 일상은 계절이 달라질 때까지 바뀌지 않았다. 다시 말하면, 여름이 끝나고 가을이 시작될 무렵부터 변화가 생기기 시작했다. 이번 추석 연휴는 꽤 길었다. 추석은 도서관에 이용객이 생기는 몇 되지 않는 명절이었다. 주로 단양을 방문한 가족들끼리 들르는 경우가 많은데 그들은 책을 읽기보단 영화 보는 걸더 선호했다. 내겐 평소처럼 시간을 죽이거나 하나의 코골이 소리를 들을 여유가 없었다. 하나에게 따로 당부하지는 않았다. 평소에도 매일 잠만 자기에 이용객이 좀 오더라도 큰 문제를 일으키진 않으리라고 생각했다. 내 예상은 철저히 빗나갔다. 우리 외의 사람이 시청각실에 드나들기 시작하자 하나는 내내 말똥하게 깨어 있었다. 그제야 난 하나에게 추석 연휴라 사람이 좀 있다고 건성으로 대답했다. 내 대답을 들은 이후부터였던 것 같다. 하나가 일부러인지 소란을 일으키기 시작한 것이. "아 어쩌라고. 닥쳐, 내가뭘." 시청각실에 하나의 날 선 목소리가 울려 퍼졌다. 하나는 날빤히 쳐다보며 전화 통화를 이어 갔다. 시청각실에 있던 이용객들의 모든 시선이 하나에 닿아 있었다.

하나는 사람들의 시선에도 개의치 않았다. 오히려 이러길 바랐다는 듯 은은하게 웃고 있는 것 같기도 했다. 다만 난 알 수 있었다. 아무렇지 않은 척하고는 있지만 실은 그렇지 않다는 걸. "그러니까 내가 얘기했잖아. 그, 뭐지? 뭐였더라. 암튼." 자꾸 자기 이야기를 까먹는 하나의 모습이 그걸 증명하고 있었다. 하나는 늘 그랬다. 하나의 말에 내가 당황해서 눈을 휘둥그렇게 뜨고 마주치면하나는 자기 말을 까먹었다. 그러면서도 하나는 왁자하게 웃어넘기려 했다. "아이씨 또 까먹었네. 나 진짜 돌대가리지."라면서. 난그런 하나의 농담이 전혀 웃기지 않았지만 웃어 줬다. 다만 지금은 아니었다. 난 수화기를 귀에 대며 자조하는 하나를 보고도 전화를 끊은 이후에 내 앞에 성큼 다가온 하나와 눈이 마주치고도 묵묵히 있었다. 그때에도 하나는 천진하게 미소 짓고 있었다. 자기가 망쳐 버린 분위기를 어떻게든 바꾸려는 듯. 나는 천천히 입을 열었다. "너 계속 이러면 여기 못 있어." 나름 고르고 고른 말이었다. 하나가 계속 도서관에 오길 바라는 마음을 담아 말했다. 다만 난 그 진심이 담긴 충고가 하나가 여태 신물이 나도록 들어 온 말이라는 걸 알지 못했다. 하나는 내 말을 듣자마자 낮게 뇌까렸다. "내가 여기 다 불 질러 버릴 거야." 발소리를 부러 크게 내며 시청각실을 나가는 뒷모습이 내가 도서관에서 마지막으로 본 하나의 모습이었다.

하나를 다시 만나게 된 건 추석 연휴가 끝나고 이 주 정도가 흘렀을 때였다. 물론 도서관에서 만난 건 아니었다. 볼일이 있어서 시내에 갔을 때 하나를 봤다. 일방적으로 발견했다는 표현이 더 어울리려나. 다만 그때 분명히 하나와 눈이 마주쳤다. 하나는 혼자가 아니었다. 여러 명의 남자들과 몰려다니고 있었다. 남자들은 언뜻 보기에도 하나보다 나이가 훨씬 많아 보였다. 적어도 아빠뻘은 될 것 같은 사람들이 하나의 어깨에 손을 올리고 머리카락을 만져 댔다. 하나가 말하던 오빠라고 부르던 사람들이 저들이라는 걸 단번에 알 수 있었다. 하나는 그 상황에서도 웃고 있었다. 다만 난 그 웃음이 너무나도 불안해 보였다. 자기가 하던 말을 까먹었을 때 스스로를 자조하던 웃음과 닮아 있었다. 하나는 남자들 말에 대답하면서도 계속 주변을 두리번거렸다. 그러다 나와 눈이 마주친 것이다. 하나는 날 보자마자 고개를 다시 돌렸다. 자기 어깨에 팔을 올려놓은 남자 품에 안기더니 뭐라 중얼거렸다. 거리가 멀어서 그때 하나가 무슨 말을 했는지 알 수는 없었지만 왠지 알 것도 같았다. 오빠 가자, 라고 했겠지. 말을 한 뒤에 바로 자리를 옮겼으니까. 모텔촌 사이로 사라졌으니까.

시내에서 하나를 만난 후 일주일도 지나지 않아서 동네 전체에 하나에 대한 소문이 나돌기 시작했다. 하나가 이상한 일을 당했다는 소문이었지만 말하는 이에 따라 그 내용이 조금씩 달랐다. 같은 학교 남자애들한테 당했다는 얘기부터 그래서 하나가 결국 임신을 했다는 얘기까지. 다만 소문의 당사자인 하나는 사람들 앞에 도통 나타나지 않았고 소문은 점점 커져만 갔다. "걔가 뭐 그렇지. 그럴 줄 알았어." 다만 하나를 걱정해 주는 사람은 없었다. 난 만약 얌전하고 공부도 잘하고 성실한 애가 하나와 같은 일을 당했다면 사람들의 반응이 같았을까에 대해 생각했다. 내가 내린 결론은 전혀 달랐을 것이다였지만 그렇다고 하나를 냉혹하게 대하는 이들에게 뭐라 하지도 않았고 그럴 자격도 없었다. 하나가 무슨 일을 당했는지는 아무도 모르기에 섣불리 결론 내려서는 안 된다고 되뇌었다. 그러면서도 분명 시내에서 본 남자들과 관련 있을 거라는 생각을 떨쳐 내지는 못했다. 결국 이 소문에 대처하기 위해 내가 선택한 방법은 소문을 믿지 않는 것이었다. 설마 하나가 그런 일을 당했겠어. 그 문장을 마법 주문처럼 항상 외우고 다녔다.

하나에 대한 소문은 시간이 지나도 사라질 줄을 몰랐다. 하나의 행방이 묘연해진 탓이었다. 분명 전에도 학교는 잘 가지 않았지만 도서관 근처나 시내에서 곧잘 보이던 하나였다. 하나가 보이지 않는 기간이 길어질수록 무성한 소문은 사람들 사이에서 사실로 여겨지기 시작했다. 한번 인식이 그렇게 되니 소문은 빠르게 잊혔다. "그거 진짜였대." 이 한마디에 놀랄 뿐, 사람들은 진실이라고 여겨지는 정보에 더는 호기심을 갖지 않았다. 난 내가 조금만 더 하나에 관심을 가졌다면 뭐가 달라졌을까, 하고 생각했다. 하나의 가정이 원래 '정상적이'지 않았다며 원래 그럴 애였다고 하나를 함부로 말하는 이들에게 조금이라도 반박을 했다면 말이다. 그 경우에 대해 아무리 생각해 봐도 알 수 없었다. 결론적으로 하나가 행방을 감추었기에 긍정적으로 생각하는 게 어려웠다. 난 하나의 일에서 멀어지려고 노력했다. 최대한 하나에 대해 생각하지도 말하지도 않으려고 했다. 다만 그럴수록 머릿속에선 한 가지 생각만 뚜렷해졌다. 하나를 사라지도록 만든 건 다른 이들의 차가운 시선도 폭력도 아닌 내 무관심이라는 생각이.

더는 아무도 하나에 대해 이야기하지 않게 되었을 때 사건은 벌어졌다. 출근을 하는데 도서관 앞 풍경이 뭔가 낯설었다. 바뀌어 있었다. 정확히는 풍경을 이루던 것들이 사라져 있었다. 비닐하우스가 전소된 흔적만이 남아 있었다. 그제야 은은하게 탄 냄새가 나는 것 같았다. 이미 주변 주민들이 신고를 했는지 머지않아 경찰차가 길을 타고 들어오는 모습이 보였다. 그때 왜 하나의 마지막 말이 떠올랐는지 모르겠다. "내가 여기 다 불 질러 버릴 거야." 밭이 온통 타 버린 정확한 원인은 알 수 없었으나 난 하나의 소행이었을 거라고 왠지 확신하고 있었다. 그리고 그 확신은 전소된 밭에서 하나의 것으로 추정되는 손거울이 발견되면서 사실의 형태로 바뀌었다. 그때부터 완전히 잊혀 있던 하나가 다시 사람들의 입방아에 오르게 되었다. 하나의 소문은 항상 다양하게 비극적이고 자극적이었다. "불 지를 때 빠져나오질 못해서 저 안에서 죽었다나 봐. 근데 원래부터 죽을 생각으로 지른 거래." 하나는 나쁜 일을 당한 충격을 못 이기고 자살한 여중생이 되어 있었다. 사람들의 이야기를 어디까지 믿어야 좋을지 알 수 없었고 모든 이야기에는 조금씩 신빙성이 있었다. 아무도, 하나에 대해 제대로 아는 사람은 없다는 얘기다. 심지어 나조차도 말이다.

그리고 지금까지 난 계속 도서관에서 일하고 있다. 비닐하우스가 있던 자리는 이젠 작은 흔적도 남아 있지 않게 되었다. "솔직히 흉물이긴 했지." "그래, 속은 시원하다. 쇼핑몰이라도 저기 생겼으면 좋겠다." 같은 대화들이 도서관 직원들 사이에서 자주 오갔다. 하나는 그날 이후로 다시 어딘가에서 목격되지도 사람들에 의해 거론되지도 않았다. 끊이지 않던 소문도 어느 순간부터는 생겨나지 않았고 하나는 원래 없었던 사람인 것처럼 사라져 버렸다. 하나의 존재는 비닐하우스와 함께 어디론가 버려진 듯했다. 다만 이젠 바뀌어 버린 도서관 맞은편의 광경을 보고 있을 적이면 하나가 어김없이 생각났다. 도대체 무슨 생각으로 저런 일을 한 걸까 싶었다. 하나에 대해 생각하다 보면 난 어느새 그 애의 정보를 찾고 있었다. 난 하나의 도서관 회원 정보를 조회했다. 하나가 적어 놓은 주소지가 눈에 띄었다. 근처 공원에 있는 공중화장실의 주소였다. 그제야 알게 되었다. 이젠 하나에게 집이라 불릴 만한 장소가 없다는 것을. 하나를 마지막으로 봤던 날을 기억했다. 그 애가 날 매섭게 쳐다보며 여기 불 지를 거라고 했을 때도 떠올렸다. 그때 난 하나에게 어떻게 말해 줬어야 했을까. 적어도 왜 내게 그렇게까지 의지하려 했는지에 대해서는 이해했어야 했을까. 어떤 물음에도 확답을 내릴 수 없어서 그저 어쩔 수 없던 일이라고 결론지었다. 난 최선을 다했다고, 그렇게 생각해야 했다.

퇴근 후에 비닐하우스가 있던 자리에 찾아갔다. 이미 하나가 사라진 이후에야 난 하나의 공간을 찾아갈 수 있었다. 어쩌면 하나가 모습을 드러낼지도 모르겠다고 생각했다. 이곳이 아니고서야 하나에겐 머물 공간이 없다고 여겼다. 다만 그곳은 이제 더 이상 하나의 아지트도 집도 아니었다. 한때 낡은 비닐하우스가 있던 공터일 뿐 하나는커녕 다른 사람도 전혀 없었다. 탄내가 은은하게 남아 있는 것 같았다. 난 그 냄새를 더 제대로 맡기 위해 숨을 크게 들이마셨다. 그럴수록 탄내가 진짜 잔흔인지 내 착각인지 더 알 수 없어졌다. 휴대전화가 울렸다. 엄마에게서 연락이 왔다. 비로소 현실로 돌아온 기분이었다. 장문의 문자에는 여러 내용이 담겨 있었지만 결론적으로는 돈을 빌려 달라는 이야기였다. 난 문자를 끝까지 읽지 않고 휴대전화를 껐다.

문득 시원한 공기를 마시고 싶었다. 이곳의 공기는 너무 따뜻해서 답답한 느낌이 들었다. 들이마실수록 머리가 더 무거워졌다. 내 어디선가 그 공기가 새는 것 같은 느낌이 들었다. 언젠가는 그 작은 구멍으로 내 모든 것이 쏟아져 나올 것이다. 왠지 그런 생각이 들었다. 나는 허공을 한동안 바라봤다. 비닐하우스 같은 건 애초부터 없었다는 듯 단단하고 건조한 땅 위에 하늘이 낮게 깔려 있었다. 다시 휴대전화를 켰다. 못 빌려 줘, 연락하지 마, 같은 말들을 입력했다가 지우길 반복했다. 결국에는 어떠한 답변도 보내지 못하고 메시지 창을 나갔다. 대신 이전의 모든 문자 기록을 삭제했다. 이제 모든 게 사라졌다, 이렇게 생각하면서. 어쩌면 이제 저 땅에는 사람들 말대로 새로운 시설이 들어올지도 모르겠다. 평생 뿌리를 내리고 있을 것 같던 피조물이 이제는 없으니까. 영원하리라 생각되었던 것들도 결코 영원하지 못했다. 다시 바람이 스쳐 왔다. 난 발걸음을 돌려 다시 내 자리로 돌아갔다.

불티

안양예술고등학교 3학년
최한별

이제는 평지가 된 땅바닥을 딛고 섰다. 언뜻 봐도 삼십 층은 거
뜬히 넘을 것 같은 아파트 출입구 앞이었다. 들고 있던 쇼핑백 끈
을 더 꽉 쥐었다. 쇼핑백은 묵직했다. 이제는 10년도 더 거슬러 올
라가야 하는, 그 시절들이 자연스럽게 떠올랐다. 지금처럼 이렇게
빽빽한 아파트가 즐비한 풍경이 아닌 '아랫동네'와 '윗동네'로 구
분되던 나의 학창 시절을.

아파트 입구 앞에서 서성이고 있었을 때 한 중년 남자가 단지
출입문을 열고 밖을 나왔다. 나는 잠시 고민하다가 문이 닫히기
전에 단지 안으로 발을 들였다. 천천히 걸으며 모든 게 바뀐 이곳
을 둘러보았다. 경사가 심했기에 아랫동네와 윗동네로 구분되었
던 것인데, 이제는 그런 경사가 없었다. 윗동네로 갈수록 집값이
싸지는 탓에 난 윗동네에서도 맨 꼭대기에 살았다. 이쯤 어디였
는데. 단지 중앙에 선 나는 발걸음을 멈추고 고개를 돌렸다. 백 년
은 살았다던 거대한 소나무 탓에 항상 그늘이 졌던 폐가와 금방이
라도 무너질 것 같은 빨간 지붕과 다 뜯어진 벽지가 있는 곳. 나는
그곳을 찾아 한참을 헤맸다. 기어코 정자 옆에 있는 소나무를 발

견하고 나서야 쓸쓸한 미소가 나왔다. 나름 지역 문화재여서 온전히 제 모습을 지킨 건 이 나무뿐이었다. 나는 천천히 소나무의 기둥 위로 손을 가져다댔다. 이상하게도 미약한 열기가 느껴지는 듯했다. 나무에도 체온이 있던가.

*

내가 이따금 찾아 불을 피우는 곳은 한 폐가였다. 더 정확하게 말하자면 내가 중학교에 입학하기 전까지 살았던 나의 집이었다. 그즈음 '아랫동네'와 '윗동네'가 합쳐진다는 소문이 돌았다. 거대한 아파트 단지가 들어올 거라고 금은방 아주머니는 매일같이 떠들어 댔다. 나는 그 말을 믿지 않았다. 이 어마어마한 언덕이 있는 곳에 상식적으로 아파트가 들어올 리 없었다. 경사에 아파트가 기울어 버리고 말 것이었다. 하지만 나의 상상과는 다르게 몇 개월 후 엄마는 덤덤하게 말했다.

"이사를 갈 거야."

어디로 가냐는 나의 물음에 멀리 가지 않는다고, 옆 동네로 갈 거라고 말했다. 엄마는 후련한 표정으로 이곳이 진짜 재개발구역으로 확정되었고, 시세보다 높은 가격에 집을 팔았다고 이야기했다.

"이제 언덕 같은 것도 안 올라도 돼."

나는 말없이 고개를 끄덕였다. 어린 나는 줄곧 윗동네에 산다는 이유로 놀림을 받곤 했다. 사는 집이 그곳이라는 이유만으로 아이들은 나를 괴롭혔다. 그랬기에 언덕이고 뭐고 아무런 상관이 없었다. 그저 나는 그들에게서 벗어날 수 있다는 것에 감사했다.

중학교에 입학한 나는 더 이상 윗동네에 산다는 놀림을 받지 않았다. 그리고 두 명의 친구도 사귀게 되었다. 정수와 연주였다. 정수는 그 시절 유행했던 브리지 머리 스타일을 하고 다니는 장난기 많은 아이였다. 그는 대형 슈퍼마켓 사장의 아들이었기에 언제나 새하얀 실내화를 신고, 모래 따위가 묻지 않은 깨끗한 책가방을 들고 다녔다. 나는 그런 정수를 은근히 부러워했다. 반면 연주는 어머니가 일찍 돌아가신 탓에 잔뜩 풀어헤친 머리라든가, 김칫국물이 튄 옷을 며칠씩이나 입고 다녔다. 연주의 머리칼은 만화에 나오는 귀신처럼 길었지만, 매번 허옇게 뭉쳐 엉겨 붙어 있곤 했다. 남들은 그 모습을 보며 혀를 찼지만 나는 신경 쓰지 않았다.

우리는 줄곧 모험 놀이를 하곤 했다. 재개발사업이 본격화되면서 아랫동네와 윗동네는 텅 비게 되었다. 철거를 앞두고 거주민들을 내보낸 것이다. 그곳이 바로 우리의 아지트였다. 가림막으로 가려져 있기는 하지만, 이곳에서 나고 자라 온 우리가 안으로 들어갈 구멍을 찾는 건 일도 아니었다. 아랫동네 초입에 들어가면 작은 통행로 하나와 양옆으로 빽빽한 주택이 보였다. 통행로 한가운데에 서면 윗동네가 훤히 보였는데, 너무 높아 주택들이 금방이라도 도미노처럼 무너질 것 같았다. 윗동네는 가장 구석진 곳이었고, 담배를 피우러 들어오는 아저씨들도 아랫동네 길목에서 피웠다. 그래서 우리는 늘 윗동네에서 놀았다. 그곳은 온전히 우리만의 구역이었다. 재개발 구역으로 지정되었다는 안내 팻말과 바리케이드가 곳곳에 쳐져 있었지만, 그 정도는 오히려 우리들의 모험심을 더 자극할 뿐이었다.

그중에서도 우리가 가장 많이 가던 곳은 윗동네 끝에 있는 소나무였다. 더 정확하게 말하자면 소나무 바로 옆에 붙어 있는 폐가였다. 폐가는 소나무 때문에 그늘져 낮에도 어두웠다. 또한, 폐가의 담벼락은 '철거'라는 단어가 붉은 스프레이로 잔뜩 칠해져 있었다. 폐가 내부는 더 가관이었다. 집이라기보다는 거대한 쓰레기통이었다. 여러 박스들, 서명 운동 종이, 전단지, 심지어는 부서진 벽돌 등 온갖 쓰레기가 여기저기 쌓여 있었다. 우리는 그럼에도 폐가에서 빵을 나눠 먹기도 했으며, 숨바꼭질, 보물찾기 같은 게임도 즐겨 했다. 우리가 놀던 폐가가 나의 집이었다는 건 평생 나만 알 비밀이었다. 엄마는 매번 흙과 먼지를 잔뜩 묻히고 돌아온 나를 보며 너는 정말 철이 없구나, 와 같은 말을 했다. 그러나 어린 내게는 잔소리일 뿐이었다.

영원할 것 같았던 시간은 생각보다 빨리 흩어졌다. 중학교 1학년 겨울방학 무렵이었다. 나는 방학 동안 무척 한가했으나 정수와 연주는 아니었다. 둘은 매번 바쁘다는 이유로 모험을 하지 않았고, 나도 자연스레 폐가로 가는 발걸음을 멈추었다. 자연스레 나는 혼자 놀게 되었는데, 아무도 없는 놀이터나 공터에서 노는 건 재미가 하나도 없었다.

개학 후 우리는 각각 다른 반이 되었다. 나는 매일같이 정수와 연주의 반에 놀러 갔다. 정수는 방학 동안 대형 학원에 등록했다. 그 학원은 학교 앞에서 휴지나 물티슈를 나누어 주며 홍보하는 것으로 유명했다. 정수는 학교에서도 학원 친구들과 다니곤 했다. 어느새 노란 브리지가 있던 정수의 머리는 차분한 다운펌 스타일로 바뀌어 있었다. 나는 쉬는 시간이나 급식 시간에 정수에게 갔지만, 정수는 공부해야 한다는 이유로 나를 상대해 주지 않았다. 연주는 무서운 언니들과 어울리기 시작했다. 항상 엉겨 붙어 있던 긴 생머리는 미용실에 갔는지 컬이 크게 들어간 파마머리로 바뀌어 있었다. 멀쩡던 얼굴은 새빨간 립스틱과 진한 화장으로 전혀 다른 사람이 되어 있었다. 연주는 어쩌면 정수보다 더 다가가기 힘들었다. 매번 무서운 선배들과 함께 있었기 때문이다. 나는 몇 번이고 연주의 반에 찾아갔다가 그냥 돌아오기를 반복했다.

나는 그즈음부터 알 수 없는 불안감에 시달려 잠을 푹 자지 못했다. 정수와 연주가 나를 어떤 존재로 생각하는지 알 수가 없었다. 내가 질려 버린 걸까, 혹은 내가 실수한 게 있는 걸까. 로맨스 드라마에 나오는 남자 주인공의 심리를 알고 싶어 하는 여자 주인공처럼 매일 밤 머리를 싸매고 고민했지만, 현실은 드라마처럼 달콤하지 않았다. 나는 정수와 연주의 마음을 끝끝내 알지 못한 채로 한 학기를 보낼 수밖에 없었다. 그들은 나의 연락을 무시했다. 더 나아가 인사까지 받아 주지 않았을 때 그들의 관계에서 내가 제외되었다는 사실을 비로소 제대로 인지하게 되었다. 그사이 나의 관계는 공허뿐이었다. 정수와 연주를 찾으러 다녔던 시기에 반 아이들은 이미 각자의 무리를 형성했다. 이제는 짝수로 잘 맞추어진 무리에 나를 끼워 줄 리 만무했다. 나는 완전히 혼자가 되었다.

*

또다시 겨울방학이 되었다. 나는 처음으로 혼자서 폐가를 찾았다. 그날따라 유독 학원에 가기 싫었다. 엄마는 중학교 2학년이 끝나 갈 때쯤부터 나를 학원에 보냈다. 개천을 따라 쭉 내려가면 나오는 작은 보습 학원이었다. 넉넉지 않은 형편이었지만 동네에 사는 거의 모든 아이가 학원에 다녔기 때문에 나만 안 다닐 순 없었다. 타지에 있는 공사장에서 일하는 탓에 집에 몇 번 들어오지 않는 아빠는 엄마에게 학원 이야기를 들은 후 나의 어깨를 꽉 잡았다. 그러곤 무표정한 얼굴로 비싼 돈 주고 가는 거니 열심히 하라 말했다. 나는 고개를 끄덕였지만, 공부에 관심이 없었던 터라 가기 싫기만 했다. 학원은 2층짜리 건물에 있었다. 가끔 학교에서 본 것 같은 얼굴들이 있었지만, 모르는 아이들이 더 많았다. 수업도 처음에만 조금 흥미가 갔지, 나중에는 하나도 이해하지 못한 채 집으로 돌아오는 날이 많아졌다. 선생님들은 시끄럽고 친화력이 좋은 학생이 아니면 잘 기억하지 못했다. 나는 그 점을 이용해 출석만 하고 몰래 도망을 나왔다.

다시 찾은 폐가는 여전했다. 대문 앞에 빼곡한 스프레이 자국도, 쓰러진 출입 금지 팻말도 그대로였다. 나는 겨울인데도 솔잎이 촘촘하게 난 소나무의 가지를 한번 바라본 후 집 안으로 들어갔다. 마지막으로 갔을 때랑 바뀐 게 하나도 없었다. 바닥에 버려진 빵 봉지를 주웠다. 유통기한이 벌써 3년 전이었다. 폐가라 앉을 수 있는 곳이 없다며 연주가 박스로 만든 의자도 무너지지 않고 자리를 지키고 있었다. 사실상 박스 여러 장을 겹쳐서 쌓아 놓은 것이 전부였지만 다시 앉아 보니 그때와는 다르게 꽤 안정감 있었다. 나는 코를 훌쩍이며 목도리를 똑바로 둘렀다. 난로나 히터가 들어오지 않는 폐가는 오히려 바깥보다 추웠다. 몸을 부르르 떨었다. 냉기가 도는 작은 집은 어느새 한기로 가득 찼다. 입김이 새어 나왔다. 나는 자리에서 일어나 창고로 향했다. 창고 문은 오래 열지 않아 굳게 닫혀 있었다. 온 힘을 줘 창고를 열자 그 안에는 먼지가 뽀얗게 쌓인 점화 통이 있었다.

이 집에 살던 당시에는 점화 통을 이용해 부족한 온기를 채웠다. 점화 통은 본래 캠핑에서나 많이 쓰는 물건으로 숯을 채워 넣은 뒤 불을 피우면 온기가 꽤 오래 갔다. 다만 집안에서 쓰지 않고, 주로 화장실에서 썼다. 겨울이면 이 집 화장실은 냉골이 되어 버렸기 때문이었다.

나는 먼지 쌓인 점화 통을 들고 폐가로 들어갔다. 그러곤 주변에 마구잡이로 놓여 있는 폐지나 박스 따위를 찢어서 점화 통 속으로 집어넣었다. 하지만 라이터가 없었다. 다시 동네 초입으로 향했다. 아랫동네에 다다르자 문 닫은 슈퍼나 금은방과 같은 것들이 보였다. 나는 조명 꺼진 슈퍼 앞에 쪼그려 앉아 쓰레기들을 헤집었다. 그 속에는 다 쓴 라이터나 성냥 따위가 많았다. 노숙자, 공사 직원 혹은 아저씨들이 버리고 간 것이었다. 나는 탁탁 소리가 나게 라이터를 켰다. 조금의 기름이 남아 있었는지 약하지만 붉은빛을 내뿜었다. 곧장 폐가로 간 나는 라이터를 이용해 점화 통에 불을 지폈다. 불은 금세 타올랐다. 나는 종이와 박스를 계속해서 집어넣었다. 불길이 점점 치솟았다. 타닥타닥 소리와 함께 타오르는 불은 몇 년 전의 기억들을 떠올리게 했다. 정수와 연주와 함께했던 시간을. 우리는 따뜻한 불 없이도 전혀 춥지 않았었다.

나는 연주가 만든 의자까지 부수어 점화 통에 집어넣었다. 그리고 그냥 땅바닥에 주저앉았다. 문득 가방에 달린 열쇠고리가 떠올랐다. 정수와 연주와 함께 맞춘 열쇠고리였다. 각자의 이름 이니셜이 쓰인 가죽 재질의 열쇠고리는 정수가 우리에게 선물해 주었다. 나는 가방에서 열쇠고리를 떼어 냈다. 험하게 다룬 탓인지 여러 군데 칠이 벗겨져 있고 때가 타 있었다. 불 가까이 손을 가져다댄 순간 무언가 속에서 타오르는 듯한 감정이 터져 나왔다.

태워 버릴까.

불길을 바라보았다. 살아 있는 것처럼 움직이는 불을 가만히 보고 있으면 나를 집어삼킬 듯한 착각이 들었다. 나는 숨을 내쉬었다. 따뜻해진 덕에 아까처럼 입김이 나지 않았다. 꽉 쥐고 있던 손을 펴 열쇠고리를 바라보았다. 쥐고 있는 것만으로도 온기가 느껴졌던 열쇠고리였는데 불 앞에서는 차갑기만 했다. 이제는 식어 버린 열쇠고리를 불 속으로 던졌다. 열쇠고리는 불 속에서 까맣게 타 들어갔다. 시간이 지나자 형체를 알아볼 수 없게 되었다. 눈 깜짝할 사이에 열쇠고리는 불 속에 잠긴 채 사라졌다. 타오르는 듯한 감정은 불에 옮겨붙은 듯 더욱 커졌다. 희열은 아니었다. 그렇다고 절망이나 우울도 아니었다. 그 감정은 점점 커져서 내 몸을 점화했다. 자리에서 벌떡 일어난 나는 곧장 집으로 달려갔다.

학원에 갔다 온 줄 아는 엄마는 밥을 먹을 거냐 물었지만 나는 대답하지 않은 채로 방에 들어갔다. 문을 잠근 후 친구들과의 관련된 모든 걸 챙겼다. 나눠 읽었던 편지, 연체료가 가득 쌓인 만화책, 함께했던 보드게임 따위의 것들까지도 전부. 정수와 연주를 상기시킬 만한 물건들을 전부 담았다. 가방은 터질 것같이 부풀었다. 그러나 나는 개의치 않았다. 다시 폐가로 향했다. 불길은 아니었지만, 남은 것들을 태우며 타닥거리고 있었다. 가방에서 물건들을 하나씩 꺼내 태우기 시작했다. 편지나 만화책 같은 종이는 잘 타올랐지만, 보드게임, 옷과 같은 것들은 타오르면서 불티를 튀겼다. 손등 혹은 목 부근에 튄 불티에 따가웠다. 작은 불꽃놀이를 하듯 불티는 계속해서 날아다녔다. 모든 게 잿가루가 되어 사라질 때까지 나는 그것에서 눈을 떼지 않았다. 잊기 위해서였다. 그리고 그 마지막을 지켜보기 위해서.

밤이 되어서야 집으로 돌아갔다. 내가 돌아오기를 기다리고 있던 엄마는 잔뜩 지친 나의 얼굴을 보곤 딱히 무어라 말하지 않았다. 그러나 의심쩍다는 듯이 미간을 찌푸리고 코를 쿵쿵대며 냄새를 맡았다.

"너한테서 왜 타는 냄새가 나지?"

나는 괜히 찔리는 마음에 눈알을 굴렸다.

"아까 쓰레기 태우는 곳 옆을 지나쳐 가서 그런가 봐."

엄마는 요즘 그러면 벌금을 무는데 아직도 그러는 사람이 있냐고 내게 물었다. 날카로운 질문이었다. 나는 괜히 식은땀이 나는 것 같은 기분에 모르겠다는 듯 어깨를 으쓱이곤 방으로 들어갔다. 목도리를 벗으며 끝부분에 코를 박았다. 아까 엄마가 한 것처럼 쿵쿵대며 냄새를 맡았다. 탄내에 익숙해진 탓인지 아무런 냄새도 나지 않았다.

*

나는 그날 이후 폐가를 찾지 않았다. 꿈틀거리는 불길 사이로 튀어나오는 불티의 뜨거움은 밤마다 느껴졌다. 나는 살갗 위로 튀던 불티를 애써 무시하려 했지만, 쉬운 일은 아니었다. 정수와 연주의 흔적이 사라진 방만이 그날 내가 한 일을 기억하고 있었다.

엄마는 재개발에 관한 이야기를 종종 하곤 했다. 일주일에 한 번씩 아빠와 같이 밥을 먹는 날, 우리의 대화 주제는 늘 그쪽으로 흘러갔다.

"우리 예전에 살던 집. 아직도 철거 안 된 거 알아?"

엄마는 주변인들에게서 알음알음 들은 얘기를 했다. 철거한다

고 사람들 쫓아낸 지 벌써 4년이나 지났는데, 아직도 '철거 예정'
이라고. 그 동네는 불량 학생들이 담배 피우고 술 마시는 아지트
가 되었다고. 이럴 바에는 왜 그렇게 빨리 나오라고 했는지 이해
할 수가 없다고 했다. 아빠는 대답 없이 흰 쌀밥만 씹었다. 지난
번, 학원에서 애들이 하는 이야기를 몰래 엿들은 적이 있었다. 윗
동네에 어떤 사람이 몰래 살고 있다는 이야기였다. 노숙자 혹은
원래 살던 사람인데 갈 곳이 없어서 들어간 것 같다고 했다. 가까
이 가면 위험할 수도 있으니 엄마가 그 근처는 지나다니지 말라고
했다며 낄낄댔다.

　"들어 보니 조합에 무슨 문제가 많다던데……. 어떻게 되는지."
　아빠는 엄마의 말에 작게 고개를 끄덕였다. 그사이 엄마는 유
심히 아빠의 밥그릇을 보았다. 밥그릇이 빈 것을 보자 자리에서
벌떡 일어나 밥을 더 퍼 오겠다고 했다. 여전히 말이 없는 아빠는
엄마가 밥그릇을 들고 주방으로 사라진 순간에도 무관심하게 멸
치조림 따위를 젓가락으로 집고 있었다. 나는 조합이니 분담금이
니 하는 엄마의 말을 정확히 이해할 수 없었다. 다만 한 가지 확실
한 건, 윗동네에 살던 시절로 돌아갈 수 없다는 것뿐이었다.

　시간은 빠르게 흘렀다. 과거에 무척이나 신경 쓰던 일들은 '별
것 아닌 일'이 되어 잿가루처럼 어딘가로 사라졌다. 내가 폐가를
다시 찾게 된 건, 아주 오랜 시간이 지난 후인 고등학교를 입학하
고 처음 맞은 여름이었다. 그사이 정수와 연주는 어느새 추억 속
인물들이 되어 있었다. 신기한 일이었다. 없어서 죽을 것 같을 땐
언제고. 시간이 약이라는 말이 정말 맞는 듯했다.
　정수는 이사를 갔다. 동네에서 부자로 유명했던 정수는 진짜

부자 마을로 갔다. 듣기로는 서울대 진학을 목표로 한다고 했다. 다니던 학원도 그만두고 개인 과외 선생님을 붙였는데, 그 선생님이 서울대 의대 출신이라는 소리도 있었다. 정수와 함께 다니던 친구들은 함께했던 시절은 어디 가고 삼삼오오 모여 정수를 깎아내리기 바빴다. 서울대가 개나 소나 다 가는 덴 줄 아냐느니, 따지고 보면 최상위권은 아니었다느니 하는 신경질적인 말들이 오갔다. 그러다가도 중간고사, 기말고사 기간이 되면 서로 견제해서 말 한마디 안 하고 각자 다니곤 했다. 나는 그런 그들의 심리를 알 수 없었다. 하지만 정수가 잘됐으면 하는 마음은 진심이었다.

연주는 주변 상고로 진학했다. 동네에서 질이 안 좋기로 유명한 선배들과 함께 다닌다는 말이 소문처럼 떠돌았다. 시내 술집에서 연주를 보았다는 아이도 있었고, 근처 게임방, DVD방을 안방처럼 드나든다고 했다. 매번 그곳에 무서운 선배들과 함께 연주가 있으니 아이들은 게임방과 DVD방 가는 것을 꺼렸다. 나는 그들의 소식을 구태여 찾아보지 않았지만, 말이라는 건 공기 중 어딘가를 항상 떠돌아다니기 마련이었다.

그리고 나는 새로운 친구들을 사귀었다. 내가 다닌 고등학교는 여러 동네에 사는 아이들이 모였기 때문에 '아는 애'보다 '모르는 애'가 많을 수밖에 없었다. 그랬기 때문에 과거를 잊고 현재에 집중할 수 있었다. 많이는 아니지만 속을 털어놓을 수 있는 친구 몇 명을 사귀었다는 건 무척 소중한 일이었다. 한편으로는 정수와 연주가 아닌 다른 친구를 사귄다는 게 낯설기도 했다.

또한, 내겐 몇 번의 시련과 몇 번의 고통이 존재했다. 가장 큰 시련은 부모님의 이혼이었다. 이혼 사유는 믿기지 않게도 아빠의 외도였다. 공사 현장에서 일하는 아빠는 직업 특성상 집에 잘 들어오지 않았는데, 매번 현장에 있던 건 아니었다. 충분히 집에 들어올 수 있었는데도 아빠는 그 여자의 집에서 생활했다. 엄마는 그것도 모르고 일주일에 한 번 아빠의 비워진 밥공기를 채워 주기 바빴다.

더 어처구니없는 것은 얼마 전, 아빠가 외도를 한 사람과 새살림을 차리고 아이를 낳았다는 것이다. 심장이 떨어지는 듯했다. 아빠의 자식은 영원히 나 하나일 거라고 생각했는데, 나와 엄마를 잊어버리고 얼굴도 모르는 이들의 남편이자 아빠로 산다니. 나는 안방에서 들리는 엄마의 숨죽인 울음소리를 애써 모르는 척하며 얼굴을 쏟어내렸다. 그때였다. 책상 구석에 있는 사진이 한 장 보였다. 중학교 입학식 때 찍은 사진이었다. 앳된 얼굴의 나는 작은 꽃다발을 들고 해맑게 웃고 있었다. 나는 액자에서 사진을 빼냈다. 그리고 책가방 속에 집어넣었다. 그걸로 끝이 아니었다. 아빠가 어렸을 적 사 준 인형, 부산으로 일하러 갔다가 내 생각이 났다며 사 온 시계, 초등학교 입학하는 날에 사 준 캐릭터 연필들, 나의 유일한 백화점 옷이었던 아빠가 생일 선물로 사 준 원피스까지도……. 나는 전부 가방 속으로 집어넣었다.

그리고 다시 폐가를 찾게 되었다. 이마에서 땀이 흘러내렸다. 나는 땀을 닦은 후, 집에서 가져온 것들로 점화 통 속을 채우기 시작했다. 폐가는 역시나 그대로였다. 동네 일진들의 아지트라더니. 꼭대기에 있는 이곳까지는 아직 오지 못했나 보다. 나는 바닥을 나뒹구는 택배 박스, 인쇄물, 알 수 없는 전단지 등을 마구잡이로 점화 통에 집어넣었다. 그리고 주머니에서 라이터를 꺼냈다. 이곳에 처음으로 와서 물건을 태운 그날 발견한 라이터였다. 종이 한 장에 불을 붙여 점화 통 속으로 던지니 금세 불이 타올랐다. 그 모습을 본 후 가방을 열어 안에 있는 물건들을 바닥으로 쏟아 냈다. 그리고 차례대로 점화 통 속으로 집어넣었다. 열기에 몸이 탈 것 같았지만 멈추지 않았다. 솜이 빠져 볼품없어진 인형도, 다시 보니 너무 많이 차서 때가 탄 시계도, 짧아진 연필들도, 아까워서 몇 번 입지 못한 원피스도 전부 다 점화 통 속으로 넣었다. 불티가 내 몸 곳곳에 튀었다. 잇새로 옅은 신음이 튀어나왔다.

마침내 모든 물건이 타 들어가 아무것도 남지 않았을 때, 세상에 홀로 남겨진 듯한 기분이 들었다. 허무함에 다리 힘이 풀렸다. 먼지로 가득한 바닥에 주저앉았다. 빨간 불티들은 점화 통 위를 계속해서 날아다녔다. 나는 고개를 툭 떨궜다. 그때 저 멀리 깨진 유리 조각이 보였다. 가만히 쳐다보니 유리 조각 속으로 내 모습이 비쳐 보였다. 아빠와 너무 닮은 얼굴이었다. 부정하고 싶어 계속 유리 조각을 응시했지만 달라지는 건 없었다. 나는 다시 일어났다. 무표정한 얼굴로 타오르는 불 위에 손을 올렸다. 금방이라도 나의 손을 잡아먹을 것처럼 매서운 불길이었다. 뜨거움에 손을 빼냈다. 손바닥을 바라보았다. 태양보다 더 빨갛게 달아올라 있었다. 나는 아빠가 남기고 간 가장 큰 기억이었다. 너무나도 잊고 싶었지만 나를 태우기에 불길은 너무 뜨거웠다. 무엇보다도 나는 겁이 많았다. 그게 내가 살아 있는 유일한 이유였다.

*

나는 그날 이후 보통의 고등학생과도 같은 일상을 보냈다. 아빠가 없는 삶은 허전함이 분명 존재했다. 하지만 나는 대학 입시를 앞둔 학생이었다. 종일 공부만 해도 모자란 시기였다. 나는 때

때로 방에서 혼자 울기도 했고, 폭우 속에서 우산 없이 목청껏 소리를 지르기도 했다. 하지만 무엇보다 중요한 건 엄마와 나는 남았다는 것이었다. 떠나간 아빠는 이제 없었다.

엄마는 아빠와의 이혼 후, 더 열심히 일했다. 보통 이혼을 하면 양육비를 다달이 받는다고 했는데, 입을 꾹 다물고 있는 엄마 때문에 나는 하나도 알 수 없었다. 그저 엄마가 더 많이 일하고, 더 빨리 지쳐 간다는 것만 알 수 있었다. 원래 동네에서 지하철을 타고 네 정거장을 가면 나오는 회사에서 청소하는 일을 했는데, 요즘은 새벽마다 목욕탕에 가서 청소를 했다. 그뿐이 아니었다. 사거리를 나가면 전단지를 돌리는 엄마를 심심치 않게 볼 수 있었고, 저녁이 되면 대형 마트에서 캐셔 일을 하는 듯했다. 세탁하기 위해 집으로 들고 오는 유니폼에는 엄마 이름 석 자가 박혀 있었다. 엄마는 퇴근하자마자 내내 잠만 잤다. 그 탓에 작은 간이 식탁에 차려진 밥과 국, 몇 가지 반찬은 매번 식어 있었다. 하지만 단 한 번도 내가 학원 끝나고 집에 오기 전까지 차려져 있지 않은 적이 없었다.

오늘도 학원에 갔다가 집에 와서 불을 켜고 밥을 먹으려 자리에 앉자 엄마가 안방에서 걸어 나왔다. 잔뜩 졸린 눈의 엄마는 앙상해져 금방이라도 잿더미 위로 바스러질 것 같았다. 나는 알아서 먹을 테니 들어가 있으라고 했지만, 엄마는 고개를 저으며 냉장고에서 다른 반찬들을 꺼냈다. 그러곤 작은 식탁 위로 반찬을 놓으며 내 앞에 앉았다. 나는 다 식은 밥을 크게 떠서 입안으로 넣었다. 엄마는 그 모습을 바라보다 무언가 떠올랐다는 듯 말했다.

"우리 예전에 살던 집 곧 철거된다더라. 그렇게 미루더니 이제야 하네. 거기 몰래 살던 사람들 다 쫓겨났대. 우린 그때 이사해서

참 다행이지…….”

　그러고는 금방 자리에서 일어났다. 눈이 감길락 말락 한 게 거
의 반쯤 잠든 상태 같았다. 먹고 싱크대에 넣어 놓으라는 말을 마
지막으로 엄마는 다시 방으로 들어갔다. 나는 입맛이 달아났지만,
꾸역꾸역 밥을 입에 집어넣었다. 목이 막혀 왔다.

　밥을 다 먹은 후 나는 급하게 방으로 들어갔다. 예전에 한번 느
꼈었던 감정이었다. 목구멍이 턱 막힌 듯이 갑갑한 감정. 컥. 컥.
소리를 내어 막힌 무언가를 뱉어 내려 해도 묽은 침 말고는 아무
것도 나오지 않았다. 나는 가방을 뒤집어 안에 들어 있는 문제집,
학용품을 탈탈 털어 냈다. 그러곤 방 구석구석을 돌아다니며 잊고
싶은 것들을 찾아 헤맸다. 시험 성적표, 중학교 졸업 앨범 등 많은
물건을 가방 속으로 넣었다. 다 넣고 보니 방이 텅 빈 듯했다.

　엄마가 깨지 않게 조심히 밖으로 나왔다. 오늘이 폐가에 가는
마지막 날이라 생각하니 기분이 미묘했다. 좁은 골목길을 지나고,
신호등이 없는 차도를 건너고, 굴다리를 넘었다. 그리고 아랫동네
로 가는 개천을 건너는 도중에 익숙한 얼굴을 보았다. 아빠였다.
나는 그 자리에 멈추어 섰다. 그때, 아빠와 눈이 마주쳤다. 정확하
게도. 아빠는 주춤거렸다. 마치 내가 이방인이라도 된 듯 행동했
다. 아빠와 만난 건 엄마와 이혼을 한 이후 처음이었다. 우리는 그
동안 어떠한 연락도, 안부도 주고받지 않았다. 나는 우물쭈물하는
아빠의 옆에 있는 여자를 보았다. 연갈색 머리에 회색 니트를 입
고 있는 여자였다. 엄마와는 다르게 무척이나 혈색 있었다. 여자
는 아이의 유모차를 끌고 있었는데, 그 안에 타고 있는 아이는 해
맑게 웃고 있었다. 그 아이를 보는 순간, 아까 전 목구멍에 걸려

서 고통스럽게 하던 그 무언가가 역류하려 했다. 나는 입을 틀어막았다. 아빠가 걱정스러운 얼굴로 내게 다가왔다. 나는 뒷걸음질쳤다. 아빠와 나 사이의 간격은 줄어들지 않았다. 결국, 먼저 떠난건 나였다. 마지막까지 아이의 죄 없는 얼굴을 바라보며 나는 뛰었다. 숨이 차도록 계속 뛰었다. 윗동네까지 올라가는 언덕에서조차 뛰었다. 그리고 비로소 폐가에 도착하자 가방을 던지듯 벗고벽에 기대어 숨을 골랐다. 폐가의 탁한 공기를 그대로 들이마셨지만, 기침은 나지 않았다. 오히려 역류하려던 그 무언가가 진정된것 같았다.

나는 이제 능숙하게 불을 피울 수 있었다. 이내 점화 통이 타올랐다. 가방을 들어 안에 들어 있는 걸 꺼냈다. 떨리는 손으로 물건들을 불길 속으로 집어넣었다. 흔적조차 남지 않게 내 기억 속에서 사라지도록. 일상에 남아 괴로운 기억들을 떠올리지 않게 하도록. 원래 세상에 존재하지 않았던 것처럼……. 그러다가 문득 상실감이 밀려왔다. 단순히 가족, 친구들을 잃은 것만이 아니었다. 언제부터 태우는 것에 이렇게 의지하고 있었지. 불길이 타오를 때마다 나의 삶이 타 버리는 것같이 조금씩 지워졌다. 정말 다 잊고 싶었을 뿐인데. 나까지 지워지고 있었다. 직감적으로 마지막임을 깨달았다. 새빨간 불을 바라보다가 폐가 밖으로 나갔다. 그리고 처음 봤을 때와 같이 앙상하기만 한 소나무 가지를 꺾었다. 아래쪽으로 난 탓에 크기가 작았다. 나뭇가지를 반으로 부러트렸다. 점화 통 앞에 서서 안을 보았다. 눈앞으로 높이 불티가 튀는 순간나는 불길 속으로 나뭇가지를 던졌다. 그것은 순식간에 까맣게 변해 사라졌다. 내가 정말 잊고 싶은 것은 다름 아닌 이곳이었다.

나의 모든 기억이 들어간 점화 통은 이후로 장작을 넣지 않자 점점 사그라들었다. 불이 다 멎은 후, 까맣게 재만 남은 점화 통에 조심스럽게 손을 넣었다. 아직 채 식지 않은 열기에 손끝이 따가웠다. 개의치 않고 까만 잿가루에 손을 대려는 순간, 밖에서 인기척이 났다. 누군가의 말소리 같기도 했다. 나는 점화 통에 넣었던 손을 빠르게 빼냈다. 그러곤 챙겨 온 가방을 닫지도 못하고 급하게 멨다. 누군가 내가 이곳에서 불을 피우고 있었다는 걸 알게 되면 안 됐다. 이곳에서 몰래 나가야 했다.

나는 긴장하며 천천히 문을 열었다. 대문 안까지 들어와 있을 리는 없었고, 아마 누군가가 있다면 대문 밖에 있을 게 확실했다. 집 밖으로 빠져나온 나는 담벼락 뒤에 숨어 발소리를 죽이며 걸었다. 나는 고개를 내밀어 누가 있는지 확인했다. 분명 노숙자거나, 현장 답사를 나온 건설사 직원들일 것이었다. 하지만 내 예상과는 다르게 뒷문에는 익숙한 사람이 서 있었다. 내가 그토록 잊고 싶어 하던, 연주였다. 연주는 한 남자와 담벼락에 기대어 서 있었다. 둘은 대화를 나누기도, 함께 웃음을 터트리기도 했다. 그러다가 곧 연주와 남자는 서로를 깊게 끌어안았다.

그 순간 숨이 멈추었다. 보면 안 될 걸 본 느낌이었다. 연주가 알기 전에 몰래 지나가야 했다. 뒤쪽으로 가서 담벼락을 넘어야겠다. 빠르게 뒷걸음질 치던 발이 뒤에 있던 돌을 미처 발견하지 못하고 밟았다. 큰 소리와 함께 미끄러지는 순간 연주와 눈이 마주쳤다. 짧은 마주침에 서로를 반가워하기에는 너무 많은 것이 변해 있었다. 나는 먼저 눈을 피했다. 연주의 표정을 살피지 못한 채 연주를 지나쳐 달렸다. 정신없이 달리자 나는 벌써 아랫동네에 있었다. 숨을 헐떡이며 연주가 있었던 그곳을 바라보았다. 그 위로 붉게 노을이 진 하늘이 보였다. 주황빛도 없이 새빨간 하늘이었다.

그 모습을 넋 놓고 바라보던 나는 생각했다. 이제야 비로소 내가 불길 속에 들어왔구나.

*

아파트 놀이터에 앉아서 흙을 파며 놀고 있는 아이들을 보았다. 한때 나의 집 햇빛을 가로막던 거대한 소나무는 이제 노인들의 그늘 쉼터가 되어 있었다. 꺾였던 나뭇가지는 흔적도 없이 자라 있었다. 아이들은 모험 놀이라 지칭하며 미끄럼틀을 내려오고, 정글짐을 오르며 모두 열정적으로 놀이에 참여하고 있었다. 그 모습을 보자 왜인지 옛날의 내가 떠올랐다. 어느덧 제 몸만 한 굴을 판 아이가 그 안으로 나뭇잎과 꺾인 꽃 몇 송이를 넣고 있었다. 나는 조심스레 아이에게 다가갔다.

"헌 옷 수거함이 어디 있는지 아니?"

나의 물음에 경계심 가득한 표정을 짓던 아이는 말없이 손으로 한쪽을 가리켰다. 그다지 멀지 않은 곳에 헌 옷 수거함이 있었다. 나는 여전히 모험 놀이를 하는 아이들을 눈에 담은 후 빠른 걸음으로 헌 옷 수거함 앞에 섰다. 자리에 우뚝 선 나는 들고 있던 쇼핑백 속에서 교복을 꺼냈다. 낡은 교복이었다. 오른쪽 가슴팍에는 내 이름 석 자가 박혀 있었다. 교복을 자세히 들여다보자 몇 개의 작은 구멍이 나 있었다. 불티가 튀어서 난 구멍이었다. 나는 그 구멍을 매만졌다. 느껴질 리 없는 미세한 열기가 손끝을 간지럽혔다. 그러다가 나는 한 손으로 교복을 구겨 들었다. 헌 옷 수거함에 넣기 위함이었다. 그러나 이상하게도 수거함의 틈으로 교복을 집어넣으려던 손이 섣불리 교복을 놓지 못했다. 점화 통 속으로 끝

끝내 손을 넣지 못했던 그때처럼. 손이 부들거렸다. 잠깐의 망설임 후 나는 결국 교복을 쥔 손을 헌 옷 수거함에서 빼냈다. 그러곤 다시 교복을 잘 개어서 쇼핑백 속으로 집어넣었다.

나는 하늘을 바라보았다. 흔히 시에서 읊곤 하는 정말 푸르른 하늘이었다. 나는 스스로를 버리지 못했다. 불에 타서 잿가루가 되지도 않았다. 겁이 많았던 나는 여전히 살아 있다. 기억과 상처도 마찬가지였다. 그것들은 결국 나의 삶에서 지워지거나 사라지지 않았다. 그것은 어떤 형태로든 나의 삶에 남을 수밖에 없는 굳은살 같은 것임을 이제는 안다. 날리던 불티는 구멍이 난 교복처럼 내 몸 어딘가에 남아 타오르던 그때를 떠올릴 테고, 나는 무너지는 수밖에 없다. 여전히 겁이 많은 나는 매번 말하던 시간이 약이라는 말처럼, 천천히, 태웠던 것들을 기억의 구석으로 밀어 넣으려 안간힘을 쓸 것이다. 영원히.

끝나지 않는 랠리

고양예술고등학교 3학년
김도연

　새벽 조깅은 보통 단조롭다. 매일 같은 공원에서 같은 풍경을 보며 같은 거리를 달린다. 항상 비슷한 시간대에 숨이 차기 시작하고, 머지않아 다리가 무거워진다. 그 과정은 이따금 익숙한 것을 넘어 무료하기까지 하다. 특별한 일이라고 해 봤자 예상하지 못한 날에 비가 내린다든가, 돌부리에 발이 걸려 넘어지는 것 정도였다. 그마저도 기껏해야 한 달에 두어 번 정도나 일어나는 일들이었다. 그런데 오늘만큼은 달랐다. 공원 대로를 따라 달리던 중 반대쪽에서 나뭇가지가 억지로 비틀리고 떨어지는 소리가 들렸다. 나는 길 위에 멈춰 섰고, 귀를 기울인 채 나무가 빽빽이 늘어서 있는 가로수 쪽으로 고개를 돌렸다. 그리고 그것이 나무들 사이에서 미적미적 기어 나오는 모습을 똑똑히 지켜보았다.
　그것은 사람으로도 동물로도 보이지 않는 생김새를 하고 있었다. 몸뚱이가 투명하고 얇은 막으로 둘러싸여 있어 건너편의 나무들이 훤히 보였고, 금방이라도 녹아내려서 땅에 뿌리를 내릴 것처럼 흐물흐물했다. 이목구비라고 할 만한 것은 어디에도 보이지 않았지만 이상하게도 나를 바라보는 듯한 시선이 느껴졌다.

나는 그것을 한참 쳐다보다가 뒤로 한 걸음 물러났다. 본능에 의한 움직임이었다. 그것이 미동도 하지 않자 두 걸음 더 물러났다. 그대로 계속 뒷걸음질 쳐서, 그것이 보이지 않을 때까지 멀어져야 한다고 생각했다. 그런데 세 번째 걸음을 내딛는 순간 갑자기 그것이 움직이기 시작했다. 아주 천천히. 위협이 될 것이라고는 생각할 수 없을 만큼 느린 속도로. 그러나 한번 어깨에 들어간 힘은 쉽게 풀리지 않았다. 나는 온몸의 신경을 곤두세운 채 그것이 스멀스멀 움직이는 모습을 바라보고 있었다. 그러다 퍼뜩 이상한 점을 알아차렸다. 어느샌가 그 몸뚱이 가장 아래쪽에 내 것과 같은 형태의 발이 생겨 있었다.

다섯 개의 발가락이 새로운 환경에 적응하려는 듯 연신 꼼지락거렸다. 그것은 조심스럽게 뒤로 한 걸음을 내디디더니, 이내 뒤뚱거리며 두 걸음 더 물러났다. 마치 아기새가 어미에게 걸음을 배우는 것처럼, 나의 움직임을 그대로 따라 하고 있었다. 발걸음뿐만이 아니었다. 그저 투명하기만 해서, 그 자리에 존재한다는 것만을 겨우 인식할 수 있었던 몸뚱이에 살갗과 핏줄이 퍼져 나가기 시작했다. 가장 꼭대기에 있던 부분에는 꽃봉오리가 터지는 것처럼 머리카락이 자라났으며, 그 밑으로 두 개의 구덩이가 파이더니 검은 눈동자가 생겼다. 머지않아 그 안에는 내 모습이 담겼다. 그 눈 안에서 나는 마치 물에 빠진 사람처럼 허덕이고 있었다.

나는 붙박인 듯 가만히 서서 한참이나 그것과 눈을 마주치고 있었다. 다리가 움직이지 않아서 뒷걸음질조차 칠 수 없었다. 그 사이 그것은 완전한 나의 모습이 되어 있었다. 이목구비는 물론이며 두툼한 팔의 굵기와 울퉁불퉁한 다리, 하물며 푸석푸석한 머릿결까지도 완벽하게 똑같았다. 그것은 목을 앞으로 구부정하게 내

밀었다. 그러더니 입을 '허' 소리 나게 벌렸다. 정처 없이 떠도는 손은 감전된 것처럼 덜덜 떨어 댔다. 꼭 바보 같았다. 나는 그것이 내 모습을 흉내 내고 있다는 사실을 금방 알아차렸다. 어째선지 민망해지는 마음에 얼른 어깨를 폈다. 그 순간 그것도 언제 그랬냐는 듯 어깨를 꼿꼿이 폈다. 그제야 그것이 어떤 존재인지 알 것 같았다. 설마 나에게까지 찾아오다니. 나는 슬며시 주먹을 말아 쥐었다.

그 존재들에 대한 이야기는 인터넷에서 자주 보았다. 사람들은 그 생명체들을 '미러'라고 불렀다. 미지의 생물체이면서도 우리를 흉내 내는 모습이 꼭 거울 속의 존재들 같아 보였기 때문이다. 미러들은 마치 발뒤꿈치에 달라붙은 껌처럼 자신이 처음 마주친 사람을 졸졸 따라다닌다고 했다. 밥 먹을 때도 잠잘 때도, 하물며 발가벗고 목욕할 때까지도 고집스럽게 떨어지지 않는다고. 마치 곁에 있는 것이 당연하다는 듯이. 그러면서 점차 그 사람의 많은 것들을 닮아 간다고 했다. 처음에는 생김새, 그리고 가벼운 손동작이나 습관 같은 것들, 그다음에는 평소 사용하던 언어와 말버릇, 시간이 더 지나면 자주 느끼는 감정과 기억까지. 그런 것들을 모두 흡수하고 나면, 미러들은 새로 얻은 몸과 기억으로 그 사람의 삶을 대신 살아가게 된다고 했다.

반면에 그 곁에 있었던 사람들은 습관도 언어도 감정도 빼앗긴 채 점차 무기력해진다. 온몸에 힘이 빠지고, 마치 미러의 모습처럼 머리부터 발끝까지 모두 흐물흐물해진다. 그러다 결국 아무도 모르는 사이에 흔적도 없이 녹아 버린다. 그래서 사람들은 미러를 마주치지 말라고 한다. 미러를 마주치는 순간, 그것이 당신의 존재를 인식하기 전에 뒤도 돌아보지 말고 도망쳐야 한다고. 만약 그렇게 하지 못한다면 잠자코 당신의 삶을 빼앗길 수밖에 없다고. 아니면 처음부터 미러가 찾아가지 않아도 되는 삶을 살라고. 그런 글들이 '미러 만났을 때 꿀팁' 같은 제목을 달고 인터넷 여기저기에 퍼져 있었다. 하지만 아무도 미러가 찾아가는 삶은 무엇이며 미러가 찾아가지 않아도 되는 삶은 무엇인지 알려 주지 않았다. 미러는 어째서 나를 찾아온 걸까. 나는 그것이 궁금했고, 미러에게 묻고 싶었다.

나는 다시 대로 위를 달리기 시작했다. 한 번 멈춰선 탓에 평소보다 숨이 빠르게 차올랐다. 미러가 내 뒷모습을 바라보고 있다가 똑같은 동작으로 바짝 뒤따라왔다.

새벽 조깅이 끝나고 공원을 벗어나면 해가 비스듬한 각도에서 세상을 비추고 있었다. 공원에서 멀지 않은 곳에 체육관이 있었다. 나는 그곳에서 나는 소리들을 좋아했다. 두 발이 일정한 스텝으로 톱, 톱 하고 뛰어오르는 소리, 톱밥을 가득 담은 샌드백이 흔들리는 소리, 두 개의 글러브가 맞부딪히면서 나는 둔탁한 소리, 사람들의 기합 소리 같은 것들이 입구 부근에서부터 어렴풋이 들려왔다. 나는 입구 앞에 서서 미러에게 속삭였다. 눈에 띄면 안 돼. 알겠지? 최근 인터넷이나 기사 등에서 자주 화제가 되기는 하지만, 사회를 살아가는 사람들에게 미러라는 것은 아직 생소한 존재였다. 하물며 나와 똑같이 생긴 미러가 내 주변에서 맴도는 것을 보면 다른 사람들이 어떻게 생각할지 몰랐다. 나는 스포츠 가방을 한쪽 어깨에 걸친 채 앞서 체육관에 들어섰다. 체육관 안에는 대여섯 명 정도가 있었다. 두 명은 글러브를 손에 낀 채 샌드백을 치고 있었고 두 명은 줄넘기를 하고 있었고 두 명은 링 위에 올라서 있었다. 스파링을 앞두고 있는 모양새였다. 한 사람은 금방이라도 공격을 시작할 준비가 되어 있다는 듯 벌써부터 기본 스텝을 밟고 있었고 한 사람은 양손으로 글러브를 맞댄 채 비비고 있었다. 긴장하고 있다는 뜻이었다.

안쪽으로 들어서자 줄넘기들이 쌓여 있는 플라스틱 상자가 보였다. 그런데 아무리 안쪽을 구석구석 뒤져 봐도 내 줄넘기가 보이지 않았다. 나는 고개를 들어 주변을 살펴보았다. 아까 보았던 링 위의 두 사람은 어느덧 경기를 시작한 채였다. 서로의 주먹을 좇느라 다른 것들은 안중에도 없어 보였다. 다음으로는 고개를 돌려 샌드백을 치는 사람들을 바라보았다. 그들은 마치 그 고무 덩어리가 만만치 않은 챔피언이라도 되는 것처럼 되돌아오는 움직임이나 반동에 의한 진동 같은 것들을 날카로운 시선으로 좇고 있었다. 줄넘기를 하는 사람들은 둘 다 양쪽 귀에 무선 이어폰을 낀 채 뛰어오르고 있었기 때문에 당장 옆에 있는 서로에게도 딱히 관심이 없어 보였다. 나는 대강 상자 안쪽을 헤집어 보는 척하면서 가장 먼저 손에 잡히는 줄넘기 하나를 낚아챘다. 원래부터 내 것이었던 것처럼 힘주어 쥔 채 줄넘기 매트에 올라섰다. 줄은 내 키에 비하면 한참 짧았다. 길이를 늘리려고 해 보았지만 이미 누군가의 키에 맞춰 최대치로 늘어나 있는 채였다. 나는 다시 돌아가서 다른 줄넘기를 가지고 올까 하다가 하는 수 없이 그 줄넘기를 발밑에 가져다댔다.

눈치채지 못한 사이에 곁으로 미러가 다가와 있었다. 아까 들었던 말들은 모두 순식간에 잊어버렸다는 듯, 아니면 애당초 들을 생각도 없었다는 듯 천연덕스러운 표정이었다. 미러는 나처럼 양손을 허리 부근에 가져다댔다. 그러자 양쪽 손바닥에서 마치 촉수처럼 긴 줄이 빠져나오기 시작했다. 두 개의 줄이 서로의 끄트머리를 만나 매듭처럼 엮이더니 순식간에 이어졌다. 마지막으로 플라스틱 손잡이가 빠져나오자 미러는 얼른 그것을 잡아챘다. 이제 그것은 누가 봐도 줄넘기의 형태였는데 역시 미러의 키에 비하면 길이가 한참 부족했다.

미러의 줄은 자꾸만 발목에 걸렸다. 공중으로 뛰어오를 때마다 미러의 몸뚱이가 자꾸만 휘청거렸다. 금방이라도 앞으로 고꾸라지거나 뒤로 넘어질 것만 같았다. 줄넘기가 발에 걸리면서 울려퍼지는 날카로운 소리가 체육관의 소리들과 제대로 섞이지 못하고 겉돌았다. 나는 문득 미러가 줄넘기를 잘못 생각할까 봐 불안해졌다. 짧은 줄을 억지로 공중에 돌려 가면서 발목을 학대하는 행위, 줄넘기를 그런 식으로 정의할 것 같았다. 나는 줄넘기를 한 손에 모아 잡고 욱신거리는 발목을 툭툭 두드렸다. 그러자 미러도 재빨리 멈춰 서서 발목을 통통 두드렸다. 그 순간까지도 미러의 눈동자는 나의 어떤 동작이라도 놓치지 않겠다는 듯 계속해서 굴러다니고 있었다. 도르륵, 도르륵, 눈동자만 빼서 손바닥 위에 굴려 보면 그런 소리가 날 것 같았다.

링 위에 올라가 볼까?

우리는 벽면에 등을 기대고 나란히 앉았다. 사람들의 눈에는 잘 띄지 않지만, 앉아 있으면 체육관이 한눈에 보이는 모서리 쪽이었다. 그곳에서 멍하게 사람들을 바라보고 있으니 문득 그런 생각이 들었다. 그러다 내가 그런 생각을 한 것이 정말 오랜만이라는 사실을 깨달았다. 아무것도 없던 곳에 무언가 새롭게 싹튼 걸까, 아니면 줄곧 덮어 놨던 무언가가 뒤늦게 고개를 내민 걸까. 어느덧 링 위에서는 한 세트가 끝나고 다른 사람들이 올라서 있었다.

"랠리가 뭔지 알아?"

내가 그렇게 묻자 미러가 나를 바라보았다. 나는 미러의 어깨를 가볍게 툭 쳤다. 그러자 미러도 주먹을 들어 내 어깨를 툭 쳤다. 마치 복사기로 베껴 낸 듯 정확하게 들어맞는 동작이었다. 그런데 미러의 주먹에는 결코 가볍지 않은 힘이 실려 있었다. 내가 미러를 치던 힘과는 확연히 달랐다. 어깨가 뒤늦게 지끈거렸다. 나는 아직까지 미러가 흉내 낼 수 있는 것은 단지 겉으로 보이는 동작뿐이라고 짐작했다. 내가 어떤 세기를 담아 주먹을 쥐었는지, 무슨 생각을 하고 자신의 어깨를 쳤는지 미러는 전혀 알지 못하고 있는 것 같았다. 이게 랠리야. 서로 계속 때리는 거야. 공격을 주고받는 거지. 나는 묻지도 않은 말에 그렇게 대답했다.

함께 복싱을 배우던 사람들은 하나같이 빠르게 승부가 나는 경기를 좋아했다. 몇 합 만에 상대를 때려눕혔을 때의 기분을 이야기하면서 들뜬 얼굴을 하고는 했다. 그러나 나는 랠리가 길게 이어지는 경기를 특히 좋아했다. 얼굴이 만신창이가 되거나 판정패로 억울하게 진다고 해도 분한 기분이 들지 않았다. 자신만의 방식으로 주먹이나 킥을 날리는 것, 그리고 상대의 공격에 자신만의 방식으로 화답하는 것. 각자의 판단이나 경험에 따라 상대방의 공격에 대처하는 것. 링이라는 공간은 끊임없이 서로에게 각자의 선택과 이 경기에 이르기까지의 시간을 보여 주는 자리였고, 나는 복싱에서의 랠리가 마치 대화 같다고 생각했다. 사람들은 그런 마음가짐으로 복싱을 해서는 안 된다고 했다. 이기기 위해서 맞서야하는 거라고. 나는 틀린 복싱을 해 왔던 거라고.

내 시야에 별안간 익숙한 얼굴이 들어왔다. 어슬렁거리면서 체육관에 들어서는 사람은 바로 관장님이었다. 앞에다 세워 두면 무엇이라도 막아 줄 수 있을 것 같은 거대한 몸집은 여전했다. 멀리 있어도 가장 눈에 띄었다. 관장님의 뒤로 여러 번 보았던 얼굴들이 줄지어 들어섰다. 어느덧 해가 중천에 떠 있었다. 체육관에 사람들이 가장 많아지는 시간이었다. 그때 미러가 양손으로 주먹을 말아 쥐었다. 버릇처럼 두 주먹을 맞댄 채 연신 비벼 대기 시작했다. 그러지 마, 나는 그렇게 말하려다가 얼른 두 손을 등 뒤로 치웠다. 얼굴이 뜨겁게 달아올랐다.

"눈에 띄면 안 돼."

미러가 그렇게 중얼거렸다. 새로운 말을 배운 어린아이가 입에 붙은 말을 곱씹어 보는 것처럼. 미러는 그것을 완전히 소화시키려는 것처럼 자꾸만 입술을 달싹였다. 머지않아 그 문장은 미러의 일부가 되겠지. 나는 몸을 일으켰다. 잊고 있었던 발목이 다리를 펴자마자 따끔거리기 시작했다. 나는 무심코 바닥에 널브러져 있는 줄넘기를 돌아보았다. 플라스틱 상자에 넣어 두고 왔어야 하는 건데. 원래는 그곳에 있었던 건데. 우리는 뒷문으로 체육관을 빠져나왔다.

체육관에서 집으로 돌아가려면 공원을 가로질러야 했다. 우리는 나란히 대로를 따라 걸었다. 새벽 조깅을 할 때 보았던 호수의 색이 바뀌어 있었다. 수면을 비추는 햇빛이 어스름하게 바뀌어 어딘가 붉어 보이는 색이 되었다. 머지않아 호수 곳곳에 파동이 생기기 시작했다. 수면 위로 빗줄기가 하나둘씩 떨어지고 있었다. 아무도 예상하지 못한 비였다. 빗줄기가 점차 굵어지기 시작했다. 공원에 널려 있는 나무며 목재 표지판 따위는 비를 제대로 막아 주지 못했다. 당황한 사람들이 비를 피할 곳을 찾아 뛰어다니는 것이 보였다. 우리도 우산이 없었지만, 나는 뛰지 않았다. 내가 뛰지 않으니 미러도 뛰지 않았다. 우리는 나란히 비를 맞았다. 사람들이 공원을 벗어나기 시작하면서 공원 내부가 한산해졌다.

새벽 조깅을 하다 보면 가끔 이런 날들이 있다. 가끔씩 예상하지 못한 날에 비가 내리곤 한다. 그러나 그날만큼 비가 억세게 내린 적은 없었다. 꼭 비가 복서처럼 어깨를 때리는 것 같았다. 마치 미들급 챔피언처럼. 하지만 그곳에는 중간에 스톱을 멈춰 줄 심판도 없었고 탭을 칠 링도 없었다. 나는 빗속에서 한참을 떠돌았다. 새벽에는 비가 내리지 않아도 공원 내부가 한산했는데, 비까지 내리기 시작하니까 아무도 보이지 않았다. 결국 나는 비를 피할 곳을 찾아 달리기 시작했다. 그러다 문득 발끝이 무언가에 걸려 급격히 앞으로 쏠리는 게 느껴졌다. 몸이 균형을 잃고 순식간에 무너져 내렸다. 특별한 일이었다. 평소였다면 그런 일은 일어나지 않았을 것이다. 사실 평소에도 공원에는 돌이 많이 깔려 있었다. 뛰다가 넘어지는 일도 꽤 자주 있었다. 어떨 때는 턱이 갈리기도 하고 어떨 때는 손바닥이 죄 벗겨지기도 했다. 하지만 무릎이 그렇게 아팠던 적은 한 번도 없었다. 왜냐하면 나는 킥 복서였으니까. 무릎이 가장 튼튼한 사람이었으니까.

'십자인대 파열'을 검색했는데 '미러 만났을 때 꿀팁'이 나왔다. 인터넷에는 전혀 관련 없는 내용을 연관 검색어에 포함시켜 조회 수를 끌어올리려고 하는 사람들이 많았다. 나는 신고 버튼을 찾으면서 글을 읽어 내려갔다. 신고 버튼은 가장 하단 부분에 있었다.

─미러들은 처음 마주친 사람을 끝까지 따라다닙니다. 마치 발뒤꿈치에 달라붙은 껌처럼 말이죠. 껌이 한번 붙으면 떼어 내기 쉽지가 않잖아요. 미러들도 절대 떨어지지 않아요. 밥 먹을 때도

잠잘 때도, 하물며 목욕할 때까지도요.

　나는 그 부분을 읽으면서 미러라는 존재가 나와 닮았다고 생각했다. 관장님과 의사 선생님은 나의 의지가 가장 중요하다고 했다. 수술을 받으면 다른 사람들처럼 다시 달릴 수 있고, 재활 치료까지 받으면 복싱 생활도 가능할 거라고. 노력하면. 운이 좋으면. 그들의 목소리는 뚝뚝 끊어졌다. 나중에는 아예 들리지도 않을 정도로 멀어졌다. 관장님도, 의사 선생님도, 모든 것이. 어느샌가 관장님의 커다란 몸집이 작은 점이 되어 있었다. 이기기 위해 맞서야 하는 거야. 너는 틀린 복싱을 해 왔던 거야. 그런 목소리만이 머릿속을 떠나지 않고 선명하게 맴돌 뿐이었다. 그 뒤로 나는 체육관에 오랫동안 나가지 않았다.

　그런데 내 발길은 새벽이 될 때마다 습관처럼 공원으로 향했다. 이제 더 이상 그럴 필요가 없는데도, 전과 같은 공원에서 같은 풍경을 보며 같은 거리를 달렸다. 새벽 조깅이 끝나면 아침이 왔고, 아침이 되면 체육관 근처를 한참 서성거렸다. 그럴 때면 미러가 떠올랐다. 어쩌면 나도 복싱에 있어서 미러 같은 존재가 아니었을까.

　그래서 미러가 나에게 찾아왔을 때, 미러가 나의 삶을 대신 살게 되는 거라면 다른 삶을 주고 싶다고 생각했다. 새벽 조깅이 끝나면 체육관에 가서 줄넘기를 하고, 링 위에 올라서서 상대를 때려눕히기 위해 주먹을 날리는, '맞는 복싱'을 하는 삶.

　나는 미러를 바라보았다. 언제부턴가 미러가 눈에 띄게 무릎을 절뚝거리고 있었다. 나는 그 모습을 바라보며 미러에게 나의 기억이 서서히 전해지고 있다는 사실을 알아차렸다. 그렇다면 이제 나는 나의 삶을 잃게 되는 걸까. 미러는 어떤 존재가 되는 걸까. 확실한 것은 그게 '나'는 아닐 것 같았다. 미러를 바라보면서 알게 된 것이 있다. 나는 여전히 복싱을 하고 싶어 한다는 것이다. 체육 관에 앉아서 링 위를 바라보던 미러의 눈은 여태껏 한 번도 보지 못한 감정으로 빛나고 있었다. 나는 항상 그런 눈으로 복싱을 해 왔던 걸까. 그것은 틀린 복싱을 하는 사람의 눈이 아니었다. 미러 의 몸에 습관처럼 배어 있는 행동 하나하나가, 이 삶을 잃으면 안 된다고 말해 주고 있는 것 같았다.

나는 미러에게서 조금 떨어져 섰다. 미러는 나를 잠깐 바라보 더니 비슷한 거리를 두고 멀어졌다. 꼭 처음 만났을 때 나를 따라 뒷걸음질 치던 때 같았다. 우리는 일정한 거리를 두고 서로를 마 주 본 채 서 있었다. 나는 양손을 눈높이에 올리고 뒷손을 오른쪽 뺨에 붙였다. 복싱의 기본자세였다. 일순 그 공간은 3단 루프로 둘러싸인 링으로 변한다. 빗소리가 귓가에서 멎어 든다. 나와 미 러의 손에는 붉은 글러브가 조명을 받아 반짝이고 있다. 나는 스 텝을 밟기 시작했다. 틉, 틉, 경쾌한 발소리가 울려 퍼졌다. 미러에 게 주먹을 날리면 미러도 주먹을 날렸다. 오른쪽으로 날리면 오른 쪽으로 돌아왔고, 왼쪽으로 날리면 왼쪽으로 돌아왔다. 단조롭고 예상하기 쉬운 패턴의 공격이었다. 하지만 더 이상 미러의 동작들 은 단순한 흉내가 아닌 것 같았다. 나의 삶을 빼앗기 위한 공격도 아니었다.

긴 랠리가 이어지는 동안, 미러의 움직임이 점차 느려지는 게 느껴졌다. 이윽고 미러의 몸은 흐물흐물하게 녹아내리기 시작했 다. 머리부터 시작해서 서서히 본래의 형태를 되찾아갔다. 몸이 반쯤 투명해졌을 때, 미러가 했던 마지막 공격은 킥 공격이었다. 미러의 다리는 큰 호선을 그리며 다가왔다. 그것은 처음으로 나를 따라 하지 않은 미러만의 공격이었고, 나는 그것이 가장 미러답다고 생각했다. 경기가 끝났을 때 공원은 다시 밝아져 있었다. 비가 개어 있었고, 온몸이 축축하게 젖어 있었다. 박수갈채 대신 사람들의 시선이 쏟아졌다. 다시 공원으로 모여든 사람들이 나를 이상한 눈으로 쳐다보고 있었다. 나는 한쪽 손을 높게 들어 올렸다. 햇빛이 경기장의 조명만큼이나 눈부셨다.

복싱 경기는 한번 시작한 이상 언젠가 반드시 끝나게 되어 있다. 아무리 랠리가 길게 이어져도 절대 이길 수 없는 것은 아니라는 것이다. 나는 그동안 나를 스쳐 지나갔던 수많은 랠리들을 떠올린다. 선수들과의 랠리, 관장님과의 랠리, 의사 선생님과의 랠리. 모두 내 손으로 마무리 지어야 했다. 반면에 영영 끝나지 않는 랠리도 분명 존재한다. 나와의 랠리, 그것은 아마 앞으로도 계속해서 이어질 것이다. 단조로운 새벽 조깅처럼.

그럼에도 나는 승리를 확신한다. 나는 긴 랠리를 좋아하는 복서니까.

열세 번째 공휴일, 고삼절

성지고등학교 3학년
김여진

"지금부터 제8회 고3의 날 기념식을 시작하도록 하겠습니다.
대통령께서 입장하고 계십니다. 내빈 여러분들께서는 기립해 주
시길 바랍니다."

기념식을 진행하는 사회자의 말이 끝나기가 무섭게, 관중석을
채우고 있던 국무총리, 국방부 장관, 교육부 장관, 여당 대표 등의
고관들이 일제히 일어나 박수를 쳤다. 그러자 이윽고 대통령이 근
엄하게 걸어 나와 단상에 섰다.

"오늘로 우리 대한민국은 여덟 번째 고3의 날을 맞았습니다. 지
난 2024년, 조국의 미래를 책임지는 우리 청춘들의 안정과 재충
전을 확실히 보장하고, 진정한 자유를 누리게 만들고자 제정된 고
3의 날을 직접 선포하게 되어 너무나도 기쁩니다. 고3 학생들은
우리 대한민국의 미래를 이끌어 나갈 첨병이며……."

대통령의 기념사가 끝나자 국민의례가 시작되었다. 애국가는
국내 최고 명문으로 손꼽히는, 무려 졸업생의 절반이 의대로 진
학한다는 S모 과학고의 2학년 학생들로 꾸려진 합창단이 담당했
다. 군악대의 엄숙한 반주에 맞춰 합창단은 선배들에게 애국가를

헌정했다. 애국가 제창이 끝난 후에는 고3의 날 기념 영상이 송출
되었다. 이윽고 화면에는 영상이 재생됐고, 무해한 웃음으로 깔깔
대며 하교하는 고등학생들의 얼굴을 클로즈업한 장면이 시작했
다. 나를 포함해 스무 명이 조금 넘는 반 친구들은 생중계로 그 모
습을 보고 있었다. 친구들의 표정은 근엄하고 권위 있는 기념식에
압도되는 것 같으면서도, 마음 한구석에는 자유를 만끽할 각자의
기대와 계획으로 가득 차 있는 듯 보였다. 사뭇 진지하면서도, 어
떠한 기대를 품고 있는, 그런 얼굴들이었다. 낯선 표정이었다. 난
생처음 맞는 진정한 자유와 방종을 누리기 직전의 인간의 표정은
원래 이런 걸까.

고3의 날, 즉 고삼절은 지금으로부터 8년 전인 2024년에 공식
적으로 제정되었다. 날이 갈수록 대한민국의 학령인구가 감소하
는 가운데, 2023년에는 청소년들, 특히 수험생들이 학업 스트레스
로 인해 잇달아 스스로 목숨을 끊었다. 이에 국회에서는 '솥의 김
을 빼야 한다.'라면서 고삼절 제정안을 발의했고, 마침내 2024년
정부에서 공식적으로 고삼절 제정을 발표한 것이었다. 1960년대
부터 날을 정해 기념했던, 그러나 유명무실하기 짝이 없었던 '청
소년의 날'과는 근본부터 달랐다. 고삼절에는 오직 현역 고등학교
3학년 학생들에 한해서만 살인, 강도, 강간 등의 강력 범죄를 제
외한 모든 종류의 일탈이 허용되었다. 술과 담배를 살 수 있는 것
은 물론, 주점이나 클럽 등 어른들만이 독점해서 향유했던 모든
종류의 즐거움들을 맘껏 만끽할 수 있었다. 심지어 부모들조차 이
날만큼은 자신의 고3 자녀들에게 어떠한 종류의 지시도 내릴 수
없었다. 만약 고삼절을 즐기는 데에 부모가 방해하는 행위를 한다

면, 그 자체로 처벌 대상이 되었다. 5월 3일, 단 하루. 이날 고3에게는 면책특권이 주어졌다.

"5월 3일, 낮 12시인 현 시각부터 금일 자정까지, 대한민국의 모든 고등학교 3학년 학생들에 대한 면책특권을 선포합니다."

대통령이 고삼절의 시작을 선언하자 교실 안은 물론, 학교 전체가 고3 학생들의 환호로 가득 찼다. 봄의 한가운데였고, 열어 놓은 창문 사이로 학생들의 기분 좋은 환호 소리가 들어왔다. 왜 하필 5월이어야만 했을까. 정부에서는 공식적으로 고삼절의 날짜가 왜 5월 3일로 제정되었는지에 대해 명확하게 발표한 바가 없다. 그러나 국내 최고 명문 대학교인 S대 의대에 재학 중이며 공부법, 교육 정책 관련 영상을 만들어 올리는 한 유명 크리에이터가 영상에서 자신의 의견을 밝혔고, 이는 곧 정설처럼 받아들여졌다. 왜 5월이어야만 했는가. 그 이유는 5월이 청소년들의 자살률이 가장 높은 달이라서. 따뜻한 햇볕과 활기찬 날씨의 봄에는 모든 것을 새롭게 시작할 수 있을 것만 같지만, 사실 봄은 사계절 중 자살률이 가장 높은 계절이라고 했다. 봄을 떠올리면 생각나는 따뜻한 햇볕과 새로운 시작은 오히려 우울감과 감정 기복이 심한 이들에게 충동적인 행동을 일으킬 수 있었다. 또, 새 출발과 새 시작을 시작하는 타인들과 자신을 비교하며 상대적 박탈감과 자괴감에 빠지는 이들이 많다는 것이었다.

상당히 그럴듯한 가설인 것이, 나 또한 고3이 되고 나서는 봄이 오고 꽃이 피어도 내 마음은 언제나 겨울인 듯 느껴졌다. 종일을 공부하고 잠시 쉬는 것인데도 왠지 모를 죄책감이 들어 편히 쉬기가 힘들었다. 주변의 상위권 친구들을 우러러보며, 그들이 가진 것과 내가 가진 것을 끝없이 비교해야만 했다. 그런데 대통령이 면책특권을 선포한 순간, 내 마음에도 진정한 봄이 찾아온 듯했다. 다른 학생들도 모두 그런 듯 보였다. 각자의 계획을 실행하기 위해 교실 밖을 나서는 학생들을 선생님은 가만히 지켜보기만 할 뿐이었다. 우리를 막을 수 있는 사람은 이제 아무도 없었다.

그때, 반 맨 뒷자리에 앉아 있던 남자아이가 주머니에서 라이터와 담배를 꺼내 불을 붙였다. 담배를 피워 본 적이 없어서 잘은 모르겠지만, 그 아이가 담배에 불을 붙이는 모습을 보고 단박에 처음 피워 보는 것이 아님은 알아차릴 수 있었다. 아주 모범생은 아니었지만 수업도 꽤 열심히 듣고 공부도 열심히 따라오려는 듯 보였던 아이였다. 그래서 담배 같은 일탈 행위와는 거리가 멀 거라 생각했고 나는 조금 놀랐다. 하지만 놀란 마음도 잠시, 열린 창문 사이로 꺄악, 하는 아이들의 환호 소리가 들렸다. 흡사 놀이공원의 한가운데에 와 있는 것 같은 느낌을 받았다. 창가로 가 그들을 내려다보니 야구방망이로 운동장의 창고 문을 부술 듯이 때리고 있었다. 그렇게 해서 그들이 얻고자 하는 것은 무엇일지 궁금했다. 아마 물질적인 무언가는 아닐 것이었다. 기껏 해 봤자 해방감 아니면 호승심 같은 종류의 감정일 터였다. 그러나 겉으로 보기에 그들은 진정으로 짜릿하고 신난 듯했다.

그들을 구경하는 건 나뿐이 아니었다. 어느새 내 옆에는 담임선생님이 와서 그들을 함께 쳐다보고 있었다. 담임선생님은 그들에게 무어라고 소리치려고 입을 열었다가 이내 다물었다. 그저 한숨만을 푹 내쉴 뿐이었다. 계속 다른 아이들의 행동을 지켜보고 있을 수만은 없었다. 이제 남은 시간은 열두 시간이 채 되지 않았다. 내일의 나는 못 누릴 즐거움과 자유를 오늘의 나만은 누릴 수 있으므로 빨리 움직여야 했다. 나 또한 고삼절을 잘 나기 위한 나름의 계획을 세워 두었다. 다들 당장 내일 지구가 멸망이라도 하는 것처럼 구는데, 나라고 그러지 않을 이유가 없었다. 나는 그 혼돈의 풍경을 바라보며 반에서 친한 친구인 주희, 솔, 그리고 하린과 교문 밖으로 나섰다.

*

우리 넷이 처음 향한 곳은 편의점이었다. 우리는 이곳에서 담배를 샀다. 나는 막상 편의점에 들어서니 어떤 담배를 사야 할지 막막했는데, 그런 나를 주희가 툭 치며 말을 걸어왔다.

"뭐 살지 안 정해 왔어? 내가 어제 담배 인기 순위 찾아본 거 있는데 그거 보여 줄까?"

제법 철저한 주희의 계획에 웃음이 났다. 응, 보여 줘, 하고는 편의점 알바생에게 인기 순위 1위에 있는 담배를 달라고 했다. 평소에 담배를 사기 위해 내보이는 건 주민등록증이어야 했겠지만, 오늘만은 달랐다. 나는 고등학교 3학년에 재학 중임을 알리는 학생증을 내보이며 담배를 샀다. 우리 중에 하린은 이미 흡연자였다. 하린은 고등학교 1학년일 때에 옆 학교에 다니는 고등학교 2학년 오빠를 소개 받아 사귀게 되었다. 일탈을 자주 일삼았던, 좀 논다는 오빠로부터 하린은 담배를 배웠다. 그래서 아직까지 담배를 피우고 있는 것이었다. 나로서는 담배를 피우는 게 처음이었다. 사실 담배를 피우는 것이 내 건강에도 안 좋을뿐더러 나중에 계속 생각나서 건강을 망치면 어쩌나 하는 두려움이 앞섰지만, 어차피 오늘만, 그냥 딱 한 번만 피우는 것이었다. 그리고 결정적으로, 고삼절을 며칠 앞둔 우리 학교 3학년들 사이에서 전교 1등 아이가 고삼절에 담배를 피우고 클럽에 갈 거란 소문이 돌았다. 사실인지는 확실하지 않지만, 어쨌거나 사실이라면 그런 상위권 모범생이 피우는 담배를 내가 피운다고 문제가 될 것 같지는 않아 보였다. 사실이 아니래도, 그 아이를 제외하고서라도 많은 아이들이 이미 고삼절에 담배를 사 피울 것임을 선전포고하는 것을 수없이 들어 왔기에 그 걱정과 경각심은 이미 무뎌져 뭉개져 버린 지 오래였다.

우리는 하린이 알려 주는 대로 담배를 피웠다. 담배를 쪽 하고 빨았는데 숨을 제대로 들이킬 수조차 없었고, 끊임없이 기침과 함께 연기를 도로 뱉어야만 했다. 머리가 띵했다. 주희와 솔도 나와 같았지만 그들은 계속해서 시도했고, 나는 심한 기침에 담배는 나와 영 맞지 않는 것 같은 기분을 느꼈다. 비싼 돈을 주고 샀지만, 나는 하린에게 내 남은 담배를 모두 주었다. 그리고 우리 넷은 극장으로 향했다.

극장을 방문한 이유는 평소에는 볼 수 없었던 청불 영화를 보는 데에 있었다. 청불 영화를 보기 위해 또 한 번 직원에게 학생증을 내보였다. 평소에는 도서관 대출 등의 일에서만 쓰이던 나의 볼품없는 학생증이 갑자기 막강한 힘을 가지게 된 것만 같았다. 신기했고, 희열감까지 느껴졌다. 그러나 희열감도 잠시뿐이었고, 막상 영화는 그다지 재밌지 않았다. 청불 영화이기에 내가 그간 본 적 없는 대단히 자극적이고 파격적인, 어른만에게 허락되는 무언가를 볼 수 있을 줄 알았건만. 정경 유착과 부정부패를 다룬 지극히 클리셰적인 한국 상업 영화였다. 이게 뭐 대단한 거라고 우리 청소년들은 관람할 수 없다는 건지, 대체 어른들은 청소년을 어떻게 생각하는 건지 싶은 마음도 들었다. 나뿐 아니라 함께 영화를 관람한 다른 친구들도 실망스러운 반응을 내비쳤다.

"뭐야? 난 엄청 야하거나 엄청 잔인할 줄."

"그러니까, 진짜 별거 없네. 이게 왜 청불이냐. 우릴 뭐 다섯 살짜리 어린 애로 아는 거 아냐?"

벌써 점심 식사를 할 시간이 되었다. 금과도 같은 시간인데 따분한 청불 영화를 보기로 했던 생각은 그리 좋지 못했다. 그때, 솔이 갑자기 이만 가 봐야겠다는 말을 했다. 어디 가냐는 물음에 남자 친구를 만나러 간다는 답이 돌아왔다. 우리는 남자 친구와는 평소에도 자주 보지 않느냐고 말하며 서운한 기색을 내비쳤다.

"야, 우리는 고딩 미자 커플이라 할 수 없거나 갈 수 없는 데가 많아. 오늘은 아니라서 오후부터는 같이 보내기로 했어. 미리 말 못해서 미안. 한 번만 봐주라."

우리들의 속상함 섞인 짜증에도 아랑곳 않고 남자 친구를 만나러 가 버리는 솔이었다. 결국 나와 주희, 하린 이렇게 셋만 남았다. 그때, 우리가 자주 가던 스티커 사진을 찍는 곳이 내 눈길을 끌었다. 들어가서 찍자는 내 말에 주희와 하린은 미지근하게 반응하며 그러자고 했다.

"그래도 이렇게 평소에 놀던 대로 노는 게 제일 재밌지 않아?"

스티커 사진을 찍고, 근처 돈까스집에서 얼른 점심을 먹고 나오며 내가 흡족하게 건넨 말이었다. 그러나 주희와 하린의 생각은 다른 듯했다.

"재밌긴 한데, 난 더 어른같이 놀고 싶은데."

"나도 뭐랄까, 이런 건 이제 좀 시시해. 밍밍한 재미랄까?"

더욱 흥미진진한 장소를 찾던 우리는 대한민국 청춘의 상징이자 집합소인 홍대로 향했다. 사실 일전에 세 명의 친구들과 홍대를 방문한 적이 있지만, 그때는 즉석떡볶이집, 방탈출 게임, 분위기 좋은 카페 정도만 돌다가 각자의 집으로 돌아갔다. 그때와는 다르게 오늘 우리는 어른의 유흥을 만끽해 보고자 이곳에 온 것이었다. 홍대입구역에서 내려 출구를 빠져나오자마자 길거리를 꽉 채운 인파가 보였다. 거리는 벌써 만취 상태인 이들로 북적였다. 화려한 화장과 사복 덕에 그들의 정확한 나이를 짐작할 수는 없었지만, 분명 우리 또래의 아이들이 상당수일 게 분명했다. 아무리 대학생들이라 해도 낮부터 만취하는 건 평소에도 보기 어려운 광경이었으니 말이다.

20대 초반, 많아야 후반으로밖에 보이지 않는 20대 언니, 오빠들은 홍대를 찾은 고3들을 상대로 호객에 여념이 없었다. 사람이 모이는 골목마다 '클럽 차르메인, 고삼절 90퍼센트 파격 할인!'과 같은 피켓을 들고 서 있는 알바생들을 마주칠 수 있었다. 홍대의 상인들에게도 고삼절은 그야말로 대목이었다. 온갖 주점, 음식점, 편의점 등 파격적인 할인을 강조하는 곳들이 많았다. 오늘 우리의 메인 계획은 클럽에 가는 것이었다.

우리 셋의 의상은 평소라면 엄마에게 등짝 맞기 딱 좋은 복장이었다. 아직 해가 중천에 떠 있는데도 클럽 앞은 인산인해였다. 그런데 여자는 고3밖에 없는 듯하고, 남자는 성인밖에 없는 듯한 느낌을 받았다. 모두가 화려한 화장과 복장을 입어 대체로 나이보다 성숙해 보였다. 그러나 화려한 화장과 복장으로는 차마 가려지지 않는 고등학교 학생만의 어리숙함과 성인만의 원숙함은 구분이 갔다. 나는 갑자기 이 두 부류 사이의 괴리가 확 느껴지며 두려워진 채로 주희와 하린에게 말을 건넸다.

"얘들아, 근데 좀 조심해야 할 것 같지 않아? 남자들은 다 어른 같은데 여자들 보면…… 이상한 남자들 만나면 어떡해?"

약간 겁에 질린 채로 말하는 나를 보며 주희가 살짝 웃더니 말을 건네 왔다.

"야, 소연아 너 지금 무섭냐? 쫄 거 없어. 날이 날이니만큼 정부에서도 신경 써서 순찰 같은 것 좀 더 잘하라고 특별 지시라도 내렸겠지."

옆에 있던 하린도 동의하며 말을 덧붙였다.

"그래, 왜 수능 날 듣기 평가 때 비행기도 못 띄우고 그러잖아. 이 나라에선 우리를 끔찍하게 아낀다니까? 고3이 벼슬이야. 돈 워리."

나는 애써 웃음 지으며 고개를 끄덕였지만, 아직 내 안의 어떤 두려움은 가시지 않은 듯했다. 어느새 해가 저물어 가고 있었다.

클럽에 입장하기 전, 나와 친구들은 먼저 홍대의 백화점으로 향했다. 고삼절에는 1인당 세 장의 쿠폰이 발행된다. 세 장의 쿠폰으로 정부 기관과 제휴가 된 백화점, 마트, 쇼핑센터에서 무엇이든지 90퍼센트의 파격적인 혜택을 받을 수 있었다. 단, 쿠폰의 악용이나 양도를 막기 위해 물품 한 개당 최대 할인 금액이 100만 원을 넘을 수는 없었다. 백화점은 이미 고3들로 가득했다. 이름 있는 명품 브랜드일수록 아이들이 많이 붐볐다. 양손에 쇼핑백을 잔뜩 든 채 기분 좋은 미소를 띠며 가게를 나서는 또래들의 모습이 보였다. 나와 주희, 하린 또한 평소라면 차마 엄두도 내지 못할 명품 브랜드에서 옷을 사 입기로 했다. 이날만을 위해 평소 모아 뒀던 돈과 쿠폰 할인을 합쳐 오랫동안 눈독 들여 온 옷과 신발, 가방, 목걸이를 사서 온몸을 치장했다. 거울을 보니 제법 어른의 아우라를 풍기는 내 모습이 보여 괜히 기분이 들떴다. 당장 밖으로 나가고 싶었다. 주희와 하린 또한 한껏 꾸미고 나니 기분도 덩달아 좋아진 듯 보였다.

백화점에서 나와 유명 클럽 입구 앞으로 가서 줄을 섰다. 우리는 한 시간에 이르는 기다림 끝에 마침내 클럽에 입성할 수 있었다. 생애 첫 클럽에 입성하던 순간은 마치 갓 냉장고에서 꺼내 마신 사이다의 탄산처럼 톡 쏘는 짜릿함을 지니고 있었다. 평생 잊을 수 없는, 기념비적인 순간이었다. 하지만 어두운 공간을 가득 채우는 현란한 불빛과 달아오르는 열기, 젊음의 환호로 가득 찬 클럽 안의 분위기는 좀처럼 적응이 되지 않았다. 주희와 하린 또한 그 누구보다 클럽, 클럽 노래를 불러 댔지만, 막상 클럽에 들어와서는 난생처음 겪어 보는 분위기와 열기에 압도된 듯 보였다. 우린 마땅히 아는 춤도 없었고, 제대로 놀 줄도 몰랐기에 처음에는 마구 쭈뼛대고 삐걱거렸지만 그것 또한 잠시뿐이었다. 우리는 곧이어 그 분위기에 완전히 녹아들어 클럽의 열기에 심취할 수 있었다. 춤 같은 것은 느낌 가는 대로 옆에 있는 고3이나 어른들의 동작을 대충 따라 하고 노래에 맞춰 흥겨워하면 되는 것이었다. 내가 처음 걱정했던 것이 무색하게 클럽은 퍽 신나는 곳이었다. 흥에 취해 정신없이 놀고 있는데, 하린은 S대에 다니는 오빠라면서 갑자기 누군가를 데려왔다. 우리는 얼떨결에 인사를 했다.

"아, 안녕하세요."

하린이 데려온 윤성이라는 오빠는 웃으며 고개를 까딱 하고 우리의 인사를 받더니, 마침 자기도 딱 셋이 왔다며 같이 놀자고 했다. 역시나 인간은 적응의 동물이라더니 분위기에 제대로 취해 버린 나는 이제 경각심 따위는 벗어던진 지 오래였다. 이제야 고삼절을 제대로 즐길 수 있는 듯했다. 결국 주희와 나, 하린은 그 오빠들과 술집에 가게 되었다.

나는 제사 때 음복한 것을 빼놓고서는 처음으로 술을 마시게 되었다. 어른들이 힘들 때마다 생각난다던 술은 기대와는 전혀 다른 맛이었다. 도무지 이해할 수 없었다. 왜 힘들 때 이게 생각나고, 이걸 먹는다는 건지 말이다. 역시 나는 아직 어른이 되기는 글렀나 보다, 하고 생각했다. 잔뜩 찡그리는 내 표정을 발견한 윤성 오빠가 풉, 하고 웃으며 말했다.

"야, 쟤 표정 봤어?"

질색하는 내 표정을 모두가 보고는 까르르 웃었다. 나도 그들의 반응에 멋쩍어서 헤헤 따라 웃었다.

그러던 중, 주희는 일행 중 한 명이었던 재현 오빠와 따로 나가서 놀겠다며 먼저 손을 흔들고 나갔다. 그때 나에게도 승윤 오빠가 함께 나가자고 말을 걸어왔다. 다 같이 시간을 보내는 내내 즐겁고 대화 코드가 잘 맞는다고 생각했다. 그러나 원래부터 알던 사이도 아니었고 혼자 가기에는 두려운 마음이 앞서 거절하고 말았다. 클럽이라는 장소에 가면 헌팅을 당할 수도 있겠다고 생각은 했으나 막상 이런 상황이 닥치니 무서움이 앞서는 것이었다. 나는 남은 시간은 가족과 보내기로 하여 집에 가야 한다며 하린을 졸라 도망치듯 빠져나왔다. 하린은 더 놀고 싶어 하는 눈치였기에 미안한 마음이 들었지만 어쩔 수 없었다.

밖으로 나오니 클럽만큼은 아니었지만 인산인해의 사람들이 떠드는 소리가 제법 시끄러웠다. 달아오른 술기운에 시끌벅적한

도시의 소음까지 더해지니 말 그대로 혼이 쏙 빠졌다. 거리 곳곳에는 술에 취한 학생들과 그들보다는 분명히 나이가 많아 보이는 어른들의 모습이 보였다. 어느덧 자정에 가까운 시간이 되었고, 그토록 고대해 오던 고삼절이 저물어 가고 있었다.

*

점심시간을 알리는 종소리가 울렸다. 공부에 집중하던 나는 짐을 챙겨 편의점으로 향했다. 재수 학원에도 학생 식당이 있기는 하지만 입맛에 너무 안 맞았다. 자주 먹곤 하는 삼각김밥과 음료수로 대충 끼니를 때우는 중에 교복을 입고서 당당하게 술과 담배를 사 가는 고등학생들을 봤다. 아무렇지도 않게 술과 담배를 건네주는 아르바이트생을 보며 흠칫하고 있던 와중, 오늘이 고삼절이라는 사실이 떠올랐다. 아. 나는 짧은 탄식을 내뱉었다. 이러고 있을 때가 아니었다. 아무리 바쁘게 산다고 해도 어떻게 그날을 잊어버릴 수가 있는지. 얼마 먹지 않은 음식을 모조리 쓰레기통에 버렸다. 오늘 반드시 가야만 하는 곳으로 서둘러 발걸음을 옮겼다.

국화가 가득한 꽃다발 하나를 사서 서울 외곽에 위치한 한 추모 공원에 도착했다. 진주희. 그루 주 자에 바랄 희 자를 쓴 이름이었다. 주희는 어떤 나무가 되길 바랐을까. 아무리 거센 바람이 불어도 쓰러지지 않고, 푸릇한 잎사귀를 피워 무성히 자라나는 것이 아니었을까. 사람의 생은 이름을 따라가게 되어 있다던데, 애석하게도 주희의 바람은 이루어지지 못했다. 주희가 계속 살아 있었다면, 주희는 분명 앞에 놓인 꽃보다 몇 배는 더 싱그러운 앞날을 살아갈 것이었다.

그러나 그날 주희는 재현 오빠와 함께 나갔다가 성폭력을 당했다. 그 작자는 성폭력으로도 모자라, 주희의 영상을 찍어 불법 포르노 사이트에 게재했다. 그 사람은 국내 최고의 명문 대학으로 손꼽히는 K대에 재학 중이었고, 심지어 의대생이었다. 주희가 경찰에 오빠를 신고하자 변호인들은 인간 말종과도 같은 그의 편을 들며 회유해 왔다. 죄를 뉘우치고 있다, 앞날이 창창한 청춘이다 등. 그렇다면 주희의 앞날은 창창하지 않다는 것인가. 명문 의대생의 앞날은 남들보다 더 가치 있다는 것인가. 끈질긴 회유에도 불구하고 주희는 합의해 주지 않았는데, 놀랍게도 집행유예가 나오고 말았다. 그쪽에서 고액을 들여 전관 변호사를 고용했기 때문이었다. 감당할 수 없어진 주희는 열아홉이라는 꽃다운 나이에 세상을 등지고 말았다.

집으로 들어오는데 우편함에 무언가 꽂혀 있었다. 선거 공보였다. 이제는 나도 만 열여덟이 지났으니, 내 이름 앞으로도 선거 공보가 날아왔다. 그것을 들고 들어와 뜯어서 읽어 보기 시작했다. 그래도 나에게는 첫 투표이자 권리를 행사할 수 있는 기회가 주어진 것이었으니까. 그런데 그들의 선거 공보에는 모두 크고 작은 범죄를 저지른 이력들이 있었다. 동시에 후보 대부분은 이름만 들어도 주눅이 드는 명문대 출신에 눈부신 스펙을 자랑했다. 나는 그제야 고삼절이 정말 고3을 위한 날이 아니었음을 깨달았다. 그건 단지 기만에 지나지 않았고, 위선이었으며, 이해를 가장한 몰이해였고, 상술이었다. 좋은 대학을 나와 좋은 직업을 가진 사람들. 그런 소수의 사람들은 이미 이 나라에서 매일을 고삼절로 살아가고 있었다.

Love graduation

문현여자고등학교 3학년
박한솔

　―본인을 표현하는 명사가 있다면? (개수 제한 ×)

　―아싸, 급식충, 남고딩, 남팬, 찌질이, 답정너, 인프피, 프로 과몰입러, 그리고, 그리고?

　19세 고등학생 이연수에게 그해는 참 기이했습니다. 늦은 시간까지 공부를 열심히 하는 타입은 아니었지만, 언제부턴가 수전증이 생겼습니다. 그리고 '나를 소개합니다' 설문지를 두 번씩이나 적었습니다. 2학기부터는 담임선생님도 바뀌었습니다. 늘 이어 오던 일상이 통째로 증발해 버렸습니다.

　2학기가 시작되자, 지난밤까지도 단체 채팅방에 개학식 날 지각은 없다며 카톡을 보내오던 이광현 선생님은 나타나지 않았습니다. 대신 얼굴 한두 번 본 게 다인 타 과목 선생님이 이제부턴 담임이라고 하셨죠. 광현 선생님을, 학생들은 광쌤이라고 불렀습니다. 3학년이 되고 나서의 첫날 칠판에는 낯선 한자 세 글자가 적혀 있었습니다. 성씨 이 자. 빛날 광에 어질 현. 그래서 이광현. 그런데 "광쌤" 하고 부를 때에 광 자는 미칠 광 자로 썼습니다. 왜 그런지 물어보고 싶었으나 연수에게는 딱히 물어볼 만한 친구가 없습니다. 선생님은 3학년 교무실 내에서 유일하게 대학에 가지 않아도 된다고 말했습니다. 아. 생각해 보니 교무실 분위기가 그렇게 유쾌하지 않았던 것 같습니다. 나중에야 안 사실이지만 상담 기간 동안 같은 반 학생 전원에게 그런 말을 했다고 합니다. 학급의 진학률이 0퍼센트라면 그거대로 좀 문제인데도 말입니다.

"넌 대체 네가 뭐라고 생각하는 거야?"

광쌤이 테이블에 설문지를 내려놓으며 으하하 웃었습니다. 사실 그 점에 대해서는 연수 역시도 조금은 고민했던 부분입니다. 자칫 자존감이 너무 낮거나 자기 연민에 빠진 학생처럼 보이게 된다면 낭패이기 때문이었습니다. 그런데 뭐, 아니란 말은 하지 않았죠. 자기 자신을 아주 잘 아는 건 오히려 아예 모르는 것보단 낫습니다.

"근데 특이한 게 하나 있네."

맞습니다. 특이한 거. 이연수는 남학생이지만 남자 아이돌을 좋아하고 있었습니다. 중학생 때 현장 체험 학습으로 뮤지컬을 보러 갔다가 출연한 배우를 보고 홀린 듯이 빠졌던 적이 있었죠. 그 배우가 아이돌이었다는 사실은 극장에서 나온 뒤에야 알게 되었습니다.

선생님의 손가락 끝이 닿은 곳은 "프로 과몰입러" 다음에 놓인 단어였습니다. 연수는 책을 읽거나 드라마를 보거나, 일단 무슨 이야기든 간에 한번 듣기 시작하면 마음이 힘들 정도로 몰입하고는 했습니다. 같은 반에 딱 한 명뿐인 친구 재희가 남자 친구랑 싸운 이야길 들을 때에는 자기 이야기도 아닌데, 문득 자기 전에 양

치를 하다 말고 칫솔을 집어던질 뻔하기도 했습니다. '과몰입러'
는 과몰입과 '～하는 사람'이란 뜻의 '～러'의 합성어죠. 그런데
그다음에 놓인 단어는 "잘생긴 아이돌 빠순('순' 자에는 두 줄로 직
직 그은 흔적이 있습니다.)돌이." 그것이 굉장히 특이한 일이란 사실
은 잘 알고 있습니다. 왜인지 듣지 않았는데도 다음에 올 말들을
다 들은 기분이었습니다. 예를 들면, "나 남자애가 남자 아이돌 좋
아하는 거 처음 봐." 네, 연수도 처음이었습니다. "고3이 무슨 아이
돌이야."라기엔 연수는 공부는 전혀 하지 않았습니다. "취향 한번
특이하네." 이건 좀 억울한가 봐요. 대한민국에 그의 팬은 차고 넘
쳤습니다.

"대단하네."

"남자애가 남자 아이돌을 좋아해?"도 아니고, "고3이 무슨 아이
돌이야."도 아닌, "대단하네."라니?

연수는 세상에서 제일 황당한 말을 들은 표정으로 고갤 치켜들
었습니다. 이건, 조롱인가? 하는 생각이 들었지만 진지한 표정을
보니 그런 건 아니었어요.

"응. 대단하다고, 아주 어려운 일을 하고 있으니까."

아주 어려운 일이라니. 이건 또 무슨 소리람. 세상에서 가장 어
려운 일들은 따로 있었습니다. 삼각함수라든지, 팝스 체력 측정,
물리학을 다루는 국어 비문학 문제거나. 반면 가장 쉽다고 생각하
는 일은 한 사람의 팬이 되는 일이었습니다. 솔직히 그렇게 거저
먹는 행위는 아니었으나(가끔 다른 스타의 팬들과 싸우거나 회사에
의견을 표출하기 위해 집단행동을 해야 했으니까요.) 어쩐지 누가 시
키지 않아도 술술 되는 게, 누워서 핸드폰 쥐고 SNS만 접속하면
다른 팬들이 최신 소식이나 바로 잠시 전에 찍은 사진을 예쁘게

보정해서 올려 주곤 했으니까, 별도의 노력이 필요하지 않았습니다. 광쌤은 또 한번 말을 건네왔습니다.

"누군갈 있는 그대로 좋아해 주는 일이 얼마나 힘든 건데."

있는 그대로? 이 말엔 허점이 하나 있습니다. 스타의 팬이라고 해서 있는 그대로의 모습을 사랑하진 않습니다. 각자의 니즈는 분명히 존재합니다. 하지만 그런 말은 머릿속으로만 했습니다. 딱히 잘하는 건 없지만 남이 보기에 그거라도 잘해 보인다면 좋은 일이잖아요.

그래, 다시 돌아와서. 개인적인 비극은 대충 그런 사연이 있었습니다. 그 뒤로도 틈이 나서 둘만 남게 된다면 광쌤은 이연수의 최애 아이돌 이야기를 해 왔습니다. 같은 반 학생들 모두에게도 그렇게 대했습니다. 축구를 좋아하는 남자애에게는 호날두의 최근 논란을 이야기하거나, 남자 친구 만나는 게 인생의 낙이라고 말했던 여자애가 이별하고 난 뒤에는 조퇴까지 시켜 주었죠. 광쌤이라면 분명 여름방학 동안 일어났던 사건에 대해 알고 있었을 겁니다. 그런데 새로 온 담임선생님은 모릅니다. 2학기 첫날부터 죽었다 생각하고 공부를 할 시기가 왔다는 말 한마디를 남겼습니다. 뭐, 사실이긴 했습니다. '나를 소개합니다' 설문지를 한 번 더 적게 되어 굳이 잊고 있었던 일을 생각하게 된 것은…… 개인적인 비극이라고 생각했지만, 새로 온 담임선생님은 당연히 알 리가 없을 테니 이해해 주기로 했습니다. 그래도 첫인상은 별로였고 괴로운 것은 달라지지 않았습니다.

초등학교 때부터 친하게 지내 온 재희와는 고등학교 3학년이 되고 나서 더 가까워졌습니다. 재희도 어떤 스타의 팬이었는데, 그 정도가 연수와 아주 많이 차이가 났습니다. 직접 보러 다니기도 하고, 인터넷에서 만난 팬들과 놀러 다니기도 하는 게 참 신기했을 때가 있었습니다.

지난봄에 재희는 가방에서 캐릭터 숍에서 구매한 편지 봉투 세트를 꺼냈습니다. 잠시 뒤 자습 시간 동안 한참을 꾹꾹 써 내려가던 팬레터가 완성됐습니다. 마찬가지로 세트 상품이었던 봉투를 꺼내 사이즈에 맞춰 접었습니다. 하지만 재희는 바로 넣지 않고 가방에서 스프레이 병을 꺼내 편지지에 한가득 뿌렸습니다. 한참 동안이나요. 아무리 바이러스가 도래한 시대라고 해도, 편지까지 살균하는 걸까요? 연수가 물었습니다.

"아냐. 이거 내가 공방 가서 만들어 온 향수거든."

"그걸 왜 뿌리는데?"

"낭만."

이상하죠. 재희는 습관처럼 사랑을 허투루 주고 싶진 않다는 말을 했습니다. 세상의 시선과는 조금 엇나갈 수 있어도, 스타와 팬의 관계는 아이러니하게도 팬이 가장 잘 알고 있었습니다. 아무 사이가 아니라는 커다란 사실 하나요. 두 사람은 거액을 들여 가며 행사에 몸과 영혼을 갈아 넣고 싶진 않았습니다. 대출을 받아 가며 고가의 선물을 사 주고 싶지도 않았고. 그런데 '낭만'이라며 편지지와 봉투에 직접 만든 향수를 뿌려 대는 재희의 모습은 사랑으로 넘쳐 나는 거예요.

"남자 친구한테 그렇게 편지 써 준 적 있어?"

"절대 없지! 미쳤냐."

"네가 왜 헤어졌는지 알 것 같아."

그 무렵 연수는 고민을 하고 있었습니다. 요즘 들어 출간되는 권수가 부쩍이나 늘어난 에피소드 형식의 위로 중심 소설책이요. 살면서 힘들다고 생각해 본 적이 없었으니 위로엔 공감하지 못했지만 그렇게 다양한 삶의 모습을 책을 통해 읽다 보면 의문이 하나 들었습니다. 누구나 각자의 이야기가 있을까? 하는 의문이요.

이런 질문은 어쩌면 조금 웃길 수 있습니다. 20년도 채 못 살았는데 무슨 거창한 이야기가 있겠어요. 그 무렵 나이의 삶들은 대부분 비슷할 겁니다. 그러니 크게 고민할 문제가 아닌데도 어딘가 걱정이 되는 것은, 지금 이후. 지금 이후가 되어서도 이렇게 산다면…… 그건 좀 걱정해 볼 만하지 않겠나요? 남들이 각자의 에피소드를 이어 나갈 때 혼자서, "이연수, 태어나다. 살다. 죽다." 하는 한 문장만 남기게 된다면. 아, 생각해 보니 문장이 아주 조금 더 길어지긴 합니다. "이연수, 태어나다. 살다. N년 동안 팬 활동을 하다. 죽다." ……그렇게 긍정적인 변화는 아닙니다.

그때부터는 남들의 삶에 관심을 가지기 시작했습니다. 재희가 팬레터를 쓰는 모습을 지켜봤던 것도 그 때문이었어요. 연수가 볼 때 재희만 한 낭만주의자는 또 없었습니다. 솔직히 낭만이 뭔지는 잘 모르겠지만, "낭만." 하는 말을 즐겨 썼으니까 낭만주의자가 맞을 거예요. 팬레터에 직접 만든 향수를 뿌려 주거나, 번데기 냄새가 나서 봄꽃 축제는 절대 가기 싫다고 했지만 가게 된다면 꼭 번데기를 사 먹었습니다. 계절이 바뀔 때마다 새 옷을 장만했고 여러 편의 시리즈로 나온 영화는 무조건 가장 처음의 원작을 보고는 했죠. 노래는 음원 순위 사이트 100위 안에 드는 것은 듣지 않는 해괴한 신념도 있었고요.

그리고 그때 들은 이야기가 하나 있습니다. 윤리 과목을 가르치던 선생님은 어느 비 오는 날에 학급 학생의 절반 이상이 잠에 들자 노트북을 덮었습니다. 자랑은 아니지만 바로 전 시간에 아주 많이 잔 탓에 잠이 오지 않았던 연수는 얼떨결에 그 이야기를 전부 들을 수가 있었죠. 누군가 첫사랑 이야기를 해 달라고 했으나 선생님은 단호하게 거절했습니다. 대신에 사랑 비슷한 이야길 해 주겠다며 시작한 것이었어요. 가히 혼란스러운 이야기였습니다.

이야기의 플롯은 간단하게 이러했습니다. 해외여행 동안 묵었던 게스트하우스에서, 첫인상이 아주 별로인 현지인 남자가 있었다. 그런데 떠나는 날을 불과 며칠 앞두고 저녁 식사를 하던 도중에 서로 같은 영화를 좋아한다는 것을 알게 되었다. 그날 동이 틀 때까지 영화 이야기를 하고,(이것도 참 대단하다고 생각했습니다.) 다음 일정 동안 함께 다니기까지 했다. 딱 그 지점까지 도달하자 깨어 있던 몇 명의 학생들은 전부, '이쯤에서 고백하겠지.' 하는 생각을 했을 겁니다. 그렇게나 최악이었던 첫인상과는 다르게, 서로에게 푹 빠져 있었다는 것이 직접 보지 않고도 느껴졌으니까요. 그런데 예상 밖의 엔딩을 맞았습니다. 떠나는 날, 공항으로 바래다주던 그 사람과 게이트 앞에서 악수를 한번 하고 헤어졌다고요. 그 이유에 대해서는 이렇게 말했습니다. "그냥 그렇게 하고 싶었어." 아, 이해 안 돼. 그렇게나 영화를 좋아하는 선생님이 직접 영화 한 편을 뚝딱 만들 만한 기회를 날려 버린 거나 마찬가지라고 생각했습니다. 모두가 아쉬움에 탄식했지만 선생님은 전혀 아쉬운 일이 아니라는 듯 마지막에는 "너희도 남이 시키지도 않았는데 그냥 그렇게 하고 싶은 일이 있다면, 꼭 해." 하는 말까지 남겼습니다.

그때 머릿속에는 문득 스쳐 지나간 것이 하나 있었습니다. 얼마 전 광쌤과 신학기 상담을 하면서 생각했던 거요. 굳이 누가 시키지 않아도 어쩐지 술술 되는 거. 그때 연수는 그래서 세상에서 가장 쉬운 일이 누군가의 팬이 되는 것이라고 생각했지만, 조금 비틀어서 생각해 보자면. 이야기의 주인공인 선생님에게는, 납득 못 할 이상하고 아쉬운 선택이 가장 쉬운 일이었던 것 아닐까요? 그렇다면 또 다른 누군가에게는 타인을 좋아하는 일이 굉장히 어려운 일이 되는 것 아니겠습니까? 그러면 재희에게 가장 쉬운 일은, 남들은 잘 알지도 못하겠는 그놈의 '낭만'을 쫓는 일이고, 가장 어려운 것은 아주 냉정하게 이해타산적으로 살기. 그런 걸까요? 그렇게 생각하자 머리가 핑글 돌았습니다. 마치 국어 비문학 문제의 논증법 같은 타이틀을 걸고 예시로 나올 것만 같은 구조가 되어 버렸습니다.

이제 다시 연수에 대해서 봅시다.

지금보다도 더 어렸을 때부터 책이나 드라마 같은 것들에서 말하는 사랑, 로맨스에 극적으로 몰입하고는 했답니다. 고백이라도 나오는 페이지를 읽는다면 뒤집어지게 좋았지만 현실에서 또래 여자앨 그렇게 좋아해 본 적은 없었어요. 어떤 성공한 아이돌을 정말로 좋아하는, 흔히 말하는 '덕후'이지만. 다른 스타는 영 관심이 안 가기도 했고. 이런 현상은 흔한 콩깍지의 개념이 아니라는 것을 알게 된 건 이미 한참 전입니다. 타인에게 거침없이 자신을 부정적으로 소개할 수 있었지만, 단 한순간도 자기 파괴적이지 않았습니다.

지루한 일들이 너무 많이 남아 있다는 생각을 했고, 하고 싶은 일 역시도 딱히 없지요. 그런데 그렇다고 해서 미래를 동경하지 않았던 적은 없었죠. 이렇게까지 확실한 것 하나 없는 세상이지만 단 한 가지 확실한 점이 있다면, 일련의 이상한 생각들은 하나만 알면 해결되는 일이었다는 겁니다.

프로 과몰입러, 그리고, 그리고? 자살한 스타의 팬.

그날 아침 이연수는 세수를 하고 나와서 거실 바닥에 엎어져 있었습니다. 굉장히 더운 여름방학 중심의 하루였지만 에어컨은 전기세가 너무 많이 나오기 때문에 창문을 열어 두었던 날이었죠. 출근 준비를 하며 얼굴에 스킨을 바르던 엄마가 말했습니다.

"잘못 생각한 거야. 나쁜 거지. 남은 사람 생각을 하나도 못 한 거라고. 절대로 해서도 안 돼, 완전히 후회할 짓을 한 거고, 엄청 나게 잘못한 거야."

엎어져서 미지근한 마룻바닥에 얼굴을 박고 있던 연수가 머릴 들었습니다.

"엄마는 내가 자살해도 그렇게 말할래?"

그러자 엄마는 스킨 뚜껑을 닫더니 완전히 기겁했습니다.

"아니! 절대 아니지."

"그 집 엄마도 그럴 거야. 절대로 그런 말 안 할 거라고."

엄마는 눈을 몇 번 끔뻑이더니, 어이구, 하는 소릴 내며 핸드백을 집었습니다. 출근이나 하겠다는 뜻이었습니다. 늘 이어 오던 일상이 통째로 증발했습니다. 하루 종일 최신 소식과 사진을 업로드하던 사람들은 전날 저녁부터 사라졌습니다. 저녁 식사를 막 할까 말까 고민하는 시간쯤에 처음 소식을 접했으니, 아마 대부분은 식사도 수면도 하지 못한 채 허위 사실이었다는 기사가 올라오기만을 바라고 있었을 겁니다. 연수처럼 말이죠. 그런데 안타깝게도 얼마 지나지 않아 장례식은 비공개로 이루어질 것이란 소식이 등장했습니다.

어떻게 이렇게까지 불확실해야만 할까요? 근본적인 질문이었습니다. 사는 중에 있어서 바로 다음에 일어날 일조차도 예측을 할 수가 없다니. 살고 죽는 게 이렇게 간단한 문제라니요. 마치, "이연수, 태어나다. 살다. 죽다."처럼 말이에요. 그는 점심즈음까지만 해도 커뮤니티에 글을 올렸는데, 마치 지난 생같이 느껴집니다. 하지만 슬픔보다도 의문이 더 커지는 순간. 이 죽음이 어쩐지 낯설지 않습니다. 너무 혼란스러울 때는 마음껏 슬프지도 못하다는 것을 처음 알았습니다. 점심 메뉴로 글을 썼던 사람은 그날 저녁에 죽었습니다. 점심 메뉴로 글을 썼던 사람은 그날 저녁에……

다시. 지각하지 말란 말을 남긴 선생님은 이후로 나타나지 않았습니다. 점심 메뉴로 글을 썼던 사람은 그날 저녁에 죽었고. 이야기 속의 사랑은 도파민을 활성화시키는 데에 아주 좋았지만 현실에서 작용하는 법이 없었습니다. 아무 사이 아니란 것을 잘 알지만 스타에게 편지를 쓰고 남자 친구에게는 편지를 쓰지 않습니다. 사랑에 빠지는 엔딩일 줄 알았던 이야기는 악수로 끝이 났습니다. 괜한 잔소리를 들을 것 같았던 설문지의 답변 다음에는 대단하다는 칭찬이 돌아왔어요. 엄마는 그 사람이 잘못한 것이라며 화를 냈지만, 같은 행동을 한 것이 아들이었다면 화내지 않을 것이죠.

"근데 저는 하고 싶은 일이 없는데요?"

"하고 싶은 걸 생각하는 게 어려우면, 앞으로 어떻게 할지를 생각하면 된다."

광쌤과 상담할 때 이런 말을 들은 적이 있었죠. 늘 해 오던 일상, 그러니까 하루 종일 SNS에서 검색을 하고, 생각을 하고. 유일한 재미로 삼는 행위가 완전히 없어졌다고 생각하니 더 이상 아무것도 하고 싶지 않았습니다. 학원 방학 특강을 마치고 늦은 밤에 엄마 차를 기다리면서 생각했습니다. 앞으로 어떻게 할지 생각해봐야 한다. 앞으로 어떻게 할지…….

　"이연수, 태어나다. 살다. N년 동안 팬 활동을 하다. 스타가 죽다. 이연수, 나이 들어서 죽다." 중간에 뭐가 좀 추가되긴 했지만 여전히 그대로였습니다. 조금 더 살면 몇몇 문장이 더 추가될 수도 있겠지만 결국은 그러기 위해서는 어떻게든 무언갈 해야 하겠죠. 자기소개서에 아싸, 급식충 같은 단어를 서슴없이 적어 낼 수 있지만 자기 파괴적이지 않은 내 인생. 하고 싶은 건 하나도 없지만 그렇다고 미래를 동경하지 않은 적 없었던 내 일생. 이렇게 구구절절 이상했던 생각들은 어쩌면 전부 하나의 질문으로 묶어 버릴 수 있던 것이 아니었을까요? 이제야 좀 명확해집니다. 앞으로 어떻게 살아야 하지?

　"엄마. 앞으로 어떻게 하지?"

　"어떻게 하긴, 그냥 사는 거지. 따라 죽을 것도 아니잖아. 그럼 그냥 그렇게 있어야지 뭘 어떻게 해."

　"아악. 그런 게 아니라구우."

　현실 감각이 조금은 떨어지는 날이었기 때문에 겨우 잊고 있을 수 있었지만, 엄마의 한마디 때문에 인지해 버렸습니다. 현실이라는 거요. 엄마는 잔소릴 하고 나갔지만 결국 하루 종일 이 생각을 했던 것이 분명합니다. 사춘기 아들이 그냥 "앞으로는 어떡하면 좋지?" 하고 물은 것에 대해. 단박에 스타 자살 사건과 연관을 지어 답했으니까요. 생각이 거기까지 닿자 이연수는 눈물을 찔찔 흘렸습니다. 엄마는 그냥 그렇게 두는 대신, 집까지 조금 더 돌아가는 경로를 선택했습니다. 어떤 방식이든 사랑은 꽤 힘든 일인 것이 분명합니다.

한동안 이 사건에 대한 이야기는 어젯밤 팬 커뮤니티에서 처음 만난 여성 팬과의 일회성 대화나, 익명으로 작성할 수 있는 뉴스 게시판, 그의 회사에서 마련해 준 추모 공간 한편에 위치한 메모란에 할 수 있었습니다. 어떨 때에는 가까운 사이일수록 하고 싶지 않은 말도 있어요. 아주 멀리 있거나 모르는 사람에게 말하는 게 더 편할 때도 있고. 그 어느 때보다 마음을 가진 대상이 필요한 시점이었습니다. 지금 느끼고 있는 감정을 온전히 이해해 주는, 같은 마음이요.

연수가 중학생 때, 친구들은 어째서 현장 체험 학습으로 지루한 뮤지컬 공연을 오게 됐는지에 대해 불만이 많았어요. 다 보고 나와서도 같은 불평을 했죠. 하지만 연수에게 그런 건 가장 처음 겪어 보는 자극이었습니다. 청소년 이연수로서의 일상은 지루했습니다. 할 일이 너무 많았고 재미는 없는 것들이었으니까. 남의 이야기에 크게 몰입할 수 있었던 것은, 다른 인생은 너무 재밌어 보여서이기도 했어요. 그런 의미에서 마치 타인의 삶을 살게 해 주는 듯한 경험은 아무래도 잊지 못할 것입니다. 그런 걸 해낸 사람이 바로 무대 위의 그였습니다. 어쩌면 다른 스타에겐 눈길이 가지 않는 것도 이 때문일까요? 그렇게 그는 이연수의 세계를 조금 더 크게 만들어 준 사람이 되었습니다. 엄마도, 몇 명 없는 친구도, 문학이나 드라마 속의 주인공들도 하지 못했던 일을, 아무

상관도 없는 타인이 해냈습니다.

내 세계를 확장시켜 준, 그리고 한때는 일상이었던 타인이 이젠 없습니다. 이상하게도 그때는 너무도 쉽게 외면할 수가 있었습니다. 할 수 있었다는 거지 완벽하게 성공했다는 뜻은 아니에요. 방학 동안 맛있는 음식을 먹고 싶다는 충동이 든 적이 없었습니다. 잠이 많아서 머리만 대면 바로 잠에 들고는 했지만, 이후로 삼십 분 정도는 뒤척여야 했고. 대학 시험이 코앞으로 다가와 있었죠. 그러나 한번 문제를 풀면 이전의 개념이 기억나지 않기도 했습니다. 쉬는 시간에는 무엇을 할지 몰랐어요. 상황이 이렇게까지 치닫고 나서야 사랑이 엄청나게 힘든 일이라는 것을 알았습니다. 아주 약간은 원망을 하기도 했지요. 그래서 더 이상 그렇게 살 수는 없었습니다. 비가 아주 많이 오던 장마의 끝자락에서 문득 든 생각입니다.

연수는 할 말이 아주 많을 때 한번 방문하고, 이후 다시는 찾지 않았던 추모 공간으로 갔습니다. 생각한 것보단 어려웠어요. 그런데 그냥 하고 싶은 대로 한 거였지. 이 주 정도 지났지만 여전히 그 모습을 지키고 있었습니다. 사랑이라는 게 형태가 있다면 이렇게 생겼을까요? 우산을 옆에 내려 두고 형형색색의 메모지 틈 사이에 무언갈 끼워 넣습니다. 기념으로 가지고 있던 그날 극의 티켓이었습니다. 영원히 가지고 있고 싶었지만 어쩐지 이렇게 잃는 것은 괜찮았어요. 그렇다고 해서 잊어버리고 싶다는 건 아니고. 단지 이제는 외면하지 않겠다는 거예요. 앞으로 어떻게 해야 할지에 대한 첫 번째 답이었습니다. 아직 답해야 할 일이 한참이나 남아 있었기 때문에, 최선을 다해야만 했었죠. 어째서 끝이 아니라 시작인 것만 같은 느낌이 들었는지는 모르겠네요.

　다시. 일상으로 돌아옵니다. 세상이 완전히 뒤집어졌다고 생각
하던 때가 있었습니다. 그런데 뒤집힌 채로 사는 것도 잠깐의 시
간이 지나니 그게 원래의 상태였던 것마냥 괜찮아졌습니다.
　"아무도 나한테 할 일을 주지 않는 거 너무 부담스러워."
　해결해야 할 일들이 완전히 끝났습니다. 학교에서는 더 이상
아무것도 시키지 않았죠. 일단 자리에 앉아 있기만 한다면 뭐든
다 좋답니다. 재희는 옆에서 태블릿으로 영상을 보다가 번뜩이며
소리칩니다.
　"왜? 나는 너무 기대되는데. 아…… 조금만 더 지나면 이제 완
전히 내 인생이라니. 시간표도 내가 짜고, 뭘 공부할지도 내가 결
정하고."
　"대신 시간표가 망해도, 엄청나게 적성에 맞지 않는 공부였어
도 아무도 책임을 안 져 주잖아. 그게 부담스럽다는 거지…… 난
원서 접수도 선생님 말 듣고 했는데."
　2학기가 되어 처음 만난 선생님은 하고 싶은 게 없다는 연수
의 말에 A4 용지 몇 장을 건넸습니다. 평소에 어떤 수업을 잘 듣
는지, '나를 소개합니다'에는 무엇을 적었는지, 한 학기 동안 수도
없이 많이 했던 상담 중에 무슨 말을 반복적으로 했는지에 대해
생각해 보고, 제안할 만한 선택지를 골라 왔다는 것이었습니다.
또 그중에서도 추천을 받았지만 어쩐지 마음에 들었습니다. 이광
현 선생님에 대한 말이 들려온 것도 그쯤입니다.
　졸업할 때가 되어서야 알게 된 것이지만, 광쌤, 할 때의 '미칠
광' 자는 10여 년 전쯤부터 내려오는 별명이었습니다. 선생님이

학생들을 체벌할 수 있을 때쯤이요. 그때 있었던 일이 시간이 한참 흐르고 나서 문제가 되어 1학기만 하고 떠났다는 이야기가 떠돌기 시작했습니다. 딱히 알고 싶지는 않지만 그렇다고 완전히 몰라야 할 문제도 아니었습니다. 아, 여전히 이상하네요. 연수는 세상이 완전히 뒤집어졌다고 생각하던 때가 있었습니다. 그리고 세상에서 가장 아이러니하고 이상한 사람은 나밖에 없다는 생각도 했습니다. 그런데 결국은 모두가 다 불확실하게 살고 있었다니. 사는 동안 생기는 내용들은 모두 자신을 위한 것이었습니다. 어떤 내용을 채워도 결국은 주인공 마음에 들어야 하는 것임을 그제야 알았습니다. 연수보다 다섯 줄은 훨씬 넘게 채워진 이야기를 가지고 있던 그 사람도 내용이 마음에 들지는 않았나 봐요. 완전히 이해할 수는 없습니다. 결국 그 선택마저도 사랑하진 못했으니 일전에 얘기했던 '있는 그대로 사랑하는 것'은 역시나 굉장히 어려운 일입니다. 그럼에도 불구하고, 아주 완벽하진 않지만, 남이 시키지 않아도 잘할 수 있는 것이었다는 사실은 변하지 않습니다.

연수는 엄마의 승용차 조수석에 앉아 졸업장을 북북 문질렀습니다. 그리고 일단 어떻게 살아야 할지 고민을 좀 해 봐야겠다고 생각합니다. 불확실한 세상을 살아가는 법이요. 사실 고민을 시작한 지는 좀 되었지만 아직은 한참 남은 것 같네요. 그래도 첫 번째 답을 할 수 있었기에, 뭘 하고 싶은지 알아내는 것보단 쉬웠습니다.

세상이 완전히 뒤집어졌다고 생각하던 때가 있었습니다. 그리고 세상에서 가장 아이러니하고 이상한 사람은 나밖에 없다고, 누군가와 헤어진다는 것은 완전히 남의 얘기들이라고 생각했던 적도 있습니다. 그러니까…….

19세 이연수에게 그해는 참 기이했습니다. 늦은 시간까지 공부를 열심히 하는 타입은 아니었지만 언제부턴가 수전증이 생겼습니다. 그리고 '나를 소개합니다' 설문지를 두 번씩이나 적었습니다. 2학기부터는 담임선생님도 바뀌었습니다. 늘 이어 오던 일상이 통째로 증발해 버렸습니다. 지루한 일들이 너무 많이 남아 있다는 생각도 했고 하고 싶은 일 역시도 딱히 없지요. 그런데 이쯤 되면 다음에 올 말은 예상이 갑니다. 그렇다고 해서 미래를 동경하지 않았던 적도 없었겠죠. 아, 이제는 무언가 더 적을 수 있을 것 같네요. "이연수, 태어나다, 살다, N년 동안 팬 활동을 하다, 스타가 죽다, 마침내 동경했던 세상으로 나아가다."

고양이가 되고 싶은 이유

안양예술고등학교 2학년
전혜정

어느 날 옥상의 평상에 앉은 아버지가 나를 돌아보며 물었다.

"너는 뭐가 되고 싶으냐?"

"저는요, 고양이가 되고 싶어요, 아버지."

오랫동안 딱 붙어 있었던 아버지의 윗입술과 아랫입술이 벌어져 있다는 것이 너무 반가웠다. 나는 실없이 웃으며 내가 아주 어릴 적부터 간직해 왔던 꿈에 대해 말했다.

내 대답을 들은 아버지는 탐탁지 않다는 투로 말했다.

"짐승 따위가 되고 싶다는 말이냐?"

나는 아버지의 매서운 눈빛에 눌려 눈치를 보았다.

"누나가 그랬는데, 고양이에게 시간은 언제나 똑같아서, 어제와 같은 하루를 보내도 지루해하지 않는대요."

"고양이가 된다는 소리는 하지 마라. 자기 새끼를 버리는 놈들도 있는 게 고양이다. 다른 꿈은 없냐?"

"그럼 아버지 같은 사람이 되고 싶어요."

내 말을 들은 아버지는 한참 동안 말없이 밤하늘을 올려다보았다. 나도 아버지의 시선을 따라 하늘을 올려다보았다. 비행기가 작은 빛을 내며 날아가다 어두운 구름 속으로 사라졌다. 비행기가 구름에 가린 것이 아니라 먹힌 것 같아 나는 구름을 뚫어져라 쳐다보았다. 아버지가 여전히 하늘을 응시하며 내게 말했다.

"차라리 고양이가 낫겠구나."

아버지는 나에게 무심한 사람이었다. 아니, 세상의 모든 일에 관심이 없다고 해야 할 것이었다. 그나마 아버지의 관심이 닿는 곳은 아버지가 직장에서 해고당한 후 은행에서 대출받아 차린 치킨집이었다. 매달 대출 이자와 옥탑방 월세를 내는 데 아버지의 모든 신경이 집중되어 있었다. 빚을 진 아버지의 얼굴은 항상 그늘져 있었다. 생계를 위해 힘쓰는 가장은 모두 고달픈 것일까.

아버지는 치킨을 좋아하지 않았다. 굳이 따지자면 싫어하는 쪽에 가까웠다. 그런데 아버지는 치킨 장사를 시작하고 나서 유리창에 큼지막한 글씨로 '맛있는 치킨! 환상적인 맛과 풍미!'를 써서 붙였다.

"아버지는 치킨을 좋아하지도 않으면서 왜 치킨 만드는 일을 해요?"

내가 아버지에게 물었을 때 아버지는 사람이 좋아하는 것만 하며 살 수 없다고 했다. 때로는 좋아하지 않는 것을 어쩔 수 없이 하게 되기도 한다고.

아버지는 좋아하지도 않는 치킨을 매일 튀겼다. 학교가 파하고 치킨집에 들르면 아버지는 항상 치킨을 주었다. 언젠가부터 저녁밥은 치킨이 되었고 나는 느끼한 튀김옷을 입은 치킨과 기름 냄새가 진동하는 아버지가 싫어졌다. 그러나 내색하지 않고 질리는 모든 것들을 받아들였다.

아버지는 늦은 밤이 되면 치킨과 기름 냄새로 전 몸을 이끌고 집으로 들어왔다. 낮의 아버지가 다부진 팔과 커다란 손으로 도마 위에 있는 생닭을 내리치는 모습은 힘이 넘쳐 보였다. 그러나 늦은 밤의 아버지는 힘이 없었다. 아버지는 자신을 쳐다보는 나를 피해 방 안으로 휙 들어갔다. 아버지의 방에서 희미한 텔레비전 소리가 새어 나왔다.

나는 아버지가 있을 때 아버지의 방에 들어가 본 적이 없었다. 아버지가 나가고 조용히 아버지의 방 안으로 들어가 텔레비전 앞에 앉으면 아버지의 따뜻한 온기가 느껴졌다. 나는 가끔 아버지의 온기 위에 누웠다. 그러면 아버지와 함께 방 안에 있는 것 같은 기분이 들었다.

아버지는 동물을 좋아했다. 굳게 닫힌 방문에 귀를 대고 텔레비전의 소리를 가만히 들어 보면 아버지는 동물이 나오는 다큐멘터리를 보고 있었다. 심해 속에 사는 미지의 생물이라든가 밀림에 사는 동물들, 혹은 강아지처럼 익숙한 동물들이 나오는 프로그램도 가리지 않고 시청했다. 그래서인지 아버지는 치킨 냄새를 맡고 모여드는 길고양이들에게 생닭을 조금씩 주었다. 내게 무척 엄한 아버지는 고양이들에게는 살가운 치킨집 아저씨가 되었다.

아버지가 개나 고양이를 키우지 못하는 것은 순전히 내 탓이었다. 나는 동물을 무서워했다. 작은 새나 강아지 같은 여리고 약한 존재들도 나에게는 공포의 대상이었다. 아마 몇 년 전 어미 고양이가 할퀴었을 때부터였을 것이었다. 그때 새끼 고양이는 너무 어려서 겁 없이 내가 내민 손 가까이 다가왔다. 내가 새끼 고양이를 만졌다면 동물을 무서워하지 않게 되었을지도 모른다. 그러나 나는 아직도 어미 고양이의 매서운 노란색 눈과 나를 향해 드러내던 날카로운 발톱을 생생히 기억하고 있다. 어미 고양이의 모성애란 그렇게나 무서운 것이었을까.

내가 고양이를 무서워하면서도 고양이가 되고 싶은 것은 그들이 강한 존재이기 때문이었다. 내가 이런 말을 하면 누나는 언제나 이렇게 물었다.

"고양이? 고양이가 강한가? 그보다는 사자나 호랑이지."

"사자나 호랑이는 동물원 철창 안에 갇혀 있잖아. 그런데 어떻게 강해? 그러니까 진짜 강한 건 고양이야. 날쌔고, 유연하고, 날카롭잖아. 길호랑이나 길사자는 없는데 길고양이는 있는 게 그런 이유야."

"너, 바보냐?"

누나는 무슨 논리가 그렇게 이상하냐며 깔깔거렸다. 누나는 농담이라 생각하겠지만 이건 정말이다.

"또, 재빨리 도망가는 것도 잘해야 하는데 고양이는 진짜 잘하잖아."

"도망가는 게 강한 거야?"

누나가 웃으며 말했다. 나는 진지한 표정으로 고개를 끄덕였다.

"위험하거나 싫은 상황에서 적당한 때에 도망갈 수 있는 것도 강한 거야. 도망갈 용기도 없는 사람도 있잖아."

"그거 너잖아. 그리고?"

나는 내가 그렇게까지 용기 없는 사람은 아니라고 반박하고 싶었지만 참고 말을 이었다.

"마지막으로, 공격하는 것도 잘해야 해. 치고 빠지는 거, 알지? 어미 고양이가 할퀸 적이 있는데 그때 그랬어. 강하게 할퀴고 빠르게 도망갔어."

"너 이거 다 텔레비전에서 본 거지?"

"아니야, 내가 생각해 낸 거야. 길고양이는 이런 방식으로 항상
살아남아."

누나는 내 말을 전혀 믿지 않고 웃기만 했다.

누나는 아버지를 싫어했다. 곁에 가면 찌든 기름 냄새가 나서
싫고 치킨과 함께 아버지 자신을 같이 튀기는 것 같아서 싫다고
했다. 누나는 말했다.

"엄마는 가난에 찌든 게 싫어서 아버지를 떠났는데 아버지는
이제 치킨에 찌들었잖아."

누나 말에 따르면 아버지가 자상하던 시절이 있었다고 한다.
아버지는 누나에게 산수를 가르쳐 주고 책도 읽어 주고 일요일에
는 아기였던 나를 포함해 가족 모두 나들이를 갔다고 했다. 어머
니가 집을 나가기 전까지는 말이다. 나의 어머니는 가난한 삶이
지긋지긋해 새로운 삶을 찾아갔다. 나보다 다섯 살 많은 누나는
아직도 어머니가 짐을 싸 들고 집을 나가던 모습이 생생하게 기억
난다고 했다. 어린 누나는 울지도 어머니를 붙잡지도 않았다.

"왜 그랬는데?"

"다시 돌아올 줄 알았으니까. 다시는 오지 않는다는 걸 알았다
면 안 그랬어. 나도 데려가라고 끝까지 매달렸지."

우릴 버린 거야, 하고 누나는 내게 속삭였다. 누나는 어머니의
이야기를 할 때면 흐르는 눈물을 훔치며 씩씩거렸지만 나는 감정
을 내색하지 않았다.

"누나, 어머니는 우릴 버린 게 아니라 도망친 거야."

어머니의 얼굴도 잘 기억나지 않는 내게 어머니는 그저 텅 빈 존재였다. '엄마'가 아닌 '친모'일 뿐이었다. 흐릿한 어머니의 실루엣을 떠올릴 때마다 나는 어미 고양이가 생각났다. 새끼 고양이를 지키기 위해 나를 할퀴던 발톱과 노려보던 눈빛. 어머니의 모성애는 가난 앞에서 무너진 것일까.

나는 자상하던 아버지를 기억하지 못한다. 내 기억 속의 아버지는 늘 나를 외면한 채 서 있었다. 그러나 나는 아버지 같은 사람이 되고 싶었다. 아버지는 자식에게 무심하지만, 고양이에게 따뜻한 사람이고 고양이처럼 강한 사람이라 생각하기 때문이다.

아버지를 기다리며 창밖을 내다보면 가끔 술에 취한 아버지가 비틀거리며 걸어오는 것이 보였다. 아버지는 고양이를 닮았지만 날쌔고 유연하지 않아서 전봇대나 벽에 머리를 박고 튕겨 나갔다. 그럴 때 아버지는 치킨과 함께 바삭하게 튀겨진 모양인지 튀김옷처럼 힘없이 부서졌다. 나는 그런 아버지의 모습을 볼 때마다 아버지도 고양이처럼 강해지고 싶은 건 아닐까 하는 생각이 들었다.

사흘 전 낮에 누나가 도망쳤다. 하교하면서 치킨집에 갈까 고민하다 집으로 돌아온 것이었는데 방에서 허둥지둥 짐을 싸고 있던 누나와 눈이 마주쳤다. 누나는 당황한 눈치더니 나에게 다가와 말했다.

"아버지 오시면 오늘 친구네 집에서 자고 올 거라고 해."

나는 고개를 끄덕였고 집을 나서는 누나를 지켜보았다. 누나는 나를 힐끗 쳐다보더니 현관문을 닫았다. 쾅 요란한 소리가 울리고 누나의 발걸음 소리가 멀어졌다. 누나가 신고 가는 흰 운동화는 아버지가 치킨 장사를 마치고 집으로 오는 길에 산 거였다. 나는 현관에 놓여 있는 새카맣게 때가 탄 신발을 물끄러미 내려다보았다. 흰색이었던 신발. 누나는 아버지에게 갖고 싶은 것은 뭐든지 말했는데 나는 차마 그러지 못했다. 자상한 아버지는 내 기억 속에 없기 때문일지도 몰랐다. 더구나 나는 용돈을 받지 않는데 누나는 아버지가 주었는지 지갑에 항상 지폐가 가득했다.

나는 누나를 붙잡지 않았다. 정말로 친구네 집에 가는 줄 알았으니까. 다시 돌아올 줄 알았으니까. 그러나 누나는 돌아오지 않았다. 기름 냄새가 나는 아버지가 싫어서 도망간 거야? 하고 물어보고 싶었지만, 누나의 모습은 볼 수 없었다. 누나는 강한 척하는 사람인 걸 들켜서 가 버린 걸까? 하고 나는 생각했다.

얼마 전 학교에서 집으로 돌아오는데 골목에서 친구들과 노닥거리고 있던 누나와 마주친 적이 있다. 누나의 손에서는 하얀 연기가 나고 있었는데 나는 한참 그것을 바라보다가 담배라는 것을 인지했다. 누나의 친구들은 침을 찍찍 뱉으며 욕설이 섞인 대화를 하고 있었다. 그리고 그들 또래의 여중생을 에워싸고 있었다. 그들은 차례로 여중생의 머리를 쥐어박거나 발길질했다. 누나는 여중생의 뺨을 때렸다. 뺨을 때리는 누나의 손은 분명 나에게 라면을 끓여 주고 때로는 토닥여 주던 것이었다. 누군가에게 누나는 강한 사람으로 보일까. 적어도 고개를 숙이고 흐느끼는 저 여중생에게는 그럴 것이다. 모른 척하고 돌아가려는데 단발머리를 한 누나의 친구와 눈이 마주쳤다. 낄낄거리며 웃던 단발머리는 나를 보더니 웃음을 멈추고 노려보았다. 담벼락 뒤에 숨어 골목을 훔쳐보고 있던 나는 순간 화들짝 놀라 나도 모르게 헉! 하고 소리를 질렀다.

"야! 너 뭐야, 일루 와!"

단발머리가 크게 소리치며 나를 향해 성큼성큼 다가왔다. 나는 공포에 휩싸여 도망치려고 뒤돌아 뛰었다. 순식간에 나를 따라잡은 단발머리는 내 책가방 손잡이를 잡아서 강하게 끌었다. 나는 그대로 누나를 포함한 무리가 있는 쪽으로 끌려갔다. 단발머리는 나를 맞고 있던 여중생 옆으로 끌고 가더니 담배를 피우면서 물었다.

"너, 다 봤지?"

"아, 아무것도 못 봤어요."

나는 필사적으로 손을 내저으며 누나를 힐끔 쳐다보았다. 누나와 내 시선이 허공에서 부딪쳤다. 나와 눈이 마주치자 짧은 순간 누나의 동공이 미세하게 떨렸다. 누나는 내 시선을 피하는 듯이 고개를 돌렸다. 누나는 굉장히 당황한 것처럼 보였다. 누나는 담배를 피우던 손을 뒤로 감춘 채 피식 웃으며 단발머리에게 한마디 던졌다.

"못 봤다잖아. 그냥 보내."

"아니, 못 봤으면 왜 도망치는데? 안 그래 꼬마야?"

단발머리가 내 머리를 손가락으로 쿡쿡 찌르며 부드럽게 웃었다. 누나의 얼굴이 눈에 띄게 굳어졌다. 누나는 조그맣게 욕설을 중얼거리며 인상을 찌푸렸다.

"야, 아직 어리잖아. 그리고 쟤가 어른한테 말한다 해도 아무도 안 믿을걸? 얘 모범생 같잖아."

누나의 무리 중 한 명이 웃음 섞인 목소리로 누나를 가리키며 말하자 모두 박장대소를 터뜨렸다.

나는 흘러나오려는 눈물을 억지로 참으며 누나를 올려다보았다. 누나는 눈을 내리깔고 묵묵히 친구들의 말을 듣고 있었다. 나는 누나의 등 뒤에서 피어오르는 희뿌연 담배 연기를 응시했다. 누나가 나에게 숨기고 싶은 것. 지금까지 숨겨 왔지만 끝내 들켜 버린 것은 담배뿐이 아니었다. 그래서 누나는 나를 피하고 싶은 걸까. 지금 도망치고 싶을까? 누나는 크게 심호흡하고 나를 가리키며 소리쳤다.

"야, 내가 우습냐? 쟤 그냥 보내. 아, 진짜 기분 개 같으니까 빨리 보내라고!"

누나가 소리친 후 한참 동안 어색한 침묵이 흘렀다. 나는 마른 침을 꿀꺽 삼키고 그들의 눈치를 살폈다. 침 삼키는 소리가 너무 컸던 것 같다는 생각이 들었다. 단발머리가 눈살을 찌푸리며 그거야 내가 결정할 일이지, 하고 말했다. 신경질적으로 머리카락을 쓸어올린 단발머리가 내 어깨를 툭 쳤다.

"야, 빨리 꺼져. 다른 사람한테 말하면 안 되는 거 알지?"

나는 연신 고개를 끄덕였다. 그때 단발머리가 울고 있는 여중생의 손목을 낚아채며 말했다.

"김정민, 너는 이리 와."

갑자기 여중생은 잔뜩 겁에 질려 단발머리의 손을 뿌리치고 재빨리 골목을 빠져나갔다. 나도 여중생을 따라 도망쳤다. 빠르게 뛰는데 손바닥에 땀이 찼다. 이제는 누나와의 관계도 전과 같지 않을 것이다. 누나가 사실 나처럼 약한 사람이란 것을 알아 버렸으니까. 나는 누나가 잔뜩 화가 나서 모든 울분을 쏟을 것으로 생각했다. 그러나 저녁이 되어 집에 돌아온 누나는 이상하게 아무렇지 않은 척 굴었다. 누나의 점퍼 주머니에서 라이터가 툭 떨어졌을 때도 누나는 태연했다. 누나는 평소처럼 라면을 끓이고 내 그릇에 면과 국물을 덜어 주었다. 하얀 김이 피어오르는 라면은 뜨거웠지만 맛있었다. 우리는 말없이 라면을 먹었고 라면을 후루룩거리는 소리만이 정적을 깨울 뿐이었다. 그토록 조용한 식사 시간에 누나의 휴대전화가 울렸다. 누나가 좋아하는 아이돌 그룹의 노래가 울려 퍼졌다. 누나는 전화 소리를 듣지 못하는 것처럼 라면만 먹었다. 나는 참다못해 누나에게 말했다.

"누나, 전화 오는데 받아."

젓가락을 든 누나의 손이 멈추었다. 누나는 한숨을 내쉬고 입을 열었다.

"안 받아도 돼."

식사 후 누나가 설거지를 하는 사이 휴대전화가 또다시 울렸다. 이번에 누나는 물소리와 그릇끼리 부딪히는 소리 탓인지 진짜 벨 소리를 듣지 못한 것 같았다. 나는 슬쩍 누나의 휴대전화를 집어서 방으로 들어갔다.

휴대전화 화면에는 '불쌍한 정민'이라는 글자가 떠 있었다. 나는 낮에 누나의 친구인 단발머리가 울고 있던 여중생을 '정민'이라고 부른 것이 기억났다. 나도 모르게 전화를 받자 정민의 가느다란 숨소리가 들렸다. 정민은 뜸을 들이다 약간 쉰 목소리로 말했다.

"아, 아까 도망쳐서 미안해. 나도 모르게 그, 그랬어. 가져오기로 한 돈은 내일, 학교에서 꼭 줄게. 미, 미안해……."

나는 아무 말도 할 수 없었다. 휴대전화에서 안절부절못하는 정민의 목소리가 흘러나왔다. 화났어? 하고 말하는 정민은 누나가 저장해 놓은 이름대로 불쌍해 보였다. 나는 전화를 끊어 버리고 방문 앞에 앉아 무릎을 감싸고 웅크렸다. 누나는 누군가에게는 견딜 수 없이 싫고 아픈 존재라는 것이 갑자기 마음에 와닿았다.

"아버지, 누나는 다시 돌아올까요?"

나는 굳게 닫힌 문 앞에서 소리쳤다. 텔레비전 소리만 들릴 뿐 아버지는 대답이 없었다. 아버지는 누나가 집을 나간 이후로 치킨 집 문을 닫았다. '맛있는 치킨! 환상적인 맛과 풍미!'라고 쓰인 종이도 떼 버리고 대신 '당분간 개인 사정으로 쉽니다'라고 휘갈겨 쓴 종이를 새로 유리창에 붙였다.

아버지는 경찰서에 실종 신고하면서 화를 냈다. 어떻게 내 딸이 사라진 것을 가출 정도로 생각할 수 있냐면서 소리를 질렀다. 나는 아버지가 화를 내는 모습을 처음 보았다. 세상 어떤 것에도 관심이 없어 보이던 아버지는 더 이상 존재하지 않는 것 같았다. 아버지는 온종일 누나를 찾아 동네 곳곳을 헤매다가 늦은 밤이 되어서야 돌아왔다. 집에 돌아온 것이 아니라 가게로 돌아갔다. 나는 창문으로 아버지가 가게로 향하는 모습을 보고 다급하게 따라 갔다. 아버지는 열쇠를 꺼내 불 꺼진 가게 문을 열고 의자 세 개를 대충 붙여 그 위에 웅크리고 누워 잠을 청했다. 어둠 속에서 아버지는 추위에 떨며 자는 길고양이 같았다.

학교가 파하고 가게로 돌아오니 아버지는 보이지 않았다. 아마도 누나를 찾으러 밖에 나간 것 같았다. 문손잡이를 당기니 문은 잠겨 있었다. 나는 아버지가 올 때까지 기다리기로 했다. 가게 문 앞에 쪼그리고 앉아 하염없이 아버지가 오는지 보았다. 사람들이 나를 지나쳐 바쁘게 지나갔다. 아버지인 듯한 사람이 보여 일어나 보면 모르는 사람이었다. 그냥 집에 들어갈까 생각하니 며칠 동안 아버지의 얼굴을 제대로 보지 못한 것이 떠올랐다. 나는 아버지가 이대로 계속 돌아오지 않고 혼자 남겨진 상황을 상상했다. 아버지가 만약 나를 두고 어딘가로 떠나 버린 것이면 어떻게 해야 할까. 나는 울적해졌다.

저녁이 되어도 아버지는 돌아오지 않았다. 그사이 하늘은 어두워져 있었다. 가로등이 하나둘씩 켜지고 희뿌연 불빛이 쓸쓸히 나를 비추었다. 저녁이라 그런지 날씨가 제법 쌀쌀했다. 반소매 티셔츠에 반바지를 입은 탓에 몸이 덜덜 떨렸다. 나는 맨살이 드러난 팔과 다리를 감싼 채 웅크렸다. 배에서는 꼬르륵 요란한 소리가 났다. 아버지는 누나를 찾으러 다니는 데 여념이 없어 저녁밥을 챙겨 주지 않았다. 그래서 나는 냉장고 안에 있는 딱딱한 빵이나 오래된 밥을 꺼내 먹었다. 춥고 배고파 나는 아버지를 기다리는 것을 포기하려 했다. 한숨을 쉬며 집에 들어가려 자리를 털고 일어났다. 그 순간 나는 내 앞에 서 있는 아버지를 보았다. 아버지는 초췌한 낯빛으로 가게 열쇠를 들고 멈춰 서있었다. 아버지는 나를 보고 놀란 눈치였다.

"계속 기다렸니?"

나는 힘없이 고개를 끄덕였다.

"아버지, 저 치킨 좀 주세요."

아버지가 가게 문을 열자 나는 조심스럽게 말을 꺼냈다. 아버지는 나를 돌아보았다. 잠깐 아버지는 나를 빤히 쳐다봤다. 그러다 갑자기 정신이 든 사람처럼 허둥지둥 주방으로 가서 치킨을 튀기기 시작했다. 아버지가 갓 튀긴 치킨을 탁자 위에 올려놓자 나는 냉큼 의자에 앉아 닭 다리를 들고 열심히 먹기 시작했다. 내 예상과 달리 아버지는 아무 말도 하지 않다가 입을 열었다.

"미안하구나."

나는 아버지의 말을 듣고 눈을 빠르게 깜박거리다가 치킨을 크게 한입 베어 물었다. 그러고는 오물거리며 먹다가 갑자기 울음을 터뜨렸다. 뜨거운 눈물이 볼을 타고 흐르는 것이 느껴졌다. 왠지 모르게 서러웠다. 왜 서러울까. 나도 이유를 모르겠다. 아버지는 어쩔 줄 모르고 서 있다가 탁자에 딸린 서랍 안에서 냅킨을 가져와 내밀었다. 나는 냅킨을 받아 눈물과 콧물로 범벅되어 있는 얼굴을 세게 문질렀다. 그러면서도 계속 흐느꼈다.

늦은 밤, 아버지와 나는 나란히 골목길을 걸었다. 가로등 불빛 속에서 두 사람의 그림자가 움직였다. 아버지가 술에 취해 자주 부딪혔던 전봇대 옆에 쓰레기봉투가 아무렇게나 나뒹굴고 있었다. 얼룩덜룩한 고양이가 쓰레기봉투를 헤집다 인기척에 놀라 달아났다. 아버지는 말없이 굶주린 고양이를 쳐다보다 나에게 말했다.

"고양이의 시간은 언제나 똑같다고 했지. 그러면 시간이 흘러가는지도 모르는 거냐?"

"아마도요."

나는 대뜸 아버지에게 고양이가 동물 중에 제일 강해요, 하고 말했다.

"그래서 고양이가 되고 싶은 거냐?"

나는 고개를 끄덕이며 달아난 고양이를 생각했다. 고양이에겐 오늘이 어제와 다른 하루였겠지.

집으로 돌아온 후 아버지는 곧장 방으로 들어갔다. 나는 아버지가 내게 왜 울었냐 정도의 질문을 하기를 바랐다. 그러나 아버지는 그런 것 따위는 관심 없는 것 같았다. 아버지는 눈 밑이 까매지고 면도도 하지 않고 누나를 찾으러 다니는 데 집중했다. 정신 없이 거리를 헤매는 아버지는 머리카락이 푸석하고 기운이 없었다. 꼭 넋이 나간 사람 같았다. 그런데 아버지는 집에 오면 평소의 모습으로 돌아왔다. 아버지는 무슨 생각을 하고 있을까. 문득 궁금해졌다. 나는 조심스럽게 아버지의 방문을 두드렸다. 아버지가 있는 방에는 들어갈 엄두도 내지 못하던 전의 나와 다르게 용기를 냈다.

"아버지, 들어가도 될까요?"

아버지는 대답하지 않았다. 아버지의 목소리 대신 텔레비전 소리가 방문 틈에서 새어 나왔다. 동물 다큐멘터리 내레이터의 목소리가 흘러나왔다. 열대우림에서 강자들이 살아남는 방법은 간단합니다. 습지나 강에 사는 악어는…….

한참 후에 텔레비전의 음성이 뚝 끊기더니 아버지가 방에서 나와 옥상으로 갔다. 나는 아버지를 졸졸 쫓아갔다. 아버지가 평상 위에 털썩 주저앉았다. 나는 아버지의 까만 뒤통수를 뚫어지게 쳐다보았다. 아버지의 표정도 감정도 생각도 알 수 없는 새카만 머리카락들에 하얀 세월의 흔적들이 붙어 있었다. 아버지의 등은 망치로 내리치다 구부러진 못처럼 구부정했다. 어쩐지 그 모습이, 쓸쓸해 보였다.

아버지는 도망치지 못하고 평상에 고여 있다. 골목길에서 힘없이 흘러내리는 사람들을, 고양이를 지켜보고 있다. 아버지의 곁으로 길고양이가 다가왔다. 아버지가 평소 먹을 것을 주었던 고양이였다. 아버지는 천천히 허리를 굽혀 고양이를 쓰다듬었다. 그러자 고양이가 야옹 하고 울기 시작했다. 그 순간 나는 깜짝 놀랐다. 아버지는 갑자기 검은 고양이로 변했다.

"아버지, 아버지. 이제 지겹지 않겠어요."

나는 아버지가 고양이로 변한 것이 기쁜 채 조잘거렸지만 사실 전혀 반갑지 않았다. 아버지는 이제 날쌔고 유연하고 날카로워서 매끄럽게 흘러 빠르게 나에게서 도망칠 수 있었다. 누나의 말처럼 난 약해 빠지고 용기 없는 겁쟁이라 아버지를 붙잡을 수 없을 것이었다. 아버지, 어떻게 고양이가 되었어요? 하고 나는 아버지를 따라 몸을 납작 엎드리며 물었다. 기지개를 켜는 아버지를 보며 나는 문득 무언가 생각났다. 누나가 고양이의 시간 개념에 대해 떠든 말이. 고양이의 시간 개념은 언제나 똑같아서 어제와 완전히 똑같은 하루를 보내도 지겨워하지 않는다는 말. 어쩌면 아버지는 내 말을 듣고 고양이가 되고 싶다고 생각했을지도 몰랐다. 나는 평상 밑으로 기어 들어간 아버지에게 다급하게 말했다.

"아버지, 사실 고양이가 되어 본 적이 없어서 고양이의 시간 따위 몰라요!"

고양이가 된 아버지는 구부정한 아버지보다 말이 많았다. 그러나 그저 야옹, 야옹 하고 들릴 뿐이었다. 아버지는 고양이가 되어도 기름 냄새가 났다. 앞창이 다 닳은 거뭇한 운동화의 밑창을 괜히 바닥에 문질렀다. 아버지는 이제 나에게서 도망칠까. 유연하고 날쌘 몸으로. 나의 속이 때가 탄 운동화처럼 까맣게 타 들어갔다. 그래도 나는 언제나 그렇듯이 내 마음이 어떤지 내색하지 않았다.

심장의 파장

강화여자고등학교 3학년
한수지

    나는 아버지가 보낸 문자를 다시 확인했다. 아버지가 살았던 곳은 강원도 강릉시 연곡면에 있는 단독주택이었다. 나는 아버지가 서울에서 살고 있을 거라고 생각했다. 왜 서울에서 먼 강원도에서 살고 있던 거지? 나는 지도 앱을 켜고 아버지의 주소를 입력했다. 왕복하려면 여덟 시간이 걸리는 거리였다. 한동안 쓰지 않은 캐리어를 꺼내 짐을 쌌다. 아버지가 살던 곳에서 일주일 정도 지낼 생각이었다. 한 번도 가 보지 않은 곳이기도 했고, 무엇보다 아버지가 살던 집이 궁금했으므로, 어머니에겐 2주 정도 할머니 댁에 다녀오겠다고 문자를 보냈다.

    서울역에서 강릉역까지 가는 KTX를 탔다. 강릉역에 도착해서 302번 버스를 타면 아버지의 집으로 갈 수 있었다. 버스를 타고 한 시간을 달려 도착한 곳은 영진해변이었다. 파도는 철썩거리며 방파제를 거칠게 때렸다. 모래사장에는 갈매기와 사람들이 있었다. 갈매기는 근처에 사람이 지나가도 날아가지 않고 자리를 지켰다. 지도를 켜고 해안을 따라 걸었다. 한참을 쭉 걸었더니 핸드폰 지도에 샛길로 올라가라는 표시가 떴다. 눈앞에는 자잘한 돌이 깔린 샛길이 보였다. 캐리어 바퀴가 돌에 헤질 것 같았다. 캐리어를 들자 나도 모르게 숨이 멎는 소리가 나왔다. 안에 들은 건 옷 밖에 없는데도 어찌나 무거운지 도저히 들고 올라갈 수 없었다. 결국 나는 캐리어를 끌었다. 덜덜덜 바퀴가 돌에 끌렸다. 소리가 컸고 바퀴가 빠질 것 같았다. 정상에 다다르자 주택이 보였다. 현관문을 가운데 두고 담장이 높게 세워진 이층집이었다. 나는 밖에서 천천히 집을 둘러보았다. 한쪽 벽이 통유리창으로 되어 있어서 안에 있는 거실 소파와 테이블이 보였다. 나는 비밀번호를 누르고 현관문을 열었다. 현관에는 아버지의 신발이 있었다. 가지런히 정리된 거실 소파 위에는 담요와 리모컨이 자리했고, 테이블에는 화병이 있었다. 붉은 동백꽃이었는데 누군가 화병에 물을 갈아 준 듯 활짝 피어 있었다.

아버지의 집은 혼자 살기엔 커 보였다. 나는 부엌으로 들어가 컵을 꺼냈다. 집으로 올라오는 동안 갈증이 났다. 냉장고를 열어 물이 있는지 살펴보았다. 없어서 정수기에 물을 받아 물이 담긴 컵을 가지고 소파에 앉았다. 밖에서 보았던 통유리창으로 해변이 보였다. 아까 보았던 영진해변이었다. 소파에 앉아 바라본 바다의 모습은 한 폭의 그림 같았다. 황혼에 물들어 가고 있는 하늘이며 적당히 얇은 보랏빛의 구름이며 푸른 바다까지 아름다운 풍경이 이어졌다. 나는 캐리어를 가지고 1층에 있는 방으로 들어갔다. 아무도 쓰지 않은 여분의 방인 듯, 침대 프레임과 그 옆의 작은 서랍이 새것처럼 보였다. 방문 쪽에는 미니멀한 원목 책상이 놓여 있었다. 나는 캐리어를 열어, 짐을 풀었다. 옷은 서랍에 넣어 두었다. 아버지의 유품을 정리하기 전, 침대에 누웠다. 바지 뒷주머니에서 핸드폰을 꺼내 어머니에게 문자를 보냈다. 할머니네 도착했어.

응. 보낸 지 1분도 지나지 않아 답장이 왔다.

아버지의 냉장고는 텅 비어 있었다. 허기진 나는 직접 해 먹을까, 했지만 손재주가 없었다. 무엇보다 장 봐 온 것들을 들고 샛길을 올라올 엄두가 나지 않았다. 나는 배달 앱을 켰다. 치킨, 피자, 족발, 곱창, 뭘 시켜 먹을지 살펴보았다. 치킨 한 마리를 시켰다. 주문 확인 알람을 확인하고, 거실로 나가 밥 먹을 준비를 했다. 싱크대에서 손을 씻고, 접시와 물 마셨던 컵을 거실 테이블로 가져왔다. 초인종이 울리고 배달이 도착했다. 포장지를 뜯고 리모컨을 눌러 채널을 돌렸다. 리모컨의 버튼을 계속 눌렀지만 볼 만한 프로그램이 없었다. 메뉴 버튼을 눌렀다. 최근 시청 목록에 「어바웃 타임」이 있었다. 몇 년 전, 친구들과 넷플릭스로 본 영화였다. 저게 어떤 내용이더라? 아주 오래전에 본 영화라서 그런지 기억나지 않았다. 오랜만에 다시 보는 것도 괜찮지. 나는 다시 시청하기를 눌렀다. 주인공인 팀이 옷장에 들어가 시간 이동을 할 수 있는 것을 알고 여자 주인공인 메리에게 청혼하는 장면이 나올 때쯤, 배가 불러 오기 시작했다. 화면을 정지하고 먹다 남은 치킨을 정리했다. 치킨 뼈가 담긴 비닐봉지를 묶어 종량제 봉투에 버렸고 남은 조각들은 통에 담았다. 물기 있는 머리카락을 수건으로 꽉 짰다. 드라이기로 머리카락을 말리고 그대로 침대에 누웠다. 방 안은 고요했다. 파도 소리가 들리는 것 같았다. 바닷가 근처라서 그런지 에어컨을 틀지 않아도 창문 틈 사이로 바람이 살살 불었다. 아버지는 매일 밤, 파도 소리를 백색소음 삼아 잠에 들었을까? 파도 소리에 집중하다 보니 어깨가 축 처지고 눈꺼풀이 감겼다.

누군가의 발소리가 들렸다. 방문이 열렸다 닫히는 소리도 들린 것 같았는데 잠결에 들었던 소리라 기억이 또렷하지 않았다. 잠에서 깼지만 침대에서 일어날 수 없었다. 아직 일어나기엔 너무 이른 시간이었다. 유리창에 반사되는 햇빛에 이불을 머리끝까지 올렸다. 이불 속에서 밤사이 울렸던 알림을 확인했다. 특별한 연락은 없었다. 거실 밖에서 물소리가 들렸다. 누군가 싱크대의 수도꼭지를 튼 게 분명했다. 이 집 주인은 아버지다. 아버지는 죽었다. 도어록 비밀번호를 아는 사람이 나 말고 누가 있지? 나는 침대에서 일어났다. 방에서 무기가 될 만한, 둔탁한 물건을 찾았다. 책장 사이에 꽂혀 있던 두꺼운 책을 옆구리에 끼고 방문 손잡이를 잡았다. 문 틈 사이로 낯선 이가 보였다. 넓고 큰 등과 쫙 펴진 어깨를 가진 건장한 남자였다. 그의 차림새를 보아 무언가 훔치러 온 도둑 같지는 않았다.

앞으로 내딛는 한 걸음 한 걸음이 조심스러웠다. 그는 내가 부엌으로 걸어가고 있는 것을 알지 못했다. 거센 물소리에 묻혀 발소리가 들리지 않는 듯했다. 어느덧 그와 나 사이의 거리는 1미터도 남지 않았다. 그가 수도꼭지를 잠그자, 나는 가지고 있던 책을 머리 위로 높이 들었다. 그 순간 그가 뒤를 돌았다. 눈이 마주치고 나는 그를 향해 책을 내리쳤다. 그가 반사적으로 머리를 감싼 채 몸을 틀었다. 그 바람에 허공에다 책을 내리쳤고, 몸이 앞으로 기울어졌다. 다행히도 가슴팍이 테이블에 닿기 전에 그가 내 팔을 잡아 주었다. 그는 내 손에 들린 사전을 빼앗은 뒤, 놀란 내가 진정될 때까지 기다렸다. 도대체 누구세요? 내가 물었다. 그는 자신을 아버지의 팔촌이라고 했다. 아버지와 팔촌이면 거의 남이나 마찬가지였다.

Q는 아버지가 살아 있었을 때부터 교류하고 있었다고 했다. 그

는 영진해변 근처에서 운영하는 커피숍에서 아버지를 처음 만났는데, 아버지가 손님으로 왔다고 했다. 그 시간대에 유독 사람이 없었던 탓에, 아버지와 이야기를 주고받았고, 그러다 서로가 먼 친척이라는 것을 알게 되었다고 했다. 그러고 보니 그의 밑으로 처진 눈꼬리와 안으로 굽은 쪽박귀가 아버지를 연상케 했다. 그는 아버지의 핸드폰으로 문자를 보낸 게 자기 자신이라고 말했다. 그 말을 듣자 Q에 대한 경계가 풀어졌다. 거실 소파에서 일어나 Q는 다시 부엌으로 들어갔다. 장을 봐 온 건지 테이블 위에는 포장된 음식들이 있었다. 제가 도와드릴 건 없어요? 도와줄 거 없어요. 소파에 앉아 있어요. 나는 거실에 앉아 Q가 요리하는 모습을 바라보았다. 김치를 송송 썰고, 냄비에 볶은 다음, 물을 붓고 참치 캔을 넣어 끓였다. Q는 여러 가지 밑반찬을 만들었다. 케첩을 넣고 볶은 소시지볶음 냄새가 거실까지 났고, Q는 프라이팬에서 연기가 올라오자 환풍기를 틀었다. 얼마 지나지 않아 Q가 나를 불렀다.

Q가 만든 아침밥은 맛있었다. 당근을 잘게 썰어 넣은 달걀말이도 입맛에 맞았다. 어릴 적, 주말마다 아버지가 해 주던 것과 똑같은 맛이 났다. 김이 모락모락 나는 김치찌개 국물을 숟가락으로 떠먹었다. Q도 김치찌개 국물에 밥을 비벼 입안 가득 밀어 넣었다. 밥을 다 먹어 갈 때쯤 Q가 어머니에 대해 물었다. 어머니는? 사실 어머니는 제가 여기 온 줄 몰라요. Q는 잠시 침묵했다가, 어머니를 만나 보고 싶다고 했다. Q는 웨딩드레스를 입은 어머니를 알고 있었다. 아버지가 가지고 있던 앨범에서 우연히 봤다고 했다.

언젠가 한번 아버지가 찾아왔었다. 어머니와 아버지가 이혼 조정 기간을 거칠 쯤이었는데 나는 아버지를 만나지 않았다. 나에게 이혼할 거라 말하지 않았지만, 그들 사이에 어색한 기류가 흐르고 있다는 것을 나는 어렴풋이 눈치채고 있었다. 그래서 스무 살이 지난 지금까지 아버지를 만나지 않고 있었다. 그렇지만 아버지와 완전히 연락이 끊긴 건 아니었다. 아버지의 번호로 세 번의 문자가 왔었다. 내 생일과 고등학교 졸업식 날. 그리고 부고 소식을 알린 며칠 전이었다. 정확히는 아버지가 아닌, Q가 아버지의 휴대전화로 보낸 거였지만. 문자에는 아버지가 살았던 집 주소와 유품 정리를 바란다고 적혀 있었다. 나는 어머니에게 아버지의 부고 소식을 전했다. 어머니는 아버지의 부고 소식에 당연히 눈물을 흘리지도, 놀라지도 않았다. 내 말을 듣고도 아무 말이 없었다. 그러다 자리에서 일어나 방으로 들어갔다. 나는 어머니에게 아버지의 유품을 정리하러 오라더라, 라는 말은 전하지 않았다. 아버지에 대한 이야기가 나올 때면 어머니는 늘 비슷한 표현을 사용했다. 네 아버지는……으로 시작해, 하여간 지긋지긋해, 라는 말로 이야기는 끝이 났다. 아직까지 두 사람이 이혼하게 된 이유는 알지 못하지만, 아버지의 잘못으로 이혼하게 된 것은 알았다. 방에서 나온 어머니는 검은색 코트를 입고 자동차 키를 챙겼다. 어머니는 아버지의 장례식장 근처엔 발도 안 디딜 것 같았는데. 이 얘기를 Q에게 말해 줄지 잠시 고민했다. 벌써 그와 지낸 지 열흘이 넘어갔고 어쨌거나 Q는 아버지의 팔촌이었으니까. 상관없다고 생각했다.

나는 Q에게 오래전에 이루어졌던 부모님의 이혼 소식을 전했다. Q는 놀란 듯싶었으나, 더 이상 어머니의 이야기를 꺼내지 않았다. 내가 빈 그릇을 싱크대로 가져다주면 Q가 설거지를 했다.

행주로 식탁까지 닦은 다음, Q의 커피숍으로 내려갔다. 이른 아침에도 영진해변엔 사람이 많았다. Q의 가게에도 마찬가지였다. 해변 구경을 마친 사람들이, 강원도에서 유명하다던 순두부 젤라토를 사 먹으러 Q의 커피숍으로 온 것이었다. 나는 Q에게 방해되지 않도록 옥상으로 올라갔다. 옥상은 아래층과 달리 사람들이 없었다. 정수리가 익을 듯 햇빛은 뜨거웠고 더운 바닷바람이 불어왔다. 잘 익은 홍당무처럼 얼굴도 점점 뜨거워졌다. 손부채질을 하면서 밑을 내려다봤다. 드라마 도깨비 촬영지로 유명해진 영진해변은 그야말로 사진 명소였다. 드라마 속 주인공들처럼 메밀꽃을 들고 사진을 찍는 사람들이 보였다. 가족 단위로 여행을 온 사람들이 눈에 띄었다. 해변에는 작은 배들도 띄워져 있었는데 낚시를 하는 건지는 알 수 없었다. 계단에서 누군가 올라오는 소리가 들렸다. Q는 아이스커피를 나에게 건넸다. 그러고는 말없이 돌아섰다. 나는 커피를 목이 탔던 만큼 쭉 마셨다. 내려가는 그의 등을 바라보았다.

　Q의 카페는 늦은 시간에도 사람이 많았다. 자정 가까이 돼서야 뒷정리를 마친 Q와 집으로 돌아왔다. Q는 2층에 있는 아버지의 방을 쓰고 있었다. 그렇지만 대체로 거실 소파에서 잔다고 했다. 내가 왜 굳이 소파에서 자냐고 묻자, Q는 뒷머리를 긁적이며 영화 때문이라고 했다. 전날 봤던 「어바웃 타임」은 Q가 보던 영화였다. 영화 좋아해요? 「어바웃 타임」을 가장 좋아해요. 특히 과거로 돌아가는 능력이 부러워요. 그는 그렇게 말하곤 영화를 틀었다. 영화는 내가 보던 장면에서 멈춰 있었다. Q는 영화를 다시 첫 장면으로 돌렸다. 나는 방으로 들어갔다. 내가 씻고 나온 후에도 Q는 영화를 보고 있었다. 소파에 누워 있는 Q에게 먼저 자겠다

는 인사를 하자, Q는 잘 자라고 말하며 텔레비전 음량을 낮췄다. 방문 틈으로 텔레비전에서 나오는 미세한 불빛이 보였고 영화 소리가 들려왔다. 시간은 새벽 1시가 넘었고, 영화는 계속 재생되고 있었다.

Q와의 생활은 별다를 게 없었다. 그는 카페에 나가기 전, 내 아침밥을 차려 주고 나갔다. 남은 시간 동안 부지런히 아버지의 유품을 정리하고자, 그가 차려 준 밥을 먹고 2층으로 올라갔다. 2층에는 아버지의 방과 화장실이 전부였다. 나는 아버지의 방으로 들어갔다. 아버지의 방은 단조로웠다. 내가 쓰고 있는 방과 다른 점이 있다면 책장에 책이 가득 꽂혀 있다는 것이었다. 젊은 시절 아버지의 사진을 본 적이 있다. 한쪽 팔을 어머니의 허리춤에 두르고 나를 안고 있는 아버지. 단 하나밖에 없는 가족사진이라 잊지 않고 있었다. 그런데 그 사진이 액자에 끼워진 채, 책상 위에 있었다. 이상하게 젊었을 적 아버지의 사진을 보고 있자니 Q가 생각났다. 정말 많이 닮았네. 아버지의 책장에는 소설이 많았다. 그중에서도 가장 두꺼운 표지를 가진 책이 눈에 들어왔다. 크기로 보아 앨범인 듯했다. 책장 앞에 쭈그려 앉아서 밑 칸에 있는 앨범을 꺼냈다. 표지를 넘기자 어릴 적 내 사진이 나왔다. 일곱 살 때쯤 여권을 만들기 위해 찍었던 사진이었다. 파란 셔츠에 머리칼을 하나로 묶고, 앞머리를 옆으로 넘긴 깻잎머리 소녀는 앳돼 보였다. 앨범은 두꺼웠지만, 아버지가 가지고 있는 내 사진은 얼마 없었다. 보행기를 타던 사진과 예전에 살던 아파트 단지 안에 있는 분수대에서 찍은 사진, 유치원 버스를 기다리며 눈사람을 만들고 있는 사진이 전부였다.

아버지의 방을 구경하다가 문득 이런 생각이 들었다. 내가 여기 왜 왔더라. 아버지의 유품을 정리하려고 온 거였잖아. 근데 여태까지 뭐 하고 있었던 거지. 한가롭게 여행이라도 온 줄 알았나. 나는 아래층으로 내려가서 캐리어를 가지고 올라왔다. 내 사진이 담긴 앨범과 가족사진을 가장 먼저 챙겼다. 아버지가 쓰던 만년필과 책상 의자에 가까이 있는 몇 권의 책도 캐리어에 넣었다. 아버지의 옷을 정리하려고 쓰레기 더미에서 박스를 찾아왔다. 그러나 옷장엔 아버지의 옷이 하나도 걸려 있지 않았다. 서랍도 마찬가지였다. 아버지의 옷이 아닌 Q의 옷이 가지런히 채워져 있었다. Q가 정리한 건가? 나보고 유품 정리하라고 이곳으로 불러들였으면서. 정작 Q가 아버지의 유품을 정리하고 있었던 걸까. 둘은 팔촌이라고 했는데 왜 Q가 아버지의 유품을 정리하는 거지? 가라앉았던 Q의 대한 의심이 스멀스멀 차오르기 시작했다.

그날 저녁에 영화를 보는 Q의 옆에 앉았다. 오늘은 방으로 들어가지 않냐고 묻는 Q에게 고개를 끄덕여 보였다. 돌아가는 지구 위로 'UNIVERSAL'이라는 글자가 띄워지는 장면이 보였다. 가족을 소개하는 주인공의 독백이 들려왔다. 영화가 시작한 지 30분이 지나자 남자는 과거로 돌아갔고 주인공이 결혼하는 장면쯤에서 Q는 잠들어 있었다. 나는 영화를 멈추지 않았다. 그들이 결혼하고 나서도 과거로 돌아가는 주인공을 지켜봤다. 모든 게 괜찮아졌을 쯤, 주인공은 아버지의 시간이 얼마 남지 않게 되었다는 사실을 알게 된다. 시간 여행으로 아버지의 죽음을 막아 보려 하지만 주인공의 아버지는 주인공을 껴안으며 그것을 만류한다. 나는 자고 있는 Q를 바라보았다. 코를 골거나 이를 갈지 않았다. 마치 죽은 사람처럼 보였지만 얕은 숨소리가 반복적으로 들려왔다. 사촌도 아닌 팔촌이라면 거의 남이라고 봐도 무방했다. 그런데 잠든 Q의 얼굴은 아버지의 것을 닮아 있었다. 팔촌이라 하더라도 이렇게까지 닮을 수 있는 걸까. Q의 눈가에 주름이 생기고 구레나룻과 짧은 머리칼에서 새치가 자라고, 푸석한 피부 위로 검버섯이 자리 잡게 된다면 그건 어떤 얼굴일까. 왜인지 나는 아버지의 얼굴을 떠올리고 있었다. Q의 얼굴을 자세히 바라보는데, 그의 귀에서 무언가 반짝거리는 게 보였다. 은색의 피어싱이었다. 평소 Q의 얼굴을 가까이서 바라볼 일이 없었기에 그가 귀를 뚫었는지 알지 못했다. 은단같이 생긴 작은 피어싱이 귓불에 박혀 있었다.

열여섯 살 때였다. 처음 귀를 뚫고 집으로 돌아오는 길에 아버지를 만났었다. 걸어가는 내 뒷모습을 보고 아버지가 클랙슨을 울렸다. 차에 올라탄 나를 본 아버지는 내 귀를 바라봤다. 양쪽 귀를 뚫었냐는 아버지의 말에 나는 고개를 양쪽으로 돌리며 아버지에게 귀를 보여 주었다. 아버지는 자신의 귀를 만지작거리다가 말했다. 아빠도 귀 뚫을까. 나는 백미러로 보이는 아버지를 향해 광대를 올리고 코를 찡긋거리는 웃음으로 대답했다. 그런데 아버지가 어머니와 이혼한 뒤에 귀를 뚫었는지는 모르겠다. 아버지라면 충분히 뚫었을지도. 리모컨의 전원 버튼을 눌렀다. Q의 발밑에 있는 담요를 끌어다가 그의 어깨까지 덮어 주며 생각했다. 아빠였으면 좋겠다.

다음 날 아침이 되자 어머니에게 문자가 와 있었다. 할머니네 냉장고에 반찬 채우러 왔다가 내가 할머니에게 가지 않았다는 것을 알게 된 모양이었다. 어머니의 문자를 보자마자 머리가 지끈거렸다. 벌써부터 집요하게 추궁하는 어머니의 목소리가 들려오는 것 같았다. 엄지와 중지로 관자놀이를 꾹꾹 눌렀다. 어차피 내일이면 다시 서울로 돌아가야 하기 때문에 어머니 문자에 답장하지 않았다. Q는 집안에 없는 듯했다. 나는 오늘 그의 정체를 알아내고 싶었다. 단도직입적으로 당신이 내 아버지냐고 물을지 말지는 정하지 못했다. 뭐가 됐든 알기 위해선 그와 단도직입적으로 대화해야 했다. 그나마 한가할 저녁쯤 그의 카페에 가기로 결정했다. Q는 오늘도 아침밥을 차려 두고 나갔다. 나는 식탁에 앉아 그가 차려 둔 밥을 먹었다.

Q를 만나러 나가기 전, 아버지의 유품을 마저 정리하려고 했다. 아버지의 옷장에 걸린 Q의 옷은 그대로 놔두었다. 그러다 보니 캐리어에 담을 아버지의 유품은 어제 본 앨범이 전부였다. 나는 비어 있는 캐리어에 서울에서 가지고 온 짐을 채워 넣었다. 이로써 서울로 돌아갈 준비를 마친 것이다.

오후 6시인데도 해는 저물지 않았다. 유난히 해가 긴 날이 될 것 같았다. 영진해변의 바다는 오늘도 푸르렀다. 가게 맞은편에 차들을 세워 두고 바다를 구경하는 사람들이 있었다. 카페 안에 있는 Q도 바쁘게 손님을 맞이했다. 포스기 앞에서 주문한 음료의 값을 받고 있었다. 나는 Q에게 여유가 생길 때까지 주문한 음료를 마시며 기다렸다. 핸드폰을 만지작거리며 사람들이 올린 사진을 구경했다. 옥상에 있던 사람들이 하나둘 내려가고 아래층에서 들려오던 사람들의 말소리도 작아졌다. Q가 유니폼을 갈아입고 옥상으로 올라왔다. 나는 Q에게 해변으로 내려가 방파제에서 사진을 찍자고 말했다.

방파제에서 사진을 찍기 위해 줄 서 있던 사람들이 빠지기 시작했다. 수평선 사이로 해가 저무는 게 보였다. 나는 방파제 끝에 섰다. Q가 주머니에서 핸드폰을 꺼냈다. 주위가 어두운 탓에 저절로 플래시가 켜진 채 사진이 찍혔다. 나는 손가락으로 브이를 만들며 포즈를 취했다. 그러다 포즈를 취하다 말고 Q를 향해 달려갔다. 혼자 사진 찍고 싶지 않았다. 유품 정리가 거의 끝났으니 오늘은 강릉에서 보내는 마지막 밤이었다. 나는 아버지와 닮은 Q의 얼굴을 사진으로 남기고 싶었다. Q를 내 옆으로 끌었다. 하나 둘 셋 하면 찍을게요. Q가 가지고 있던 휴대폰을 낚아챘다. 카메라 화면을 전면 모드로 전환하고 손을 하늘로 뻗었다. 프레임 안에 나와 Q가 담겼다. 카메라 셔터음이 연달아 울렸다. 찍은 사진을 확인하던 중 팔이 흔들려서 이상하게 나온 사진을 Q에게 보여주자 눈이 초승달처럼 접혔다. 귀를 뚫고 아버지와 차를 타고 집으로 돌아가던 날이 떠올랐다. 백미러로 마주친 아버지의 두 눈동자. 눈가에 주름이 생겨 만들어진 눈웃음을. Q의 웃는 눈은 그가 아버지라는 확신을 주는 것 같았다.

발이 모래 사이로 푹푹 빠졌다. 갈매기들이 부리로 모래를 쪼고 있었다. 따뜻한 바람에 섞인 소금 냄새를 맡았다. 모래 위에 앉아 Q가 건네준 맥주를 마셨다. 지금이야말로 Q에게 정체를 물어봐도 괜찮을 것 같은 분위기였다. 맥주를 홀짝홀짝 마시던 Q가 먼저 입을 뗐다. 몇 시간 뒤에 서울로 올라가는 거지? 아침 8시 열차에요. 일찍 일어나야겠네. 나는 Q를 불렀다. Q는 고개를 돌려 나를 바라봤다. Q 당신 말이에요. 아버지의 팔촌이 아니죠? 분명 물음표를 가지고 있는 문장이었다. 하지만 두 눈에 힘이 들어갔다. 나는 일종의 방법으로 그에게 확신을 가지고 있다는 것을 흘렸다. Q는 아무 말도 없었다. Q의 침묵은 대답인 걸까. 혼란스러웠다. 정말 Q가 아버지라면 어떻게 여기에 있는 거지. 이곳이 현실이라면 절대 일어날 수 없는 일이었다. Q가 정말 아버지야? 근데 아버지라고 말하지 않았으니까 아닐 수도 있잖아. 그래도 Q가 아버지였으면 좋겠어. 어딘가에 숨 쉬면서 살고 있으면 난 덜 슬프겠지. 모래에서 일어나 엉덩이를 털었다. 빈 맥주 캔을 버리고 Q와 집으로 돌아갔다. 우리는 서로에게 어떤 말도 주고받지 않았다. 집으로 돌아온 그는 영화를 틀지 않았다. 일반 채널을 돌려 스포츠나 드라마를 보고 있었다.

전날 저녁에 맞춰 두었던 알람이 울렸다. 새벽이었지만 어둡지는 않았다. 모든 준비를 마치고 방문을 열었다. 그는 없었다. 거실 소파엔 가지런히 놓인 담요만 보였다. 그는 사라진 걸까. 떠나야 하는 시간이 다가왔다. 나는 마지막으로 집안을 둘러보았다. 처음 이 집에 왔을 때와 똑같았다. 굳이 달라진 게 있다면 싱크대 선반에 그릇과 수저, 마실 컵 하나가 더 늘었다는 점이었다. 이제 진짜 나가야 돼. 캐리어를 끌고 현관문을 나섰다. 자잘한 돌이 깔린 샛길을 터벅터벅 걸었다. 기다렸던 버스에 올라타고 한 시간이 지나지 않아 강릉역에 도착했다. 나는 열차가 출발하는 동안 어젯밤 찍었던 사진을 봤다. 그가 찍어 준 내 사진을 보는데 잘 나온 게 없었다. 바다 위에 떠 있는 어선의 불빛 때문에 초점이 날아가 있었다. 형체를 알아볼 수 없는 사진이 대부분이었다. 사진을 넘기다 보니 그와 찍은 사진이 나왔다. 이제는 사진으로밖에 볼 수 없는 그의 얼굴이었다. 검지와 중지로 사진을 확대했다. 아버지와 닮은 Q는 나와도 닮아 있었다. 강릉에서 있었던 일이 모두 꿈만 같았다. 죽은 사람을 다시 만난 걸까. 그러니까, 죽은 아버지의 젊었을 적 모습을 내가 본 게 맞나. 근데 그가 정말 아버지일까. 아무 말도 하지 않고 흔적도 없이 사라진 그를, 내 아버지라고 확신

할 수 있어? 어머니에게 아버지를 만났다고 말할 수 있을 만큼 확신이 있는 거냐고. 안내 방송이 흘러나왔다. 열차가 출발했다. 나는 서울로 돌아가고 있었다. 고민에 빠진 나는 창문에 머리를 기댔다. 그가 내 아버지라고 답을 내릴 수 없었다. 창문 밖 건물들이 천천히 지나갔다.

　그에게 작별 인사를 하지 못한 게 마음이 쓰였다. 그렇게 사라질 거였으면 전날 밤에 미리 인사했어야 했나. 감기는 눈을 억지로 크게 뜨며 생각했다. 그 전에 안부라도 물을걸. 그동안 어떻게 지냈는지 어째서 강릉에서 살고 있던 건지. 나와 어머니한테서 최대한 떨어져 지내고 싶었던 건 아닌지, 물었어야 했는데……. 팔짱을 끼고 의자에 등을 완전히 밀착했다. 이어폰에서 흘러나오는 밴드 노래가 자장가처럼 멀어지게 들렸다. 그렇게 잠에 들었다. 그러다가도 오른쪽 어깨를 움찔거리면서 잠에서 깼다. 아직 서울에 도착하려면 멀었다. 졸린 눈을 비비며 자기 전 생각하던 생각을 도로 하기 시작했다. 아까 그에게 뭘 물었어야 했을지 생각하고 있었지. 그래서 그에게 어째서 Q의 모습을 하고 있냐고, 언제부터 Q의 모습이었고 그렇게 지내 왔냐고 말했어야 했어. 이제 와서 후회해 봤자 늦었다는 사실을 알고 있다. 내가 Q에게 아버지냐고 묻지 않았다면 아버지는 Q의 모습으로 계속 살 수 있었던 게 아닐까. 내가 아버지를 죽인 것 같았다. 물론 죽이지 않았지만 그런 기분이었다. 기차에서 자는 것은 불편했지만, 나는 다시 눈을 감았다. 꿈에서 다시 그를 볼 수 있지 않을까, 하는 생각으로. 다시 한번 그를 보면 그가 아버지인지 아닌지 알 수 있을 것 같은데.

서울역에 도착해서 택시를 타는 동안에도, 아파트 엘리베이터를 타는 동안에도, 집 현관문 앞에 서기까지 그에 대한 생각을 버릴 수 없었다. 나는 그가 아버지이길 바라고 있나. 열 살 때 이후 나는 아버지를 본 적 없으니까. 사실 아버지의 얼굴을 정확히 기억하지 못한다. 어머니는 모르겠지만, 나는 아버지를 보고 싶어 했으니까. 차라리 그가 아버지였으면 좋겠다. 아버지면 좋겠어. 그럼 나는 보고 싶던 아버지를 어떤 식으로든 만나게 된 거잖아.

집 현관문을 열자 어머니가 보였다. 집 안의 불은 모두 꺼져 있었다. 식탁 위에는 어머니가 물을 마셨는지 유리컵이 놓여 있었다. 거실에서 텔레비전 소리가 들려왔다. 나를 바라보던 어머니의 눈동자가 밑으로 내려갔다. 내 손끝에서 눈동자의 움직임이 멈췄다. 나는 어머니를 피해 방으로 들어갔다. 방문을 닫은 다음에야 캐리어를 열었다. 강릉에서 세탁하고 온 옷을 서랍에 넣어 두었다.

어머니가 방문을 열고 들어왔다. 열어 둔 캐리어 속, 아버지의 유품을 바라보고 있었다. 엄마는 캐리어에서 앨범을 꺼내 펼쳤다. 방 안의 공기는 삭막했고, 뒷덜미에서 땀이 흐를 것 같았다. 흐르던 피가 빠져나가는 기분이었다. 지금으로서는 어머니는 나의 어떤 변명도 들어주지 않을 것 같았다. 어머니는 앨범 속에서 가족사진을 한 장 꺼내 들여다보였다. 나에겐 가족사진이지만, 어머니에겐 그냥 사진이었던 것, 그 이상도 그 이하도 아니었다. 어머니는 아버지의 얼굴을 보고 싶지 않을 텐데. 어머니 눈에 보이지 않게 할걸. 어머니의 표정이 구겨질 거라고 예상했다. 그러나 어머니는 곧 울 것 같은 표정을 하고 사진을 보고 있었다. 무언가 참고 있었다. 아버지를 향한 그리움일까. 눈물일까. 그저 예전의 기억들이 주마등처럼 스쳐 지나간 것일 수도 있겠다. 사진 속 아버지의 얼굴에 어머니의 눈물이 떨어졌다. 떨어진 눈물 탓에 아버지의 얼굴이 왜곡되어 보였다.

어머니는 한참 동안 사진을 바라보았고 아버지에 대해 얘기해 주었다. 어머니가 말하길 원래 아버지는 강릉에서 살았다고 했다. 어머니는 강릉에 있는 아버지의 집을 알고 있었다. 어머니가 강릉으로 여행을 갔을 때, 영진해변에서 아버지를 처음 만났다고 했다. 아버지는 카페를 운영하고 있었고 해변에 있던 어머니에게 말을 걸어왔다고 했다. 두 사람은 결혼을 약속했고, 아버지는 서울에서 살고 싶은 어머니를 위해 서울로 거처를 옮긴 거라고 했다. 어머니는 진정이 됐다는 듯 사진을 다시 내려 두었다. 그런 어머니를 보곤 생각했다. 나에게 어머니가 모르는 비밀이 하나 더 생겼다는 것. 강릉에 있는 아버지의 집에 갔다는 사실과 거기서 아버지를 만났다는 것. 아버지와 한 공간에서 밥을 먹고 영화를 보고 사진도 찍고 해변을 걷다가 맥주를 마셨다는 것. 나랑 아버지만 알고 있는 기억에, 어머니에게 잘못을 한 기분이었다. 어머니가 방에서 나갔다. 나는 앨범에서 어린 나와 아버지가 같이 누워 있는 사진을 꺼내 책상 위에 올려 두었다. 앨범에선 익숙해진 아버지의 집 냄새가 묻어 났고, 투박하지만 담백한 목소리로 내 이름을 부르던 그의 목소리가 귓가에 맴돌았다.

해비

영신여자고등학교 3학년
황현

창밖의 빗소리가 어른들의 말소리에 묻혔다. 거실 구석에 기대어 앉은 나는 화투 패가 툭툭 보자기 위로 던져지는 것을 지켜보았다. 큰이모부가 반질거리는 정수리를 벅벅 긁적이며 맞은편에 앉아 있던 외삼촌을 힐끔 돌아보았다. 외삼촌은 한 팔에 외숙모를 끼고 앉은 채 다른 팔로는 더듬거리며 소주잔을 집어 들고 있었다. 나는 무심결에 큰이모부의 시선을 쫓아가다 덩달아 외삼촌의 곁에 붙어 앉은 외숙모를 바라보았다. 외숙모는 뚱뚱하고 노티나는 외삼촌보다 족히 열 살은 더 어려 보였다. 그러나 화장기 없는 얼굴, 턱밑까지 고집스레 채운 블라우스 단추와 목을 감싼 빨간 스카프 등은 나이에 맞지 않게 촌스럽고 답답해 보이기까지 했다. 외숙모는 눈앞에서 화투 패가 던져지고, 술상 위의 모둠전 접시가 깨끗하게 비워지는 것을 어색하게 바라만 보고 있었다. 그때 큰이모부가 외삼촌 부부 쪽으로 머리를 불쑥 들이밀며 물어왔다. 처남, 아까 광박 있다고 했었지, 그럼 얼마야? 외삼촌은 한 손에 들고 있던 소주잔을 탁자에 내려놓으며 "예예, 1400이네요." 하고 고개를 주억이며 대꾸했다. 외삼촌의 뚱뚱한 볼주머니가 고개의

195

움직임과 함께 늘어졌다. 큰이모부는 그런 외삼촌을 향해 짓궂은 말투로 말했다. 이거, 젊은 색시 얻었다고 얼굴 환해진 거 봐라. 그 말에 외삼촌의 통통한 얼굴이 순간 헤벌쭉하게 변했다. 외삼촌은 싱글벙글 웃으며 "진작 가입할 걸 그랬다."라고 떠들어 댔다. 그러면서 외숙모의 등을 툭툭 쳤다. 외숙모의 커다란 눈동자가 흔들렸다. 제 딴에는 토닥여 주는 것 같았지만 얼결에 등을 얻어맞은 외숙모는 더욱 주눅이 들어 아무 말도 하지 못했다. 안 그래도 작은 체구가 더욱 조그맣게 보였다. 나는 거실 옆 부엌에서 풍겨 오는 전 부치는 향을 맡으며 남자 어른들이 수군거리는 모습을 관망했다. 대화 속에 간간이 '결혼정보회사'나 '북한 여자'와 같은 단어가 섞여 있었다. 한창 신나게 떠들던 외삼촌이 고기산적 하나를 집어 들었다. 그러고는 외숙모에게 선심을 베풀 듯 불쑥 내밀었다. 꽤, 괜찮습네다. 더듬거리며 말하는 외숙모의 까칠한 뺨이 선홍빛으로 물들어 갔다. 보자기 위 동전을 싹 모아 가던 둘째 이모부는 그 모습을 보더니 부엌에 있던 둘째 이모를 향해 소리쳤다. 고기산적 좀 더 가져와. 나는 후덥지근하게 느껴지는 부엌을 향해 고개를 돌렸다. 부엌에서는 이모들과 외할머니가 땀을 뻘뻘 흘리며 뒤집은 전을 옮겨 담고 굴비를 굽느라 여념이 없었다. 기름이 끓는 소리와 냄새 때문인지 공기가 한층 더 덥게 느껴졌다.

야, 이리 와서 이거나 먹어라. 잠자코 앉아 외삼촌 부부를 호기심 어린 눈으로 관찰하고 있던 그때 외할머니가 나에게 손짓했다. 손에 들고 있던 뒤집개를 프라이팬 위에 내려놓은 채였다. 마침 이모부들과 외삼촌 부부의 무리에 끼지 못하고 할 일 없이 혼자 앉아 있던 나는 대답 대신 고개를 끄덕이며 일어났다. 그러고는 거실과 부엌 사이에 놓인 문지방을 밟고 부엌으로 건너갔다. 내가 다가오는 것을 본 엄마가 수저통에서 젓가락 한 쌍을 건넸다. 나는 아무 생각 없이 젓가락을 받고 외할머니가 밀어 준 잡채를 한 움큼 집어 올리려 했다. 그런 나를 가만히 지켜보던 외할머니가 쯧, 하고 혀를 차는 소리가 들리자 멈추었지만. 외할머니는 중얼거리듯 타박하는 말투로 말했다. 너 내가 오른손 쓰라니까는……. 나는 외할머니의 말을 듣고 무안한 얼굴로 왼손에 쥐고 있던 젓가락을 만지작거렸다.

어릴 적부터 왼손잡이인 나를 교정하려 별별 방법을 동원했던 외할머니였다. 나는 처음 젓가락질을 익힐 때부터 왼손을 사용했다. 약속이나 한 듯 오른손에 쥔 젓가락으로 반찬을 집어 먹는 사촌들 사이에서 나는 더욱 눈에 띄었다. 하지만 정작 당사자인 나는 아무것도 자각하지 못하고 있었다. 내가 왼손으로 젓가락질을 시작했다는 것도 자각하지 못했고, 오른손을 쓰라고 권하는 사람들의 의중도 자각하지 못했다. 외할머니는 남들이 흔히 '고리타분한 옛사람'이라고 표현하는 범주에 속한 사람이었다. 어느 날은 외할머니가 내 왼손에 얇은 붕대를 감아 주었다. 다섯 손가락 마디에 붕대를 동여매 고정하고 나자, 손가락이 내 뜻대로 움직이지 않았다. 옆에서 그 광경을 지켜보던 아빠가 한마디 얹었다. "애한테 이렇게까지 하셔야겠어요?" 아빠는 손이 아프진 않은지, 피가 안 통하지는 않느냐고 내게 물었다. 어렸던 나는 손에 붕대를 감아 못 쓰게 하는 것이 무얼 의미하는지 제대로 알지 못했다. 나는 어리둥절한 얼굴로 왼손을 이리저리 움직여 보았다. 아빠가 물어본 것처럼 손이 아픈지 확인하기 위해서였다. 딱히 아프지는 않았다. 피가 안 통할 정도로 세게 동여맨 것도 아니었다. 다만 기분이 이상했다. 외할머니는 그런 내게 끝 심이 뭉툭해진 연필 한 자루

와 종이를 쥐여 주었다. 그러고는 종이 위에 내 이름을 적어 보라고 했다. 물론 오른손으로. 나는 외할머니가 시키는 대로 오른손에 연필을 쥐고 이름 석 자를 써 내려갔다. 정확히는 쓰려고 했다. 그러나 손이 마음대로 움직이지 않았다. 왼손으로 쓸 때와는 정반대의 느낌이었다. 글자가 중구난방으로 휘어지며 제 위치에서 이탈했다. 그 모습을 지켜보던 외할머니가 한숨을 푹 내쉬었다. 아직 어릴 때 교정을 해 놔야 할 텐데, 라는 말도 덧붙였다. 내가 힘겹게 오른손으로 이름을 쓰는 것을 지켜보던 아빠는 이렇게까지 몰아붙일 필요는 없다는 말과 함께 붕대를 풀어 주었다. "오른손을 써야 얘도 편하지, 그게 이치인데 이 사람아." 외할머니는 아빠를 타박하며 나를 돌아보았다. 그러고는 알아보기 힘든 글씨들로 가득한 종이를 거두어 갔다. 그 뒤로 한동안 아빠는 나를 오른손잡이로 교정시키려는 외할머니로부터 나를 보호해 주었다.

아빠는 가까운 복지관에서 일하는 봉사자였다. 아빠는 사람들에게 친절했고, 내겐 너그러운 사람이었다. 그러나 엄마와는 유독 부부 사이가 나빴다. 엄마는 외할머니를 조금 어린 나이로 축약해 놓은 사람 그 자체였다. 단순히 외모가 닮은 것이 아니었다. 어느 날 엄마는 마트에서 장을 보고 온 뒤 찜찜한 표정으로 귀가했다. 아빠는 엄마가 내려놓은 마트 비닐봉지를 뒤적이며 무슨 일이 있었느냐고 물었다. 아니 글쎄……. 엄마가 아빠에게 몸을 기울이며 말을 꺼냈다. "계산하러 가려다가 우리 옆집에 이사 온 남자랑 마주쳤어. 왜, 그 장애인 말이야." 멀찍이 떨어진 곳에서 엄마의 말을 들은 나는 휠체어를 타고 다니던 옆집 아저씨의 모습을 떠올렸다. 그 아저씨는 항상 팔다리가 뒤틀려 있었고, 그 탓에 사지를 꾸물거리듯이 움직였다. 어렸던 내게 아저씨의 모습은 어딘가 기괴하고 무섭게 보이기까지 했다. "아프면 집에 있지, 괜히 나랑 부딪힐 뻔하고 말이야." 엄마는 그렇게 말하며 냉장고 문을 열었다. "남이라도 그렇지 뭘 그렇게까지 말해." 아빠가 엄마를 내려다보는 눈빛에는 실망한 기색이 역력했다. 그러한 일이 있고 얼마 지나지 않아 엄마와 아빠는 별거를 선택했다. 아빠는 나를 자신이 데리고 가겠다고 했으나 뜻대로 되지 않았다. 경제권이 있는 쪽도, 나를 돌봐줄 친척이 있는 쪽도 엄마였기 때문이었다. 그날 나는 현관 앞에 선 아빠에게 셋이서 살면 안 되냐고 물었다. 아빠는 내 머리를 쓰다듬는 대신 이렇게 말했다. 네 엄마랑 사는 게, 잘 안 된다. 너무 달라…….

승리한 둘째 이모부가 동전을 싹 거두어 간 뒤 화투 패와 보자기는 구석으로 밀려났다. 남자 어른들은 술기운이 올라 발개진 얼굴로 저희들끼리 와하하 웃으며 떠드는 중이었다. 외숙모는 여전히 주눅 든 얼굴로 외삼촌의 곁에 착 달라붙어 앉아 있었다. 정작 외삼촌은 술상에 한눈팔려 외숙모 쪽은 전혀 돌아보지 않고 있었지만. 외숙모가 간간이 짓는 어색한 미소가 거실 안을 부유하고 있는 것 같았다. 그때 외숙모가 외삼촌의 팔을 툭툭 치며 낯선 발음으로 무어라 말했다. 반쯤 비운 술잔을 손에 쥐고 있던 외삼촌이 콧잔등을 찌푸렸다. 영희, 이따 저녁에 간다고 했잖아. 동시에 거실 창틀을 따라 투둑투둑 흘러내리던 빗소리가 거세졌다. 외숙모가 어두워진 얼굴로 입을 다물었다. 거실 문지방 위에 걸터앉아 있던 나는 그런 외숙모를 잠자코 바라보았다. 외삼촌의 결혼 소식을 전해 듣던 날, 엄마로부터 외숙모가 새터민 여성이라는 말을 들었던 것이 떠올랐다. 그래서인지 나도 모르게 자꾸 그녀에게 시선이 갔다. 외숙모의 모습은 내가 아는 누군가를 자꾸 떠올리게 했다. 나는 거짓말처럼 속으로 아빠, 하고 불러보았다.

"에이, 날만 좋았으면 당구라도 치러 갔을 텐데." 외숙모의 맞은편에 앉아 있던 큰이모부가 육포를 질겅질겅 씹으며 말했다. 우렁찬 목소리로 대화의 중심축을 이루고 있던 큰이모부였다. 어른들은 한창 창밖을 힐끔거리며 불만을 토로하고 있었다. 창밖에는 여전히 비가 추적추적 흐르는 중이었다. 빗방울이 창문에 부딪혀 '도르륵' 소리를 내며 굴러떨어지는 소리가 들렸다. 그러나 먹구름이 끼지 않은 하늘은 기묘할 정도로 환했다. 그때 동전 냄새가 나는 손을 바지춤에 문지른 둘째 이모부가 끼어들었다. "형님 저거 금방 그쳐요. 비 그치고 이따 가시죠?" 둘째 이모부의 말을 들은 큰이모부는 뭔가 떠오른 얼굴로 외숙모를 향해 고개를 돌렸다. "처남댁은 저거 뭐라고 부르는지 아시려나?" 짓궂음이 섞인 물음이었다. 움찔하며 당황한 외숙모의 눈동자가 큰이모부의 손끝을 따라 이동했다. "어, '해비' 아닌가야?" 외숙모의 말이 끝나기 무섭게 외삼촌의 걸걸한 목소리가 "으이구." 하며 끼어들었다. "해비가 뭐야? 여우비지, 저게." 아무리 봐도 깔보는 기색이 역력한 일침이었다. 외숙모는 낯선 단어를 처음 접한 어린아이처럼 순진무구하게 두 눈을 끔뻑였다. 몇 발자국 떨어진 곳에서 그 모습을 지켜보던 나는 얼굴이 화끈거리는 것을 느꼈다. 외숙모의 모습이 꼭 처음 그날의 나처럼 보였다.

아빠의 방어가 사라진 후에도 외할머니는 꾸준히 내게 오른손을 쓸 것을 권했다. 성화에 못 이겨 오른손에 젓가락을 쥐어 보기도 했으나 달라지는 것은 없었다. 오른손에 쥔 젓가락은 삐뚤어진 채 달그락거리다 손가락 틈새로 홀랑 빠져나가기 일쑤였다.

　일곱 살이 되던 해, 설을 맞아 외가에 방문했던 나는 동그랑땡을 왼손으로 집어 먹는 모습을 외할머니에게 발각당했다. 외할머니는 "얘 아직도 왼손을 쓰냐?"라는 말과 함께 한숨을 내쉬었다. 멀거니 서 있던 나는 외할머니에게 왼손을 붙잡혔다. 외할머니는 내 왼손 손바닥에 빨갛고 고약한 냄새가 나는 약을 발라 주었다. 이렇게라도 해서 교정해 줘야지. 외할머니는 그렇게 말하며 손을 놓아주었다. 그 약이 정말 효과가 있었는지에 대해서는 아니라고 확답할 수 있다. 어른들이 북적이는 집 안에서 빨간 약을 바른 나는 홀로 동떨어진 이방인 같았다. 나는 어디 가느냐고 묻는 엄마의 목소리를 뒤로하고 대문을 나섰다. 대문 앞에 놓인 화분들에 걸려 하마터면 넘어질 뻔했다. 중심을 잃고 몸이 기우뚱거림과 동시에 손바닥에 칠해진 빨간 약이 중지를 타고 주르륵 흘러내리는 느낌이 들었다. 나는 행여 누가 빨갛게 번진 손바닥을 볼세라 주위를 두리번거렸다. 집 바깥은 비가 추적추적 내리고 있었다. 그러나 하늘 위에 뜬 해는 쨍쨍했다. 환한 아침 풍경에 뒤섞여 내리는 빗줄기가 불청객 같다고 느꼈다. 빗방울이 내 머리통 위로 툭툭 떨어져 내렸다. 우산을 챙기지 않고 맨몸으로 나온 탓에 머리카락과 스웨터가 무방비하게 젖어들기 시작했다. 나는 건조하고 텁텁한 공기의 품에 안긴 채 하릴없이 숨을 몰아쉬었다. 젖은 몸에서 비린 물 냄새가 풍겨 왔다. 그 냄새 속에 유달리 거부감이 드는 고약한 향이 함께 섞여 있었다. 나는 가만히 왼손을 내려다보았다. 손바닥 위로 흘러내린 빗방울이 빨간 약과 뒤섞이고 있었다. 빗물은 손바닥을 씻겨 주며 바닥으로 굴러 떨어졌다. 나는 멍청하게 하늘을 향해 고개를 들었다. 해는 여전히 밝게 빛나고 있었다. 추적추적 흐르던 빗줄기가 점점 옅어졌다. 그때의 나는 그 비가 '여우비'라는 것을 미처 알지 못했다.

그때까지 문지방 위에 앉아 있던 나와 외숙모의 눈이 공중에서 마주쳤다. 나를 발견한 외숙모는 어리둥절한 표정을 지었다. 그녀는 자신이 '해비'라고 칭했던 빗소리에 맞춰 연신 두 눈을 깜빡이고 있었다. 외숙모의 목에 감긴 빨간 스카프가 애처롭게 흔들리는 것 같아 보였다. '해비가 뭐야?' '북한말인가 보네.' 호기심 어린 시선이 외숙모를 훑고 지나갔다. 외삼촌은 외숙모를 옆에 끼고 앉아 자랑하듯 떠들던 모습은 온데간데없이 답답하다는 얼굴을 했다. 시끌벅적하던 거실이 한층 조용해졌다. 외삼촌은 외숙모의 등을 떠밀며 부엌으로 보냈다. 영희, 당신도 가서 어머니 좀 도와. 외숙모는 엉겁결에 엉덩이를 들고 일어났다. 그녀는 거실에서 나와 내가 앉아 있던 문지방을 밟고 부엌으로 넘어왔다. 외할머니와 이모들은 막 설거지를 끝내고 사과와 배 등을 깎던 참이었다. 외할머니를 제외한 이모들은 외숙모의 출현에 몹시 기꺼워하며 자리를 내주었다. 그러고는 그녀의 오른손에 과도를 쥐여 주었다. 너희 결혼하고 이래저래 정신없다고, 올케 과일 깎는 것을 못 봤구나. 큰이모의 말에 외숙모는 멋쩍은 듯 고개를 끄덕이며 사과한 알을 받아 들고 깎기 시작했다. 서툴게 칼질을 하는 외숙모를 못 미더운 시선으로 응시하는 외할머니와 달리 이모들은 그녀를 호기심 어린 시선으로 보고 있었다. 포크를 내온 엄마가 시집와서 힘든 건 없냐는 등 외숙모에게 먼저 질문했다. 외숙모는 깎은 사과를 접시에 담으며 대답했다. 상철 씨가 많이 도와주고 있습네다. 여기서 자리 잡게 해 준 것도 그렇고야. 외숙모는 말끝에 애써 웃어 보였다. 이모들은 남동생 부부의 이야기가 궁금한지 연신 질문을 던졌다. 나는 외숙모가 질문에 답하는 것을 호기심에 잠자코 엿들었다.

외숙모는 스물네 살에 가족들과 함께 탈북에 나섰다고 했다. 그 과정에서 친정 식구가 뿔뿔이 흩어지는 바람에 처녀의 몸으로 혼자 서울까지 오게 되었단다. 함께 도망치던 부모님이 잡혔다는 말을 할 때 외숙모의 목소리가 떨렸다. 가족에 관한 사연은 거기에서 끝이 났다. 숙연해진 분위기 가운데 둘째 이모가 궁금한 얼굴로 끼어들었다. 그럼 상철이는 어떻게 만났어요? 그 물음에 외숙모는 조금은 밝아진 얼굴로 외삼촌과의 첫 만남에 대해 재잘거렸다. "제가 식구들 없이 혼자 몸으로 서울에 오기는 했습네다만, 거기서 뭘 할 줄 알았겠습네까. 저같이 세상 물정 모르는 처녀들 데려다 좋은 신랑감 주선해 준다는 여자분 따라갔지유. 거기서 한 일주일 지냈습네다. 어느 날 저더러 따라오라길래 갔더니 거기에 상철 씨가 있더래요. 상철 씨가 보자마자 저로 하겠다고……." 외숙모는 북한 여자들을 데려다 남한 노총각들과 맺어 주는 업체에 대해 말했다. 중매 회사가 그렇게 활성화되어 있냐며 둘째 이모가 놀라는 소리가 들렸다. 나는 머릿속으로 외숙모가 말한 두 사람의 첫 만남 장면을 그려 보았다. 지금보다 더 어리고 순진무구한 얼굴로 혼인 중개사를 따라갔을 외숙모와, 40년 만에 노총각 신세를 면하게 되었다는 기쁨에 만취해 있었을 외삼촌. 나는 나와 나이 차가 그리 크지 않은 어린 외숙모를 뜨뜻해진 눈으로 쳐다보았다. 그때까지 외숙모를 고깝게 바라보던 외할머니가 끙 소리를 내며 자리에서 몸을 일으켰다.

외할머니는 처음부터 외숙모를 탐탁지 않게 여겼다. 외할머니는 하나뿐인 아들이 조금 더 나은 여자와 결혼할 수 있다고 굳게 믿어 왔다. 조금 더 예쁘고 참한, 조금 더 순하고 내조 잘하는 여자. 명절 때마다 외할머니는 외삼촌이 어디가 못나서 장가를 못 가냐는 둥, 하소연을 늘어놓았다. 외삼촌은 그때마다 불만 어린 표정으로 씨근거리며 소주를 입에 털어 넣었다. 해가 지날수록 외할머니의 푸념은 짙어졌다. 외삼촌의 짜증도 나날이 늘어 갔다.

그러다 불쑥 외숙모란 사람이 나타난 것이었다. 나는 엄마에게서 외삼촌이 결혼 소식을 알린 날의 경위를 대강 전해 들었다. 외삼촌은 '네 처 될 여자는 나이가 어떻게 되느냐'는 질문에 스물여덟 살이라고 답하고, '그 여자 부모는 뭐하는 분들이냐'는 질문에는 모른다고 답했다고 한다. "부모 얘기는 해 준 적이 없어서 모르겠는데, 그 여자 새터민이거든." 엄마는 그 이야기를 전해 주며 고개를 절레절레 저었다. 딸인 나보다 겨우 여섯 살 위인 여자를 올케 대접해야 한다는 생각 때문인지 얼굴에 심란한 기색이 역력했다. "나이 마흔씩이나 먹고서 결혼한다는 여자가, 북한 여자가 뭐니?" 엄마가 말끝에 한숨을 내쉬었다. 외삼촌에게 북한 결혼 정보 회사 가입 경로를 알려 주고, 외숙모와 만나게끔 주선해 준 혼인 중개사가 정확히 몇 천을 받았는지 나는 알지 못했다. 다만 돈 이야기가 나오자 엄마가 더 크게 한숨을 쉬었던 것은 기억났다. 엄마는 어리숙하고 철없는 외삼촌의 결혼을 주선해 준 혼인 중개사가 받아 간 돈이, 화대와 다를 바 없다고 생각하는 듯했다.

외할머니가 안방으로 들어간 직후 외숙모는 눈치를 살피며 과도를 내려놓았다. 정적이 내려앉은 부엌과 달리 거실은 시끌벅적

했다. 외숙모는 안중에도 없이 티브이 리모컨을 달칵달칵 돌리고 있던 외삼촌이 문득 고개를 돌렸다. "영희! 사과 다 깎았으면 내와 봐!" 외숙모는 그 말에 접시를 들고 거실로 나갔다. 외삼촌은 사과 접시를 보자마자 혀를 차며 말했다. 왜 이렇게 크게 잘라 놨어? 외숙모는 별말 하지 않고 잠자코 외삼촌 곁에 무릎을 조신하게 꿇고 앉았다. 외삼촌은 사과를 집어 우적우적 소리를 내며 베어 먹었다. 과육을 씹는 소리가 영 꼴불견이었다. 나는 외숙모의 얼굴이 점점 납작해지고 있다고 느꼈다. 뭔가 억지로 꾹꾹 눌러 참는 얼굴이었다. 외숙모는 외할머니가 들어간 안방을 힐끔 돌아보았다. 굳어져 있던 얼굴이 억지로나마 펴졌다. 외숙모는 다시 외삼촌에게 시선을 돌렸지만 외삼촌은 어느새 다시 이모부들의 대화에 끼어들어 이죽거리며 웃고 있었다. 외삼촌이 돌려 놓은 티브이에서는 축구 경기가 한창이었다. 화면 속 선수들이 잽싸게 뛰어다니며 서로 공을 빼앗으려 고군분투하는 광경에 누군가의 긴장 섞인 탄식이 흘러나왔다. 그러다 한국 유니폼을 입은 선수가 공을 차며 골대로 달려가자 모두가 집중했다. 정확히 말하자면 모두는 아니었다. 외숙모만 혼자 동떨어져 바닥만 내려다보고 있었다. 모두가 흥분하여 티브이를 응시하며 부르짖을 때, 외숙모는 어떤 반응을 해야 할지 조금도 감을 잡지 못하는 것 같았다. 외삼촌을 비롯한 집안 사람들이 "어어어." 하며 집중하는 소리에 지친 것처럼 보이기도 했다. 외숙모는 답답한지 목에 동여매고 있던 빨간 스카프를 만지작거렸다. 집안의 어느 누구도 하고 있지 않은 빨간 스카프. 외숙모는 뒤늦게 그 사실을 자각했는지 머뭇거렸다. 그러다 이내 스카프를 풀어 무릎 위에 올려놓았다. 나는 스카프 천을 매만지는 외숙모를 가만히 지켜보았다.

내가 왼손잡이라는 사실과, 그것을 신기하게 바라보는 사람들이 있다는 것을 자각하기 시작한 것은 초등학교에 입학하고서부터였다. 입학 첫날, 담임은 아이들과 통성명을 한 뒤 프린트물을 돌렸다. 애니메이션 캐릭터가 삽입되어 알록달록한 프린트물 위에는 '나를 소개해요!'라는 문구가 적혀 있었다. 대열이 흐트러진 책상들로 밀집한 교실 안에 사각사각 연필을 굴리는 소리가 들려왔다. 담임은 10분 정도 더 주겠다고 말하며 교실 안을 뚜벅뚜벅 걸어 다녔다. 대충대충, 혹은 맞춤법을 엉망으로 쓰는 아이들에게 지그시 주의를 주기도 하면서. 그러다 담임의 시선이 맨 끝줄에 앉아 있던 내게 닿았다. 너 왼손으로 쓰는구나, 담임이 상냥한 말투로 말했다. 나는 얼결에 고개를 끄덕였다. 그러자 옆자리에 앉아 있던 오른손잡이 짝꿍이 나를 돌아보았다. 너 왼손잡이야? 나는 또 고개를 끄덕였다. 오른손도 쓸 수 있어? 양손잡이처럼. 나는 이어진 물음에는 고개를 저었다. 짝꿍은 왼손으로 글씨를 쓰는 나를 잠깐 신기하게 바라보다 이내 고개를 돌렸다. 외할머니에게서처럼 못마땅한 시선을 받은 것은 아니었다. 손 역시 빨간 약 따위의 흔적 없이 깨끗했다. 나는 연필을 사각사각 움직이던 것을 잠시 멈추고 주위를 둘러보았다. 오른손. 오른손. 오른손. 옆자리의 아이도 옆 분단의 아이도, 앞자리의 아이도 모두 오른손에 연필을 쥐고 있었다. 적어도 내가 확인한 아이들은 모두 오른손을 쓰고 있었다. 나는 무심결에 쥐고 있던 연필을 오른손으로 바꿔 쥐었다. 그러고는 '나는 누구와 함께 살고 있나요?'라는 항목 밑에 글씨를 적어 보려 했다. 그러나 엄마, 라는 두 글자를 적기도 전에 손가락에서 힘이 빠졌다. 'ㅇ' 자는 완전히 휘어져 형태를 알아볼 수조차 없었다. 맥없이 삐뚤어진 선이 눈에 들어왔다. 나는 속으로 생각했다. 아빠가 있었다면, 내가 오른손잡이였다면.

　또 왜 그래? 그때 들려온 외삼촌의 짜증스러운 목소리에 머릿속 생각들이 흩어졌다. 누군가 티브이 리모컨을 집어 들어 눈치껏 음량을 낮추었다. 거실이 일순간 고요해졌다. 외삼촌은 흥이 깨진 표정으로 외숙모를 쳐다보고 있었다. 외숙모는 설움에 찬 어린아이 같은 표정을 짓고 있었다. 하지만 그런 와중에도 외삼촌의 눈치를 살피느라 간간이 고개를 위로 들고는 했다. 외삼촌은 외숙모를 향해 퍼부었다. "그냥 와서 인사만 하고 앉아 있으라고 했잖아, 그게 뭐 어렵다고 자꾸 유난이야?" 외삼촌은 그래도 식구들이 모여 있는 곳이라고 목소리를 낮춘 듯했지만, 내 귀에는 그것조차 쩌렁쩌렁하게 울렸다. 그것은 다른 사람들에게도 마찬가지였는지 이모부들이 슬쩍 자리에서 일어났다. 담뱃갑을 뒤적이며 대문 밖으로 나간 큰이모부를 선두로, 거실에 모여 앉아 있던 남자 어른들이 썰물처럼 빠져나갔다. 엄마가 내게 다가와 등을 툭 쳤다. 그러고는 고갯짓으로 안방 문 쪽을 가리켰다. 그러나 나는 안방에 누워 있을 외할머니를 생각하니 차마 저기에 들어갈 엄두가 나지 않았다. 내가 머뭇거리는 사이 엄마가 내 등을 재차 쿡쿡 찔러 댔다. 그때 외삼촌의 구박을 묵묵히 듣고만 있던 외숙모가 스르륵 몸을 일으켰다. 한동안 무릎을 꿇은 자세로 앉아 있어서 그런지, 일어서는 순간 그녀의 하반신이 휘청거렸다. 외숙모는 무릎 위에서 흘러내린 빨간 스카프를 밟고 대문 밖으로 나가 버렸다. 거짓말처럼 순식간에 일어난 일이었다. 그때까지 부엌에 남아 있던 엄마를 비롯한 이모들이 어안이 벙벙해진 얼굴로 외숙모의 뒷모습을 응시했다. 영희, 어디 가! 덩달아 어안이 벙벙한 얼굴로 외숙모를 멀거니 보고 있던 외삼촌이 꽥 소리를 질렀다. 나는 씩씩 콧김을 뿜는 외삼촌을 보며 묘하게 마음이 붕 뜨는 것을 느꼈다. 이전까지 답답하게 막혀 있던 속이 뻥 뚫린 것 같았다. 나는 어디 가냐고 묻는 엄마의 목소리를 뒤로하고 외숙모를 따라 대문 밖으로 향했다.

화분 옆에 우두커니 서 있던 외숙모가 비에 젖은 얼굴로 나를 돌아보았다. 그녀의 눈동자가 조금 커졌다. 둘째 이모부가 금방 그칠 거라고 호언장담했던 여우비는 아직까지 미세하게 내리고 있었다. 나는 손바닥에 빨간 약이 칠해지고 난 후 대문을 뛰쳐나와 비를 맞았던 일을 떠올렸다. 그때 외숙모가 내게 어색하게 말을 건넸다. "옷 젖는데, 들어가지 않구……." 나는 속으로 아빠를 떠올렸다. 아빠가 있었다면 눈앞의 외숙모를 어떻게 대했을까 생각했다. "금방 그칠 거예요. 해비잖아요." 내 말에 외숙모의 표정이 묘해지는가 싶더니 이내 힘없이 미소 지었다. 커다란 사슴 같은 눈망울은 슬퍼 보이기도, 동시에 조금 후련해 보이기도 했다. 무수히 떨어지던 비가 조금씩 멎어들었다.

우주의 탄

대화중학교 3학년
성연아

안녕.

나야. 이우주.

내가 너한테 편지를 쓸 거라고는 예상 못 했지? 맞아. 사실 나도 못 했어. 편지 쓰는 건 취향도 아니지만, 설령 쓰더라도 너일 거라고는 진짜 몰랐거든. 그래도 마지막이라는 거에 의미 부여를 좀 해 보려고 해. 원래 뭐든 의미 부여가 중요한 거잖아? 이건 아마 너에게 쓰는 처음이자 마지막 편지가 될 거야. 난 이 지긋지긋한 서울을 멀리 떠날 거니까 말이야. 아마 내일 경기를 마치고 바로 출발하지 않을까? 그렇게 따지자면 지금 한 17시간밖에 안 남았다. 자는 시간이랑 이것저것 빼면 한 2시간? 미쳤네. 나 진짜 빨리 써야겠다.

하성아. 나 사실 사격을 포기하려 해. 이 길이 내 길이 아닌 걸 깨달았거든. 놀랐지? 맨날 총 만지작대던 애가 이러니까. 뭐 어쩌면 얘 또 몇 달 있다가 오겠구나 하고 생각할 수도 있겠지. 관뒀

다가 다시 시작한 지 1년 정도밖에 안 된 거니까. 근데 이번엔 진짜야. 정말이야. 그때는 내가 원해서 관둔 게 아니었어. 엄마가 사격은 좀 쉬고 공부를 하는 게 어떠냐고 그랬었거든. 근데 너가 언제 그랬잖아. 언제 다시 돌아와도 잘할 자신 있다는 건 자만 아니냐고. 그때는 부정했었는데, 이제는 인정해. 그건 다 자만이었어. 엄마가 관두라고 할 때 세상이 떠나가라 매달렸어야 했어. 솔직히 나도 내 맘속에서는, 나 정도면 1년 정도는 쉬어도 잘하지 않을까? 라는 마음이 강했거든. 그리고 사격이 슬슬 귀찮아졌었어. 잘하는데 왜 더해? 이런 마음이었나 봐. 그게 다 우물 안 개구리였는지도 모르고. 근데 다시 돌아와 보니까 알겠더라. 그런 생각은 올림픽 금메달리스트 정도는 되어야 할 수 있는 생각이었어. 쌤들은 막 폼만 돌아오면 금방이다 이러는데, 나는 정말 폼이 죽었다 깨어나도 안 돌아오는 거야!! 사격은 원래 정신력 스포츠라잖아. 공부를 했으면 더 좋아져야 하는 거 아니야? 진짜 답답했어. ㅋㅋㅋㅋㅋ 물론 연습하니까 조금은 늘었지. 근데 뭐라 해야 하지? 그 전에는 탄탄한 사다리를 밟고 올라가는 느낌이었다면 지금은 부서진 사다리를 다시 재조립해서 올라가는 느낌이랄까. 다른 애들은 이미 사다리 높이에, 재질에 다 좋은 걸 고르고 있는데 나는 동떨어진 느낌인 거야. 이게 이미 내가 약하다는 증거인가? 천재는 원래 이런 걸 가리지 않는다잖아. 그럼 뭐 어쩌겠어. 난 그냥 평범한 사람으로 살래.

공부할 때 생기는 굳은살이랑 사격할 때 생기는 굳은살이랑 결이 묘하게 다른거 알아? 공부할 때 생긴 건 언덕처럼 부드럽게 올라와 있는 반면에, 사격할 때 생긴 건 톡 튀어나와 있어. 신기하지 않아? 난 이게 묘하게 사람들 시선이랑 닮았다고 생각해. 공부를 잘하는 건 거리의 높은 빌딩같이 쳐다보면서, 사격을 잘한다 하면 뾰족한 가시처럼 바라봐. 왜일까? 이걸 어른이 되면 깨달을 수 있을까? 난 아직 모든 걸 알기엔 좀 어린가 봐. 네 말대로 초딩할게 내가.

넌 어쩌다가 사격을 시작했니? 언젠가 기회가 된다면 꼭 물어보고 싶었어. 나는 부모님이 스포츠는 꼭 하나는 해야 한다고 해서 시작했어. 그게 공부할 때 더 좋다고 말이야. 그런 걸 보면 우리 부모님은 공부에 참 진심이야. 아마 부모님은 내가 공부를 해야만 한다고 생각했었나 봐. 내 머리가 전교 1등이었으면 좋았을 텐데. 사격도 하고 공부도 하게. 그치? 어쨌든 그래서 축구, 농구, 배드민턴 별별 스포츠를 다 해 봤어. 그러다가 오락실에 가서 처음으로 사격 게임을 해 봤는데 너무 재밌는 거야. 심지어 초심자의 행운이라 해야 하나? 그런 것도 좀 따라 줘서 점수도 잘 나왔어. 다시 갔을 때는 점수가 더 안 나오더라. 핑계를 대자면 거리가 더 멀어져서 그랬던 거야. 난 그때 이후로 부모님을 졸랐어. 축구, 농구 이런 거 말고 사격 하고 싶다고. 나의 승리였지. 그길로 사격 학원을 등록했거든. 너무 재밌었어. 심지어 난 결과도 좋았잖아. 사실 그 대회 있잖아. 나는 3등하고 너는 12등 했다는 그 대회. 나 그때 전날에 친구들이랑 놀러 갔었다? 어차피 잘 나올 거라는 마음이 좀 있었어. 게다가 내 예상대로 결과도 나오니까 더 맘 편했던 거고. 근데 이제는 알아. 같이 논 적도 없고 연습만 해서 내 기억에도 없었던 네가 12등한 게 진짜 멋있는 거였다고.

이거 진짜 나만 알던 건데 특별히 너한테 공유한다. 너 가끔 점수 잘 안 나오면 두 손으로 총 감싸는 버릇 있어. 이거 보자마자 얼굴 구기는 거 아니지? 뭐 저런 쓸데없는 걸 기억하냐고? 근데 난 네가 그러는게 되게 인상 깊었어. 총을 두 손으로 감싸서 꼭 안 듯이 행동하는 게 진짜 애정 같았어. 넌 이럼 부정하겠지. 애증이라고. 난 그렇게 생각 안 해. 네가 왜 스스로, 난 사격을 진짜 사랑하지 않아, 이러는지는 모르겠지만 내가 보기엔 넌 사격을 참 많이 아껴. 그게 보일 정도로. 난 총 세척하는 걸 가끔 잊고 집에 홀라당 가 버리기 일쑤인데, 넌 막차를 포기하고 30분 넘게 걸어가면서까지 총을 씻고 가잖아. 그리고 점수가 잘 안 나올 때도, 난 점수가 안 나오면 장난으로 총이 불량인가 봐 이런 얘기를 자주 하는데, 넌 농담이라도 그런 얘기를 결코 입 밖에 꺼내지 않았어. 대신에 총을 감싸 주었지. 마치 위로하듯이. 이게 내가 네 버릇을 기억하는 이유야.

나는 언제부턴가 총을 잡으면 심장이 이상했어. 실패의 두려움이랄까. 이제 내가 뭘 어떻게 해도 너 나, 우리 학원 만년 1등을 이길 수는 없을 테니까. 그래서 총을 탕! 하고 쏘면 심장이 조였다 풀어지는 감각을 느꼈어. 애가 닳았고, 피가 끓었어. 난 이게 내가 이제 사격을 놓아주어야 하는 신호인 줄로 알고 있었어. 근데 한두 달 전부터인가. 이런 감각이 안 느껴지는 거야. 대신에 그냥 빤히 지켜보게 됐어. 총이랑, 연습하는 거랑, 경기랑 이것저것. 내가 전에 느꼈던 감각은 사격을 아직 놓지 못해서 그랬던 거야. 난 그걸 최근에서야 깨달았어. 열을 내고, 조급하고 이런 감정들은 애정에 기반한 거라고. 그런 말도 있잖아. 사랑의 반대말은 증오가 아니라 무관심이라고. 난 이제 이 말을 어느 정도 이해할 수 있게 되었어. 그렇다고 해서 내가 사격을 사랑하지 않는다는 건 아니지만, 한계의 벽을 굳이 뛰어넘어야 할 이유를 찾기가 싫어졌다는 뜻이야.

너에게 이런 말을 하는 게 사실 좀 어색해. 내가 이런 말을 잘 안 하는 스타일이라 그런가, 아니면 십년지기한테도 안 하는 말을 고작 1년 친구인 너에게 하는 내가 신기해서 그런가. 약간 둘 다 같긴 해. 그러니까 너 나 잊지 마. 내가 널 아주 특별 취급하고 있는 거니까.

너하고는 만나서 피시방을 가거나, 어디 놀이공원을 가거나 이런 일이 드물었던 거 같아. 거의 손에 꼽을 정도였지 아마? 대신에 이야기를 진짜진짜 많이 한 거 같아. 주로 체육관 근처 카페나 휴게실, 연습실. 우리가 한 얘기들을 책으로 엮어 낸다면 족히 열 권은 넘을 거야. 아이돌 얘기, 네 짝사랑 얘기, 내 성적 얘기…… 참 별별 얘기 다 했다 우리. 그중에는 미래 얘기도 있었어. 신기한 건 항상 그럴 때마다 이야기가 빙빙 돌았어. 난 항상 같은 고민을 가지고 있었고, 너도 늘 일정한 고민을 가지고 있었으니까. 한 줄로 말하자면 뭐 해 먹고 살지? 이거겠지만, 세세한 부분을 생각하자면 우리 둘은 결이 좀 달랐지. 나는 공부로 가야 하나 마나였고, 너는 이걸로 먹고살 수 있을까 아닐까였잖아. 근데 사실 이야기가 빙빙 돌 수밖에 없긴 해. 그건 미래가 되어야만 알 수 있는 거잖아. 지금의 나는 그 고민을 완결 냈지만, 이제 또 새로운 고민이 프롤로그를 적기 시작하겠지. 너도 그냥 그렇게 생각해. 네가 지금 1부일지, 2부일지 3부일지는 모르겠지만, 언젠가는 완결이 나기 마련이라고.

난 아직 너에 대해서 모르는 게 많아. 내가 이 편지에 너에 대해 적어 놓은 게 어쩌면 네가 아닐지도 모르고. 그래도 이왕이면 기껍게 봐 줘. 내 조각이랑 너의 조각이 일치할 수는 없으니까, 맞춰 가려는 내 마음이라고 생각해 주면 좋고. 근데 이런 재미가 있는 거 같아. 우리가 오히려 딱 알맞은 친구였다면 과연 친했을까? 난 빈틈이야말로 관계의 핵심적 요소가 아닐까 생각해. 우리 몸에도 숭숭 구멍이 뚫려 있잖아. 그래야 안 좋은 공기가 나가고, 좋은 공기가 들어와서 우리 몸을 더 건강하게 할 수 있대. 우리도 지금까지 건강한 관계를 가진 이유도 다 그런 거 아닐까? 너무 딱 맞으면 재미없잖아. 몸에도 안 좋고. 있잖아, 내가 작년에 친하게 지냈던 친구가 있었어. 막 친한 건 아니고 그냥 같은 무리 애 정도? 근데 걔가 나랑 너무 비슷한 거야. 취향이나 키, 몸무게 이런 거는 다른데, 성격이나 그런 행동들이 나랑 비슷했어. 은근 불안함이 많은 거, 가끔 답답하게 구는 거, 좋아하는 게 많은 거 등등. 그래서 난 걔가 뭘 잘하거나 못하면 불안했어. 걔가 잘하면 마치 날 위협하는 것 같았고, 못하면 그게 마치 나도 가지고 있는 약점 같았어. 그래서 걔가 실수했을 때 고쳐 줄까 싶다가도 그냥 놔두었어. 내가 나의 약점을 지적하는 거 같아서 기분이 안 좋았어. 결국에는 올해 다른 반이 된 걸 핑계로 멀어졌어. 근데 난 그래서 마음이 편해. 내가 날 마주하는 건 매일이 아니라 가끔이었으면 좋겠어.

너는 이 편지를 보면 어떤 생각을 할까? 어떤 표정을 지을까?

감정 표현이 크지 않은 너라 추측하기가 좀 어렵다. 반면에 너는 이 편지를 쓰는 내 표정을 엄청 잘 알아맞힐 거 같아. 네 말에 따르면 난 감정 파악을 하는 게 쉽잖아. 근데 네가 뭘 상상하든 다 틀렸어. 지금 난 홀가분한 동시에, 슬프고, 기쁘고, 그립고, 아쉽고 그래. 네가 이런 복잡한 내 마음을 다 알아맞췄다면 인정해 줄게. 근데 그럼 설명해 줄 수 있어? 난 이럴 때 내 표정을 잘 모르겠어.

벌써 시간이 12시가 되어 가. 이게 뭐라고 거의 두 시간을 붙잡고 있었던 걸까? 그치만 이 편지를 안 썼으면 난 정말 두고두고 후회할 거 같아. 내 손이 약간 많이 아프기는 하지만 영광의 상처라고 생각할게. 어라, 이제 12시가 넘었어. 내가 떠나는 당일이자 대회 당일이야. 너가 어쩐 일로 대회 전날에 일찍 가냐는 네 말이 생각난다. 이제 이 편지를 보면 알게 되겠지? 너 때문이었다, 이 바보야. 넌 아마 이제야 연습을 끝냈을 거야. 어쩌면 30분 정도 일찍 아니면 더 늦게 들어갔을지도 모르지. 넌 항상 대회 전날에는 네가 만족하는 성적을 내야 집에 갔잖아. 그 성적이 네 대회 성적이었으면 좋겠다. 그럼 내가 특별히 비싼 꽃다발 사 줄게.

맨 처음에 말했듯이 이건 내가 쓰는 처음이자 마지막 편지가 될 거야. 너가 이걸 읽었을 때는 이미 나는 이사 가는 집에 가고 있을 테고. 주소도 당분간은 비밀로 하고 싶어. 미안해. 그래도 학원 사람들이나, 친구들은 아무도 모르는 걸 너만 알고 있어. 이 편지에 쓴 모든 내용들 말이야. 그걸로 퉁치자고 하면 힘들겠지? 농담이야. 어쩌면 이건 내 도피일 수도 있어. 이제 다 정리한 것처럼 보이지만 실제로는 미련이 나를 톡톡 치고 있는 중일 수도 있고. 당분간은 봐줘. 내가 새로운 나의 길을 찾으면 너를 찾아갈게. 만났을 때 욕 한 바가지 날아오는 거 아니지? 믿는다, 서하성. 나의 도피가 걸림돌이 되지 않았으면 좋겠다. 근데 이젠 어쩔 수 없어. 난 그냥 서하성을 믿을 거야. 우린 분명 좋은 친구고, 이 관계는 나에게 무척이나 빛나는 관계야. 별은 시간이 지나도 별이잖아? 뭐 만년 정도 이후에는 변한다지만, 우리가 아무리 오래 살아도 백년인데, 그 백년은 별에게는 그냥 깜빡임 한 번 정도의 시간일 거야. 우리는 그 깜빡임 안에서 칼도 겨눴다가 사랑도 보냈다가, 위로도 하고 웃기도 하면서 보내면 되는 거야.

내일 경기 잘했으면 좋겠다. 꼭 너가 만족할 만큼의 결과가 나왔으면 좋겠어. 응원할게.

너의 친구, 이우주가.

*

안녕.
나다. 이 바보야.

어떻게 친구한테 한마디 말도 없이 떠날 수가 있어? 최소한 티는 내 줬어야 되는 거 아냐? 집에 돌아왔더니 딜렁 있는 편지가 아니라? 나쁜 기집애. 안 좋은 말을 안 할래도 안 할 수가 있어야지. 네가 내가 무슨 표정일지 모르겠다고 했지. 너랑 똑같아. 네가

216

나를 특별 취급해 준다는 게 좋은데, 동시에 네가 나한테 말도 없이 갔다는 게 너무 억울하고 분해. 아주아주 복잡한 감정이야.

그래도 너에게 답신을 꼭 적고 싶었어. 주소도 모르고 네가 뭘 하고 있는지도 모르지만 일단 무작정 펜을 들어 봤어. 학원 쌤께 좀 캐물어 보면 대충 지역은 잡히지 않을까? 모르겠다. 언젠가는 연락을 주겠지.

편지를 보면서 느꼈어. 너는 내 생각보다 생각이 깊고, 마음이 다채롭고, 또 나에 대해 궁금한 게 많다는 걸. 그래서 이 편지에는 네가 쓴 질문들에 대한 답을 남겨 보려 해. 그리고 나도 똑같이 남길 거야. 그니까 나중에 읽으면 똑같이 알려 줘. 꼭이야, 꼭.

난 집안 자체가 운동을 잘하는 집안이었어. 어머니는 유도 선수셨고, 아버지는 태권도 관장님이셨어. 또 내 오빠는 야구를 잘했어. 그래서 자연스럽게 운동 분야에 발을 들일 수밖에 없었어. 나도 너처럼 참 많은 장르를 시도했던 것 같다. 우린 이런 점이 비슷했었네. 나한테 사격은 되게 운명 같은 스포츠였어. 운동 집안 치고는 되게 체력이 약했던 나는 축구, 농구 같은 쪽에서는 늘 부진했어. 엄마, 아빠의 만족과는 거리가 좀 멀었지. 근데 사격은 상대적으로 덜 힘을 쓸 수 있었어. 그러면서 스포츠였으니까, 내가 찾던 스포츠라고 할 수 있었지. 그래서 부모님한테 말하고 사격을 시작했어. 근데 너도 알다시피 나 처음에는 되게 못했어. 이상하지? 분명 나에게 알맞은 장르고 잘할 수 있을 것 같았는데 성과가 안 나온다는 게. 네가 사격을 다시 시작하고 느꼈던 감정을 난 처음에 느꼈어. 아닌가? 좀 다른가? 네가 부서진 사다리를 다시 세우려 한다면 나는 사다리를 만들 재료를 구하고 있는 느낌이라 해야 하나? 되게 막막했어. 그래서 난 그냥 연습을 택했어. 난 정말 노력과 성실이라는 단어를 믿거든. 그러다 보니까 어느새 지금이 더라. 근데 난 지금은 저 단어들을 그렇게 믿지는 않아. 저 요소들이 날 어느 정도까지는 성장시켜 줄 수 있었는지는 몰라도, 완성시켜 주지는 않는다는 걸 알게 됐거든.

네가 사격을 관두었던 1년. 우리 학원에 새로운 애가 들어왔었어. 나보다 세 살인가 네 살인가 어렸었던 거 같아. 맨 처음에는 귀엽고, 열심히 하려는 게 보이니까 응원하고 막 도와주고 그랬어. 근데 반년쯤 지났었나. 내 기록을 위협하는 거야. 믿을 수 없었어. 나이 차가 있으니까 분명 힘의 차이도 존재했을 거고, 경험의 차이도 있었을 텐데 어떻게 벌써 이렇게까지? 하는 생각이 자꾸만 들었어. 그리고 느꼈지. 이게 재능이구나 하고. 그때 딱 한계에 부딪힌 느낌이었어. 내가 아무리 노력해도 저 재능은 따라잡을 수 없겠구나. 너는 항상 나를 잘한다 잘한다 하지만 글쎄, 난 성실함이 재능일지언정 사격에 돋보이는 재능을 가지고 있지는 않아.

난 그래서 사격을 애증해. 네 말대로 난 사격을 아끼고 정말 진심으로 사격을 좋아해. 내 습관에도 그게 드러났는지는 몰랐지만. 너 눈썰미 참 좋다. 난 몰랐는데. 어떻게 알았어? 근데 그게 전부는 아니야. 난 사격이 가끔 너무너무 미워. 어쩌면 사격이 너무 좋지만 그만큼의 결과가 안 나오면 사격과 나 둘 다 너무 미워. 어쩌면 그래서 그런 습관이 생겼나 봐. 사격이 미워서 주먹 대신 총을 쥐지만, 그럼에도 불구하고 좋아서 결국에는 안게 되나 봐.

난 아직 내 고민을 완결 짓지 못했어. 앞서 말했듯이 세상에는 재능을 가진 사람들이 생각보다 많아서, 사격판에서 내가 우뚝 설 수 있을까 고민이 돼. 내가 이 학원 안에서 그 아이를 제외하고는 제일 잘한다 해도 과연 이게 맞는 길일까? 만약에 말이야. 내가 정말정말 실력이 성장하고, 너무너무 운이 좋아서 사격 국가대표까지 간다고 하자. 근데 그럼에도 불구하고 신기록을 따 오거나 앞장서는 사람은 항상 다른 사람일 거야. 나는 그 정도를 넘지 못할 테니까. 근데 그런 신의 재능을 가진 사람들을 제외하고 잘하는 거에 만족해야 해? 지금 내가 학원에서 2등인데도 계속 있는 것처럼? 난 만족하기 싫어. 안주하기도 싫고. 근데 이미 세상이 날 좌절시키고 있는 것 같아. 너는 아무리 해도 여기까지야. 딱 이렇게. 여태까지는 노력하면 성공할 수 있었는데, 더 넓은 물에 가서는 그저 평균 이상인 물고기밖에 안 된다는 게 참 짜증 나.

그거 알아? 나 사실 너 싫어했었어. 연습하다가도 애들이랑 놀러 가고 그러는데 3등씩이나 하는 게 짜증 났어. 그래서 너 다시 들어오고 내가 너 실력으로 이겨 버렸을 때 진짜 짜릿했어. 결국에는 내가 이겨. 내가 너보다 재능 있어. 이런 걸 너에게 증명해 낸 기분이었어. 그래서 그때 이후에 더 막 사기가 샘솟았어. 근데 지금은 조금 미안하기도 해. 넌 그때 심정이 복잡했을 테니까. 네가 종종 왜 나는 애매한 재능을 가지고 있는 거냐고 한숨과 함께 묻던 게 기억이 나. 그치만 우주야. 넌 공부를 해도 성적이 웬만큼 나오는 아이야. 너는 이 길 말고도 갈 수 있는 길이 더 넓어. 그것도 다 네 실력이고, 운이야. 왜 아무것도 못하는 양 굴어.

난 계속 사격을 하고 싶어. 솔직히 사격밖에 눈에 안 들어오기도 하고. 또 우리 엄마랑 아빠한테 증명해 주고 싶어. 스포츠를 했으면 좋겠다고 주야장천 말해 놓고서는 막상 사격 하니까 그게 스포츠냐, 공부를 시킬 걸 그랬나 이러는 걸 보면 나보고 어떡하라는 건지 싶어. 그래서 우리 부모님한테 좀 보여 주려고. 내가 가는 길이 결국 옳았다고. 그래서 내가 더 결과에 집착하나 봐.

결과라는 게 사람 마음을 참 이상하게 만들어. 너로 따지자면, 정말 열심히 공부한 중간고사보다 벼락치기한 기말고사가 더 점수가 잘 나오는 그런 현상을 난 참 자주 겪어. 집착하면 집착할수록 힘든데, 그렇다고 마음을 놓을 수도 없어. 근데 이상하게 마음을 평소보다 놓으면 결과가 잘 나와. 그래서 요즘은 마음을 편안히 하려는 연습을 하는 중이야. 웃긴 건 그러면 오히려 반대로 마음이 요동쳐. 결과에 집착하는 게 오히려 독인 걸까? 그냥 흐르는 대로 버티다 보면 어느새 알맞은 길을 가고 있을까? 마음속에 물음표가 많아지는 기분이야. 어쩌면 부모님한테 증명하려는 행동조차 나를 옭아매는 걸 수도 있어. 아예 나 자신, 서하성만 생각해야 하는데 그걸 못 해서 내가 지금 이러는 걸 수도 있어. 근데 우주야. 사람이 어떻게 관계 없이 우뚝 설 수 있겠어. 사격도 결국 시작은 부모님부터였는데, 이거를 톡 분리할 수는 없잖아. 넌 어때? 넌 답을 좀 알겠니? 난 아직 감도 제대로 안 잡힌다.

가끔 난 너의 삶을 상상해. 더 이상 체육관과 사격 학원에 오지 않고, 손에 총 대신 펜을 잡고 있는 너. 나름 잘 어울릴 것 같기도 해. 친구들은 어떨지 좀 궁금하다. 순간 내 친구들을 소개해 줘야 하나 생각했는데, 네가 다 아는 애들이라 소개해 주려 해도 해 줄 게 없어. 그냥 다른 애들은 잘 지낸다, 이 정도? 네가 나가고 애들은 많이 놀랐지만 또 빨리 일상으로 돌아왔어. 평소처럼 체력 훈련을 하고 총을 잡고 웃고 떠들면서 집으로 가고. 네가 사실은 아프다, 재벌이라 해외로 갔다 하는 허무맹랑한 소문이 종종 돌기도 했지만, 그건 그냥 수다용 안줏거리 정도로만 쓰였어. 실제로 믿는 애들도 얼마 없더라. 나중에 네가 등장해서 서프라이즈 한번 해 줘. 네가 샤넬 옷 입고 루이비통 카디건 한번 입어 주면 너 다음 날에는 정말 재벌집 딸 되어 있을걸?

　너의 마지막 경기 날. 유독 잘 웃던 네 모습이 기억이 나. 네 편지대로 난 내가 원하는 성적을 냈고, 너는 그 누구보다 크게 웃었지. 그리고 그날 너의 경기도 생생해. 실로 오랜만에 나온 10점이었잖아. 그때 왜 이상함을 눈치 못 챘을까. 원래였으면 좋아서 심호흡을 한 번이라도 했어야 하는 너였는데. 너는 그냥 살짝 입꼬리를 올렸다가 내리는 게 끝이었어. 다 끝나서야 후련하다는 듯 웃었지. 지금은 그 의미를 어렴풋이 알 수 있을 거 같아.
　우주야, 넌 그날 경기에 만족했니? 네 마지막 경기에 감히 이름을 올릴 만한 경기였어? 다음번에 만난다면 꼭 말해 주라. 듣고 싶어.

　네 편지를 엄청 많이는 아니지만 몇 번 더 읽었었어. 근데 항상 난 처음이 마음에 걸렸어. 너한테 서울이 어쩌다 지긋지긋한 동네가 되었을까. 네 편지를 읽고 약간은 공감을 할 수는 있게 됐지만, 완전히 이해는 안 됐어. 너에게 정리란 완전히 떠나는 거였을까? 아니면 아직 정리되지 않아 감정이 앞서서 그런 말을 썼던 거였을까? 난 이왕이면 후자로 기억할래. 네가 서울을 사랑하지는 않더라도 추억하고 웃을 수 있었으면 좋겠어.

네 말대로 우리는 편지라는 건 좀 안 어울린다고 생각했는데, 막상 이렇게 쓰니까 또 쓸 만하다. 항상 수다 떨고 카톡하고 그래서 그런가. 처음에는 그래 우리 나이에 편지는 특이하긴 하다 이랬는데 요즘은 왜 안 되는데? 이러고 있어. 아마 이 편지 이후에도 종종 쓰지 않을까 싶기도 해. 너한테 이렇게 쓰니까 머릿속이랑 마음속이 좀 정리되는 기분이야. 난 전화도 불편해서 잘 안 쓰고, 문자랑 카톡 좋아했는데 너 때문에 요즘 편지에 빠졌어. 편지지에 정갈하게 있는 글씨체, 썼다 지운 얼룩, 머뭇거린 흔적. 이런 게 다 애정이겠구나 생각하면 마음이 따뜻해져. 유난일 수도 있겠지만 나는 그래. 그런 조각조각들이 나를 간지럽혀.

얼마 전에 학교에서 과학 수업을 들었어. 무슨 내용이었는지는 자세히 기억이 안 나는데, 대충 별은 우리가 생각하는 그런 반짝반짝한 존재가 아니라는 내용이었어. 별은 기본적으로 핵 용광로이고, 가스 덩어리로 아주아주 밀도가 높고 뜨겁대. 그래서 핵융합? 핵 어쩌고였는데 기억이 잘 안 난다. 어쨌든 핵융합인가 뭔가를 통해 빛을 낸다는 거야. 선생님이 설명하시면서 별이 탄다 막 그러셨는데, 난 이상하게 총의 탄알이 자꾸 생각나는 거야. 탄다, 탄. 뭔가 어감이 비슷하지 않아? 그래서 문득 궁금해지더라고. 이 우주의 탄은 어떤 걸 가리켰을까. 너가 가리킨 건 별일까? 그러면 그 별은 어떻게 타오를까?

너는 우리를 별의 깜빡임이라고 말했지. 난 며칠 동안 그 글귀가 머릿속에 맴돌았어. 알잖아, 나 원래 이상한 데에서 꽂히는 거.

그래서 나도 고민을 좀 해 봤어. 내가 뭐라고 우리를 표현할 수 있을까. 네가 쓰라고 강요한 건 아니지만 괜히 고민이 되더라고. 그때 딱 저 수업이 기억났어. 그러다가 우리는 어쩌면 우주의 탄이 아닐까 하는 생각이 들더라고. 내가 쏜 모든 탄들이 내 실력의 밑바탕이 되어 줬듯이, 너도 네가 쏜 탄들의 흔적이 남아 있겠지. 결국 네가 쏜 모든 탄들은 우주에서 타고 있을 거야.

이 편지가 언제 너에게 전달될지는 모르겠어. 그래도 한 가지 단언할 수 있는 건 너 보자마자 욕 한 바가지 안 날리고 보고 싶었다고 말할 거라는 거야. 그날만큼은 세상에서 제일 읽기 쉬운 서하성의 표정 보여 줄게. 그때 넌 빵 터져 웃고 있을까 아니면 울고 있을까? 이제는 내가 너를 추측하는 지경이야. 이게 다 이우주 너의 부재 때문이니까 속히 오도록 해. 알았어?

나 다음 달에 또 대회 나가. 내 목표는 지난번 기록을 뛰어넘는 거야. 가능할지는 잘 모르겠어. 지난번에 예상치 못하게 잘 나왔어. 네가 내 성공을 바라 줘서 그랬나 봐. 너는 어떤 목표가 있니? 뭐든 잘 되었으면 좋겠다. 그래서 꼭 네가 만족하고 뿌듯해했으면 좋겠어. 응원할게.

너의 친구, 서하성이.

1박 2일 예절 캠프에서 어떻게 2등이 되었나

대화중학교 3학년
성연아

Q: 안녕하세요 시청자 여러분! 여러분의 아침을 책임지는 오늘의 인터뷰, 김다윤입니다! 오늘은 최근 있었던 타비 사태의 생존자 정서연 씨를 모셔 봤습니다!

A: 안녕하세요. 정서연입니다. 이런 인터뷰가 처음이라 부족하겠지만 잘 부탁드립니다.

Q: 아미 충분한데요 뭘. 그나저나, 최근에 서연 씨한테 굉장히 큰 일이 일어났잖아요. 혹시 그 일에 대해서 설명해 주실 수 있을까요?

A: 네, 때는 제가 1박 2일 예절 캠프를 갔을 때였어요. 언니를 따라 갔던 캠프였죠. 저희 언니가 몸이 약한 편이라 부모님이 언니 혼자는 절대 안 보내셨거든요. 그렇게 그 캠프에 가서 다과도 먹고, 언니랑 계곡도 가서 신나게 놀았어요. 되게 순식간에 하루가 끝났죠. 저는 그때 마지막 행사인 시상식만 앞두고 있었어요. 그 캠프는 특이하게 마지막에 제일 열심히 한 사람을 몇 명 뽑아서 상을 줬어요. 그리고 그 순간…….

Q: 타비가 나타났군요!

A: 맞아요. 물론 지금은 그 괴물을 타비라고 부르지만, 당시에는 괴물이나 저희가 정한 이름으로 부르곤 했죠. 그들은 어딘가 뒤틀려 있었어요. 신이 그들에게 부여했어야 할 무언가가 빠진 느낌이었죠. 다들 정신없이 도망치기 시작했어요. 그러나 크게 도움이 되진 않았어요. 오히려 가만히 숨어 있던 저와 언니 그리고 몇몇 친구들만 살아남았죠. 저는 그 순간을 평생 절대로 잊지 못할 거예요. 눈앞에서 잠깐이지만 함께했던 친구들이 소리를 지르고, 저에게 살려달라 말하고, 한때 가득 차올랐던 눈동자가 까맣게 잠식된 순간을요. 제 눈앞에서요! 온몸의 피가 굳는 느낌이었죠. 제일 끔찍했던 건 다도를 제일 잘하던 친구가 다도의 주전자로 인하여 죽은 모습이었어요. 두려웠어요. 사자 앞에 선 사슴의 마음을 이젠 이해할 수 있게 되었어요.

Q: 잠깐만요. 생존자가 더 있었단 건가요? 저희가 아는 건 오직 서연 씨와 서연 씨의 언니, 그리고 예절 선생님 한 분뿐이었어요!

A: 맞아요. 그렇지만 그건 마지막까지 살아남은 사람들이에요. 원래는 세 명 더 있었죠. 한바탕 소동이 지나가고 다시 모였을 때, 우리는 모두 넋이 나갔었어요. 다행히 정신을 일찍 차리신 원장선생님이 서둘러 식량과 커터칼 같은 작은 도구를 주셨어요. 언제 그들이 또 찾아올지 모르니까요.

Q: 도망치는 방법은 없었나요? 지하철이나 차를 타고 도망칠 수도 있었을 텐데요.

A: 이미 캠프 장소인 한옥 근처는 만신창이었어요. 게다가 위치가 굉장히 시골이라, 버스 정류장도 멀고 버스도 한 시간 간격으로 왔어요. 그걸 기다리다 죽느니 차라리 캠프에서 버티자는 게

모든 이들의 생각이었죠.

Q: 그럼 그 이후에 캠프에서는 뭘 했나요? 계속 타비들만 대비하기에는 시간이 남았을 것 같은데.

A: 저희는 주로 식사 준비를 하거나 같이 대화를 나누었어요. 서로의 삶에 대해 얘기하기도 하고, 괴물들에 대해 얘기하기도 했어요. 그들의 이름을 정하는 시간도 있었어요. 최종적으로 무슨 샤파였나, 그런 이름으로 정해졌는데 사실 저는 반사라고 불렀어요. 저의 작은 반항이었죠. 정해진 걸 받아들이기 싫었어요. 제 친구들이 죽은 걸 받아들이기 싫은 것처럼요.

Q: 그렇군요. 어쩐지 서연 씨는 한 번도 괴물들을 타비라고 칭하지 않았더라고요. 그런데 제가 궁금한 게 하나 더 있는데 혹시 여쭤 보아도 될까요?

A: 네, 그럼요!

Q: 타비 사태의 생존자가 구조되던 날, 서연 씨와 서연 씨의 언니인 이연 씨의 가슴팍에 붙어 있는 상패가 엄청난 화제를 모았는데요! 혹시 그건 어떻게 받게 된 건가요?

A: 그건 예절 선생님이 주신 상패에요. 괴물들이 두 번째로 쳐들어온 날 받은 거죠. 저희는 여섯 명이 서로 돌아가면서 감시를 했어요. 그래서 침입을 바로 눈치챌 수 있었고, 덕분에 제 목숨을 건질 수 있었어요. 그렇지만 전부는 아니었어요. 원장 선생님은 선두에서 싸우다가 돌아가셨고, 두 친구들은 하필 숨어 있던 곳에 그들이 습격해 목숨을 건지지 못했어요. 남은 건 저희 셋뿐이었죠. 괴물은 떠나갔지만 저희의 몸과 마음은 너무 처참했어요. 특히 몸이 약했던 언니와 원장 선생님을 많이 믿고 따르던 예절 선생님이 더 심했죠. 잠시 시간이 지난 후 선생님은 눈물방울이 남

아 있는 채로 시상식을 시작하셨어요. 1등과 2등 상패를 들고요. 저는 언니에게 1등을 줄 것을 부탁드렸어요. 언니가 조금이라도 나아지길 원했으니까요. 그래서 선생님은 저에겐 2등을, 언니에겐 1등을 주셨어요. 그리곤 예절 캠프가 끝났다고 큰 목소리로 말하셨어요. 마치 기도하는 것 같았어요. 저는 그게 간절한 소망이자 희망처럼 들리기도 했어요. 예절 캠프가 끝났으니 제발 원래대로 돌려보내 달라는 외침으로도요. 제가 감히 선생님의 마음을 헤아릴 순 없겠지만, 그때의 선생님은 세상의 끝에 서 계신 것 같았어요.

Q: 아 그렇게까지 해서 예절 캠프의 1, 2등이 되었군요.

A: 네. 그렇지만 전과는 조금 다른 생활 방식이었어요. 오로지 식사와 잠, 순찰만을 하고 살았죠. 그리고 계속 숨어 있었어요. 24시간 내내 웅크리고 있었죠. 저는 여태까지 제 인생이 일어나기 위해서 이루어졌다고 생각했어요. 기어다님에서 일어남으로, 걷기에서 뛰기로, 위기에서 기회로. 그러나 전 한 가지 잊고 있던 게 있었어요. 그러기 위해선 디딤돌이 필요하다는 걸요. 그때의 전 다시 일어날 수 있는 모든 디딤돌이 사라진 상태였어요. 식량은 거의 다 먹어 가고, 바깥과의 연락은 끊겼고, 의지할 사람은 없고, 모래를 붙잡듯 부서진 제 멘탈을 잡았어요. 제 인생이 부정되는 감각을 막기 위해 안간힘을 썼어요. 웅크려야 일어날 수 있을 것 같았어요.

Q: 단단해 보이던 서연 씨도 그랬던 시기가 있었군요. 구조가 되어 정말 다행이에요. 힘드셨을 텐데 인터뷰 해 주셔서 감사합니다. 앞으론 더 단단히 일어설 수 있는 서연 씨가 되길 바라며 오늘의 인터뷰 여기서 마치겠습니다!

스크롤

덕이중학교 3학년
정채민

기내식은 근 몇 년간 먹었던 음식 중에 가장 맛있었다. 잔뜩 기대를 한 탓에, 매시트포테이토 위에 뿌려진 하얀 가루가 소금인지 설탕인지 알 순 없었지만. 어쩌면 마음에 가득한 후련함 때문에 맛있게 느껴졌던 것일지도 모른다. 기체가 간간이 흔들렸지만 두려움에 떨 정도는 아니었고, 이코노미석인 터라 다리를 펼 순 없었지만 그렇게 불편하지 않았다. 이륙 직전, 안내 방송에 따라 전원을 끈 휴대폰을 만지작거렸다. 윤서는 잘 들어갔을까. 입안에서 달콤 짭짤한 매시트포테이토의 맛이 잔뜩 퍼졌다.

엄마가 카톡으로 항공권을 보냈을 때, 나는 윤서의 인스타그램을 보는 중이었다. 나는 스무 살부터 지금까지 줄곧, 텅 빈 계정으로 윤서의 인스타그램을 염탐했다. 윤서의 인스타그램을 보는 시간대는 다양했다. 아침밥을 먹으면서 보기도 하고, 하루를 마무리하며 보기도 하고. 그날도 마찬가지였다. 나 정말 유학 가는구나. 정말로 이 나라를 떠나는구나. 그런 생각을 하면서도 나는 윤서의 비슷하면서도 다른 게시물을 뚫어지게 바라보는 중이었다. 윤서의 게시물을 처음 봤을 때 느꼈던 안도나 배신감 따위는 이제 느껴지지 않았다. 너무나 다른 윤서를 보는 일이 일상처럼 되었으니까. 그러면서도 나는 내 이름이 적힌 계정으로는 감히 윤서를 팔로우하지 않는다. 나의 모습을 보여 주고 싶지 않았다. 그런 나에게 윤서를 만나는 일이란 먼 미래의 일이었다. 윤서를 만나지 못할 거란 생각은 들지 않았다. 하지만 유학이 확실해졌기에, 나는 카톡을 열었다. 스크롤, 또 스크롤. 한참을 내려 윤서의 이름을 찾으려 애썼다. 몇 년 전의 기록을 찾는 것은 쉽지 않았고, 결국 검색창에 '윤서'라고 검색했다. 프로필에 있는 긴 머리카락을 가진 윤서의 모습은 아무리 봐도 익숙해지지 않았다. '요즘 어떻게 지내?' 이 한 문장을 쓰고 전송 버튼을 누르는 데에 오늘 쓸 체력을 다 쓴 것 같았다. 그런 것에 비해, 윤서는 5분도 채 되지 않아 답장을 해 왔다.

'잘 지내지. 너는 어떻게 지내? 우리 오랜만에 얼굴 보자.'

대화를 어떻게 이어 갈지 걱정하던 중, 온 윤서의 답에 안도했다. 만나자고 먼저 말을 꺼내 준 윤서에게 고마웠다.

윤서를 만나러 가기 전, 내가 그 신발을 찾은 건 어쩌면 당연한 일이었다. 유명해지자며 앞코에 남긴 사인이나, 절대 안 풀리는 매듭으로 묶은 신발 끈까지 여전히 남아 있었으니까. 오늘 윤서를 만나면 신발 끈을 묶는 법이나 다시 물어봐야지. 신발이 작아지진 않았을까, 걱정했지만 신발은 그대로였다. 다만 어딘가 불편한 느낌이 들었다. 벗어서 둘러보니 밑창에 껌이 붙어 있었다. 얼마나 지독하게 붙었는지, 그 부분만 검게 그을린 것 같았다. 아쉬운 마음으로 다른 스니커즈에 발을 구겨 넣었다. 다행히 집 바로 앞에 세탁소가 있었다.

세탁소 주인아저씨는 오늘 세탁물이 없다며, 오늘 바로 세탁이 될 거라고 했다. 앞코에 있는 사인은 최대한 안 지워지게 조심해 주세요. 내가 말하자 아저씨는 눈을 게슴츠레 뜨곤 신발을 바라봤다. 해 보기는 할게. 고개 숙여 인사하며 세탁소를 빠져나왔다. 등 뒤에서, 7시 넘어서 가지러 와, 하고 외치는 아저씨의 목소리가 들렸다.

윤서를 만나기로 한 곳은 우리의 고등학교 시절과 늘 함께했다고 말할 수 있는 카페였다. 인테리어를 다시 한 게 분명했다. 우리는 이곳의 고풍스러운 느낌을 좋아했었는데. 카페의 인테리어는 요즘 유행하는 카페들처럼 화이트 톤의 심플한 느낌으로 바뀌어 있었다. 화이트 톤의 카페 벽 앞에 윤서가 있었다. 유리컵 표면에 생긴 물방울과 살짝 녹은 듯한 얼음이 커피를 주문한 지 꽤 지났음을 알려 주었다. 나를 발견한 윤서가 초승달 모양으로 눈을 접으며 웃었다. 화이트 톤의 이곳과 너무나도 잘 어울리는 윤서는 무척 온화해 보였다. 단 한 번도 서둘러 본 적이 없는 사람 같았다. 하지만 내가 아는 윤서는 달랐다. 조금만 늦어도 성질을 부리던 윤서가 이제는 내가 약속에 늦는 그 시간 동안 커피를 마시지 않고 기다릴 수 있는 사람이 되었다. 긴 머리를 단정하게 풀어 놓은 모습이나 입술에 바른 립스틱이 5년 전과는 확실히 달라졌다는 것을 느끼게 했다. 예전의 윤서라면 저 무늬 없는 검정 원피스에 장식을 달았을 텐데. 어쩌면 변하지 않은 것은 오로지 그 신발 하나였을지도 모른다.

오랜, 만이, 야.

뚝뚝 끊기는 목소리로 건넨 인사말에 윤서의 눈이 다시금 접혔다. 내가 당황한 채로 캑캑, 하자 뒤이어 윤서가 아핫핫, 하고 웃음을 터뜨렸다. 겨우 웃음을 참아 낸 윤서가 오랜만이야, 하고 답했다. 나는 윤서의 바뀐 스타일에 관해 물었고, 윤서는 남편이 좋아하는 스타일이라고 했다. 결혼식 못 가서 미안해. 내가 말했다. 윤서는 괜찮다고 말하며 커피를 한 모금 마셨다.

근데 사실 요즘 잘 모르겠어. 성격을 바꿔서 사랑이 찾아온 건지, 사랑이 찾아와서 성격이 바뀐 건지. 내가 단아한 걸 좋아하는 그 사람을 사랑한다는 게 조금은 원인이 됐을지 모르지만, 온전히 그것 때문은 아니야. 알잖아, 나 성격 괴팍한 거 때문에 여러 사람 힘들었던 거. 그거 때문이지, 뭐.

변한 윤서의 모습 때문인지 조금 어색한 기분이었다. 완전히 변해 버린 윤서의 모습은 성장한 것 같기도 해서, 계속해서 어색했다. 그때에 남아 있는 건 나뿐이었나. 스스로가 비참하게 느껴지기도 했다. 언제나 같은 진도로 세상을 살아갈 것이라고 생각한 친구가 나를 앞서 훌쩍 자랐다는 건 마주하기 힘든 사실이니까. 변하지 않을 것 같은 게 변했고, 떠났고, 그래서 슬펐다. 내 얼굴이 조금 어두워진 것을 눈치챘는지, 윤서가 물었다. 그러고 보니 내 얘기만 했네. 너는 요즘 뭐 하고 지내?

별거 없었어. 곧 해외로 나가, 거기서 지낼 것 같아. 앞으로도 쭉.

윤서는 대답을 찾는 듯, 빨대로 커피를 휘휘 저었다. 잘됐네. 우리는 계속해서 이어 나갈 적당한 말을 찾아야 했다. 찾지 못한 순간에는 적막이 찾아왔다. 커피 머신 돌아가는 소리가 카페에 울린다면 다행이었다.

소연이의 납골당으로 향하는 버스에서 윤서는 내내 창밖을 보고 있었다. 적막은 계속됐다. 그렇게 창만 바라보던 윤서가 갑자기 우리 그때 얘기할까, 했다. 역시 윤서도 그때의 우리를 버리지 못한 거였을까. 편안해지는 느낌이었다. 나는 아직 지우지 못한 휴대폰 속 사진과 동영상을 윤서에게 보여 주었다. 윤서는 휴대폰을 바꾸는 바람에 남은 데이터들이 모두 사라졌다고 했다. 역시 바뀌지 않은 것은 나밖에 없었다. 휴대폰을 건네받은 윤서가 "우아, 우리 이때 완전 어렸었네. 귀엽다, 귀여워."라며 연신 감탄했다. 예전처럼 호들갑을 떠는 모습에 약간은 안도했다. 윤서에게는 아직 내가 아는 모습이 남아 있었다. 한참을 집중해서 영상을 보던 윤서가 말을 건넸다.

와, 이거 봐 봐. 이거 우리 고등학생 때다. 처음 밴드 시작할 때지? 완전 풋풋하다. 너 앞머리 짧은 것 봐. 이 영상 진짜 좋다. 너나 나나 소연이나 다 지금 보면 촌스럽잖아. 그게 너무 재밌는 거 있지.

촌스러운 게 아니라 순수했던 거지. 말하지 못하고 애써 웃었다. 화면 속으로 곧 들어갈 듯, 고개를 박고 화면을 바라보는 윤서에게서 시선을 돌렸다. 아무리 생각해도 윤서야, 나는 그때로 돌아가고 싶어. 소연이도 함께했던 그때로. 이 말조차 나는 꺼내지 못하고 삼켰다.

그 시절의 첫 기억은 복도 게시판마다 붙어 있는 홍보용 전단이다.

'밴드 모집, 드럼, 기타, 피아노 등. 대상, 고등학생.'

허접한 그림과 문구, 각각 마이크와 기타를 든 친구로 보이는 여학생 둘. 고개를 돌려 바라본 교실 안에는 사진 속 기타를 든 여자아이가 사람들을 붙잡고 무언가에 대해 설명하고 있었다. 아마 저 밴드에 관한 것이겠지, 나는 멍하게 생각했다. 사람들이 여유가 없는 이유는 참 다양했다. 학업 때문에, 나는 음악을 못 해서, 우리 지금 바쁜 시기야, 그런 거 공부 안 하는 아이들이 모인 거 아니냐. 돌아올 말이 차갑다는 걸 모를 리 없을 텐데도 적극적인 모습이 멋있다고 생각했다. 그 아이는 곧 나에게 다가왔다. 그때의 모습을 나는 아직도 선명하게 기억한다. 어깨선을 조금 넘어 뻗치는 머리. 일렉 기타를 친다고는 상상도 할 수 없을 정도로 단정해 보이는 외관, 160이 조금 안 되는 키에 얇은 손목. 기타는 들 수 있으려나, 문득 떠오른 무례한 걱정.

박민정 너, 음악 시간 설문지에 드럼 칠 줄 안다고 작성했었지?

천연덕스럽게 말을 거는 아이의 명찰에 시선이 가는 건 어쩔 수 없었다. '박소연'. 내 뒷자리구나. 그것과는 상관없이 나는 다른 아이들처럼 학업에 집중해야 하는 고등학생일 뿐이었다. 밴드에 관심 없어, 미안해. 대답하려는 순간 소연이 내 손을 잡아끌기 시작했다. 점심시간이 10분밖에 남지 않았는데도 무어라 따질 틈도 없이 소연은 뛰었다. 너 아니면 정말 안 될 것 같단 말이야, 라고 말하면서. 그때 소연이 왜 내가 아니면 안 된다고 했는지 알 수 없다. 수년간 물었지만 돌아온 것은 그저 웃음이었고 현재 그것에 답을 해 줄 사람은 없으므로. 지금 나의 선택에 따라 앞으로의 몇 년이, 어쩌면 평생이 바뀌겠다고 생각하면서 뛰었다. 꽤 모범생이라고 불리던 내가 수업에 늦을 각오를 하고 소연이를 따라갔던 이유는 나 또한 밴드에, 드럼에 대한 열망을 가지고 있어서가 아니었을까. 그때 처음 느낀 감정은 놀람도 당황도 아닌 설렘이었으니까. 그렇게 끌려간 음악실에서 남자아이처럼 짧게 머리카락을 자른, 사진의 마이크를 들고 있던 아이를 보았다.

인사하자! 얘는 윤서, 나는 소연. 그리고 드럼을 맡아 줄 민정

이야.

내가 당황하고 있던 순간, 점심시간이 곧 끝난다는 것을 알리는 음악이 울렸다. 지금까지 계속 생글생글 웃던 소연이의 얼굴이 갑자기 굳었다.

맞다, 우리 한 번만 더 늦으면 진짜 혼날 텐데. 방과 후에 음악실로 모이자.

윤서와 소연이는 다시 계단을 뛰어 올라갔다. 10분 동안 너무 많은 일이 일어났다고 생각하며 나는 생각을 정리하려 애썼다. 방과 후에 윤서와 소연은 한 번이라도 우리와 공연을 해 본 후 다시 생각해 봐 달라고 말했다. 나는 긴가민가한 상태로 첫 무대에 올랐고, 내가 해야만 하는 일이란 생각이 들었다. 함께할래? 묻는 소연이의 물음에 내 대답은 웅, 이었다. 밴드를 하지 않았다면 나는 어떤 일을 하며 살았을지는 알 수 없지만 그날 이후로 연필과 공책보다는 드럼 스틱과 악보를 보는 일이 많아졌다. 그러면서도 성적을 늦추지 않기 위해 잠을 줄였다. 적어도 그때의 나는 그 전의 나보다 훨씬 행복했다. 분명 우리 모두가 그랬으리라고 생각한다. 그러니 소연이가 떠난 후 나와 윤서, 그리고 밴드가 무너진 것은 어쩌면 당연한 일이었다.

그렇게 밴드가 결성된 이후로는 즐거웠다. 우리는 사실 밴드라기보다 음악을 좋아하는 학생들의 모임 정도로 보였다. 거창한 활동을 하는 것보다는 공원에서 가끔씩 버스킹을 하고 그것을 SNS에 올리는 소소한 행위가 즐거웠다. 첫 공연은 학교 체육관에서 했다. 우리의 밴드는 그저 동아리일 뿐이었고 큰 무대를 기대하는 것조차 사치일 시절이었다. 드럼 스틱을 쥐고 있던 손의 땀, 페달을 밟을 때 평소보다 힘이 들어가는 다리와 사람들의 환호를 나는 전부 기억하고 있다. 소연이의 피크를 잡은 손이 떨리고 있었던 것까지. 윤서는 어땠는가. 눈을 초승달 모양으로 접으며 웃었다. 입 옆의 보조개가 패었다. 겨울이었는데도 반팔을 입고 땀을 흘렸다. 그 모든 것이 변하지 않기를 기도했던 것이 벌써 10년 전이다.

졸업한 이후에도 밴드를 이어 나갔다. 자주 연습이나 공연을 하지는 못하더라도 얼굴을 마주 보고 연주할 수 있는 것 자체가 우리에겐 행운이었다. 가끔은 전부 포기하고 싶어졌지만 버텼다. 나의 행복을 응원해 주고 함께해 주는 사람이 있다는 사실 자체로도 나에게는 격려가 되었다. 크게 변한 점은 없었다. 별생각 없이 SNS에 올린 영상 하나가 알고리즘을 타 인기를 얻었다. 또 하나, 우리의 작업실이 생겼다는 것들 말고는. 작업실이라기보다 우리의 아지트 같은 곳이었는데, 밴드 일이 아니더라도 함께 있고 싶을 때면 자연스럽게 그곳으로 향하고는 했다. 지금은 그때 다른 선택을 했다면 소연이가 살아 있지 않을까 생각한다. 밴드를 계속하지 않고 추억으로 남겨 두었다면 무언가 달라졌을까.

그날도 우리는 평소 같은 공연을 상상하며 무대에 올랐다. 연주가 끝나면 모두가 환호해 주는, 발을 살짝 떨고 초승달 모양으로 눈을 접으며 웃고 보조개가 패도록 미소 짓는 그런 공연. 하지만 공연 후에는 정적이 있었다. 웃음이나 환호가 없었다. 윤서는 손톱 자국이 남도록 주먹을 꽉 쥐었고 소연이는 입술을 깨물었다. 우리가 무대 뒤로 나왔을 때야 함성 소리가 울렸다. 그제야 상황을 파악한 윤서가 눈물을 터뜨렸다. 여전히 주먹을 꼭 쥔 상태로 줄줄, 본인이 눈물을 흘린다는 자각도 없다는 듯이. 소연이는 그런 윤서의 등에 손을 올리고 토닥였다. 그런 모습을 나는 멍하니 바라보았다.

그 자식들 일부러 우리를 부른 거야. 자신들을 좋아해 주는 사람이 많다고, 우리가 포기하도록, 일부러……

작업실로 가는 차 안에서 윤서는 짜증을 늘어놓았다. 소연이가 맞아, 미친 자식들. 이라며 맞장구를 쳤다.

따지고 보면 역시 걔네 초청에 가지를 말아야 했어. 예전부터 우릴 견제하고 있었잖아.

아, 안윤서 그만해. 이미 지난 일이야.

작업실에 도착해 배달 음식을 먹는 순간에도 윤서의 짜증은 계속되었고, 참다못한 내가 윤서에게 한 말. 그 말을 하지 말아야 했다. 그것이 싸움으로 번지는 데에는 그렇게 오랜 시간이 걸리지 않았다. 윤서가 미간을 찌푸린 후 막말을 쏟아붓기 시작했다. 물살 같은 말들을. 그런 말들은 버티고 있던 나의 댐을 무너트렸다. 맞아, 네가 공연하자고 했잖아, 로 시작된 말은 작업실의 분위기를 차갑게 만들기 충분했다. 소연이가 입안 가득 피자를 넣고 씹을 때 우리는 서로에게 막말을 해 대며 싸웠다. 우리가 풍선껌 같다는 농담을 하다가도 나와 윤서의 싸움이 평소 같지 않다는 걸 눈치챈 소연이가 말리기 시작했을 때는 이미 늦었다. 우리보다 크게 소리를 지른 소연이에 의해 상황은 잠시 멎었지만, 그때의 서로를 바라보는 눈빛이 우리가 더 이상 같은 밴드의 소속으로 있을 수 없는 사람들 같았다고 후에 윤서는 말했다.

둘이 알아서 정리하고 있어. 난 먹을 거나 사 올게.

싸운 후에는 달달한 무언가를 먹으면서 화해하기. 나쁜 상황을 좋게 기억하기 위해 소연이가 만든 우리만의 법칙이었다. 나갔다가 올 때는 서로 잘 다녀와, 잘 다녀올게. 라고 인사하는 것도. 우리는 그날 법칙 중 하나도 지키지 못했다. 나는 소연이가 나간 지

30분이 지나도록 들어오지 않았다는 사실에 불안감을 느꼈다. 윤서도 마찬가지였을 것이다. 집 앞 편의점 알바는 소연이가 편의점에서 나간 지 꽤 됐다고 말했다.

아, 오기는 했었는데 아무것도 안 사고 나갔어요. 찾는 아이스크림이 없다고. 저쪽으로 올라갔으니까 아마 위에 아이스크림 할인점으로 갔을 거예요.

말해 준 곳으로 갔을 때, 우리는 많은 사람이 모여 있는 것을 보았다. 교통사고, 여자, 피가 너무 많이, 등의 말들이 허공을 떠돌았다. 윤서가 소리를 질렀고, 나는 몇 걸음 가지 못한 채로 굳었다. 피를 흘리며 바닥에 누워 있을, 어쩌면 어딘가 성치 않을 소연이의 모습을 마주할 수 없었다. 구급차의 사이렌 소리와 붉은 불빛, "물러나 주세요!"라고 말하던 구급대원의 목소리, 많던 사람들이 하나둘 흩어지는 것. 나는 그 모든 것을 멍하게 쳐다보았다. 어쩌면 눈물이 났을지도 모른다. 하나 확실한 것은, 나는 그 모든 상황이 꿈이기를 간절히 바라고 있었다는 것이다. 그 시간은 장례식장에서도 계속되었다. 다만, 조금 더 많은 목소리와 더 많은 눈빛이 소연이를 추모했다. 윤서는 언제까지 괴성을 지르고 있었을까. 장례식이 끝날 때까지였나? 중요한 건, 나는 그날 이후로 드럼 스틱을 잡지 못했다는 것이다.

소연이가 떠나고 몇 개월 뒤, 나와 윤서는 작업실에 다시 모였다. 손을 덜덜 떠는 나를 보고 윤서가 말했다.

교통사고야, 어쩔 수 없었던 일이라고. 잘못은 음주 운전을 한 운전자에게 있는데 너는 왜 그렇게 죄책감을 가져?

나는 계속 손을 떨며 대답했다.

내 잘못이야. 내가 행사 뛰자고 하지만 않았으면 우리는 그런

대접을 받지 않았을 텐데. 그러면 너도 화를 내지 않았을 테고, 소연이는 아이스크림을 사러 나가지 않았을 거야. 아니, 처음부터 한 아이스크림만 먹는다고 고집부리지 말았어야 했어. 소연이가 편의점에 들렀다가 돌아왔으면, 잘 다녀오라고 인사라도 했다면…….

답답하다는 듯 한숨을 쉰 윤서는 다시 물살 같은 말을 내뱉기 시작했다. 이미 무너진 댐 안으로 밀려 들어오는 찬물을 막아 낼 방법은 없었다.

잘 들어, 박민정. 지금 죄책감 느끼는 게 너뿐이야? 그럴 거면 애초에 태어나지를 말았어야 해. 제발 불쌍한 척 좀 하지 마. 너만 친구 잃은 거 아니야. 나도 잃었어, 소연이를.

윤서는 그렇게 말하고는 작업실 문을 세게 닫고 나갔다. 그때는 알지 못했지만, 윤서도 나와 같은 생각을 하고 있었을 것이다. 오랜 친구가 떠났다는 것이 힘들고 두려워도 무너지지 않으려고 필사적으로 버텼던 것이겠지. 소연이는 평소에도 그런 말을 자주 했었다. 자신이 사라져도 절대 포기하지 말아 달라는 말. 워낙 어딘가로 떠나는 걸 좋아하는 소연이었기에 그런 말쯤은 농담으로 넘겼다. 정말 소연이가 사라질 줄도 모르고. 그때의 나는 누군가의 마음을 헤아릴 정도의 여유가 없었다.

밴드가 해체되고 나서의 기억은 거의 없다. 나는 한동안 학교를 쉬다가 다시 나갔고, 윤서도 그런 듯했다. 내가 먼저 다가가거나 윤서가 다가오거나 하는 일은 없었다. 그렇게 시간이 계속 지나 졸업을 했고, 그 후로도 별다를 건 없었다. 밖으로 나가는 일이 줄었고 윤서를 포함한 사람들과의 연락을 끊게 되었다. 그러니 5년 전과 달라질 수 없었던 것은 당연하다. 내가 몇 년 동안 한 것은 우리의 영상을 반복해서 보는 것과 예전을 그리워하며 우울함에 잠기는 것이 전부였으니 말이다. 어느 날 뜬금없이 날아온 윤서의 청첩장을 보고도 아무 대답을 하지 못한 것 역시 너무나 많이 변한 윤서의 모습 때문이었을 것이다. 하지만 내가 용기를 낼 수 있었던 것 또한 윤서가 바뀌고 있었기 때문이었다. 윤서가 내가 알던 윤서가 아니었기 때문에. 나는 누군가를 또 잃을 순 없었다.

엄마는 병적으로 집에 틀어박혀 있는 나를 걱정했다. 그런 엄마를 알고 있었지만, 나로서도 할 수 있는 게 없었다. 걸핏하면 소연이 꿈을 꿨고, 윤서의 SNS를 보는 게 취미였다. 결국, 부모님은 매사에 아무 열정 없이 살아가는 나에게 해외로 나가 보라고 제안했다. 힘든 기억이 있는 한국보다는 바쁜 해외에서 새로 시작하자는 것이 부모님의 의도였다. 도로의 차들이 나를 향해 돌진할지 모른다는 불안감을 이겨 내야 한다는 것은 갑작스러운 일이었다. 5년간 멈춰 있던 몸을 빠르게 가동하기란 힘들었다. 그것들을 전부 이겨 낸 후에 난 윤서에게 문자를 보낼 수 있었다.

그때 너한테 화내고 연습실 나온 후에 내가 제일 먼저 한 일이 뭔지 알아? 붙임머리 하는 거였어. 말도 안 되지, 한 친구는 죽고 너도 나를 떠나려는데. 우리 상가 나오는 길에 거울 하나 있었잖아. 그 거울에 비친 나를 보는 게 너무 힘든 거야. 우리 셋 다 스타일 비슷하게 하고 다녔으니까 내 얼굴을 보면 너도 보이고 소연이도 보였거든. 그게 힘들었어. 그때를 자꾸 떠올리고 왜곡하게 되는 거. 내가 많이 바뀐 건 사랑 때문도 주변 사람들을 힘들게 했기 때문도 아니었던 거야. 나 그 이후로 껌도 못 먹었어. 내가 껌 좋아했잖아. 소연이는 아마 그걸 사 오려고 했을 테니까. 아니, 그냥 그 사고에 관한 아무것도 볼 수 없었어. 그때 신었던 신발도 차마 버리지 못하고 신발장에 넣어 뒀어…….

소연이가 있는 납골당의 입구에서, 멈칫한 채로 윤서가 말했다. 윤서는 울고 있었다. 하지만 내내 올라가 있는 입꼬리는, 윤서가 웃고 있다고 착각하게 했다. 그래도 가끔 노래방 가서 우리가 그때 가장 많이 했던 노래 불러, 라고 말하는 윤서는 오늘 보았던 모습 중 가장 후련해 보였다. 내가 무기력하게 보낸 몇 년의 시간을 이야기했을 때는 함께 있지 못해서 미안하다고, 자신이 곁에 있는 것만으로 내가 상처받을 것 같았다고 했다. 윤서 자신이 그랬으니까. 이야기를 끝낸 우리는 손을 잡고 납골당으로 들어갔다.

그리고 납골당에 들어가 소연이의 얼굴을 맞이하자, 함께 울 수밖에 없었다. 사진 속의 소연이는 환하게 웃고 있었다. 아무 일도 없을 거라는 듯이. 물론 그것은 사진이므로 우리에게 웃어 주는 것은 아니겠지만, 그것이 우리에게는 위로가 되었다고 생각한다. 5년이 지난 지금 말이다.

우리 오랜만에 셋이 셀카나 찍을까? 나 사진이 다 지워져서 남은 게 하나도 없어.

한참을 울고 진정이 됐을 무렵, 윤서가 말을 꺼냈다. 나와 윤서는 빨개지고 부은 눈으로 사진을 찍었는데 소연이만 그대로이다. 아마도 마지막으로 함께 찍은 사진이 될 것이었다.

집에 가는 길에 윤서는 편의점에서 껌을 하나 샀다. 좋아하던 사과 맛은 단종되었지만 새로 나온 복숭아 맛이 유행이라고 말하며, 조금 아쉬워하는 듯했다. 버스에서는 내가 보내 준 우리의 공연 영상을 인스타그램에 업로드했다.

집으로 돌아가기 전, 아침에 맡긴 신발을 찾았다. 우리의 사인이 담긴 앞코를 제외하고는 무척 깔끔해져 있었다. 밑창에 붙어 있던 껌도 흔적 없이 사라졌다. 문득, 밑창의 껌이 언제 붙었는지 떠올랐다. 소연이를 찾아 편의점에 가던 길이었다. 장례식이 끝난 후 돌아왔을 때, 그 작은 것조차도 소연이를 기억할 수 있는 것이라며, 나는 신발을 신발장 깊숙한 곳에 보관했다. 누구도 건드릴 수 없도록. 그렇게 남겨 두었던 것을 나도 결국 잊은 것이다.

모든 것을 끝내고 나니 개운했다. 어쩌면 소연이는 이미 우리를 묻어 두고 자신의 세상에서 노래를 잔뜩 만들고, 기타를 잔뜩 치고, 껌으로 작품을 만들고 있을지도 모르겠단 생각이 들었다. 아마 소연이도 종종 우리가 합주하던 때를 기억하겠지. 이제는 내가 넘어갈 차례였다. 드디어 나는 떠날 수 있었다. 이제는 안다. 떠나는 것은 사라지는 것이 아니란 것을.

"탑승객 여러분, 우리 비행기는 로스앤젤레스 공항에 곧 착륙합니다. 좌석 등받이와 테이블을 제자리로 해 주시고, 좌석 벨트를 매 주세요. 감사합니다." 음성을 듣고 그제야 상상에서 벗어났다. 귀가 먹먹해지고 있단 걸 느끼고서야 나는 비행기로 돌아올 수 있었다. 입국 심사를 마치고 짐을 전부 찾을 때가 돼서야 실감이 났다. 낯선 공기와 낯선 풍경. 인천 공항과 다르게 로스앤젤레스 공항은 조금 텁텁한 냄새가 났다. 나는 휴대폰의 전원을 켰다. 로밍이 잘 된 걸 확인한 순간, 알림이 잔뜩 쌓이기 시작했다. 모두 인스타그램 알림이었다. 인스타그램에 들어가자 내 영상에 눌러진 수많은 좋아요들과 댓글들이 눈에 띄었다. 근황을 궁금해하거나, 응원하는 내용이었다. 윤서가 올린 영상이 그 잠깐 사이에 사람들에게 많은 관심을 받았고, 영상에 언급된 나와 소연이의 계정을 타고 들어와 좋아요를 누르고 댓글을 남기는 모양이었다. 맨 위에 있는 밴드 공연 영상에서 한참을 밑으로 스크롤했다. 수도 없이 봤지만 아직 낯선 윤서를 보다가 다시 맨 위로 스크롤 했다. 윤서가 올린 영상은 사라지지 않고 있었다. 그렇게 올려 볼 수 있도록 남아 있었다. 나는 내 이름이 적힌 계정으로 윤서의 계정을 팔로우했다. 윤서의 게시물을 몰래 염탐하던 두 번째 계정을 삭제하고, 나의 계정으로 윤서의 영상에 좋아요를 눌렀다. 북마크를 눌러 언제든 꺼내 볼 수 있도록 하는 것도 잊지 않았다. 소연이와 윤서 그리고 나, 우리의 밴드도 그렇게 남을 것이다. 계속해서 잊지 않고 기억한다면, 사라지는 것은 아무것도 없다. 영원히.

공항을 나섰다. 낯선 로스앤젤레스의 풍경을 눈에 잔뜩 담았다. 나의 다음 게시물이자 다음 스크롤이 바로 이곳이었다.

꽃이 핀 아파트의 두 번째 놀이터로

김포여자중학교 3학년
성수민

자욱한 안개가 시야를 가리는 바람에 앞이 잘 보이지 않았다. 여름 특유의 습하고 기분 나쁜 공기가 피부에 들러붙는 것이 느껴졌다. 곧 장마철이라는데, 벌써 구름이 많아지려는 걸까. 헤드폰에서 흘러나오는 80년대 헤비메탈과 안개의 조합은 실로 카레 순두부 같았다. 전혀 안 어울릴 것 같은 조합인데도 막상 먹어 보면 꽤 괜찮은. 나는 조금이라도 앞을 잘 보려고 인상을 팍 찌푸린 채 집으로 가던 중이었다. 그런데 저 앞 다 쓰러져 가는 나무의 가지에 뭔가 매여 있는 것을 발견했다. 그냥 지나치려 했지만 듣고 있던 노래가 끝나는 타이밍과 그것이 눈에 띈 타이밍이 절묘하게 맞아떨어져 신경이 쓰였다. 가까이 다가가 보니, 그것은 쪽지였다.

'꽃이 핀 아파트의 두 번째 놀이터로 와.'

이게 무슨 뚱딴지같은 소리야? 이런 데 쪽지를 남길 생각을 한 것도 이상했지만, 그곳에 적힌 내용은 더욱 이상했다. 하지만 나는 곧 그 쪽지가 무엇을 말하는지 알 수 있었다. 근처에 아파트는 두 곳밖에 없었기 때문이다. '꽃이 핀'의 꽃은 모란을, '두 번째 놀이터'는 2단지 놀이터를 말하는 거겠지. 쪽지를 쓴 사람은 왜인지는 모르겠지만 모란 아파트의 2단지 놀이터로 오라고 말하고 있었다. 갑자기 누가, 왜, 언제 썼는지도 모르는 쪽지를 해독하고 있는 내 처지가 우습게 느껴져 허, 하고 헛웃음을 내뱉었다.

처음 만나는 사람들끼리 대개 형식적으로 던지곤 하는 직업을 묻는 질문에 아…… 그냥 뭐, 밴드에서 노래하고 있습니다, 하고 답하면, 대부분은 작은 감탄사를 뱉으며 밴드의 이름을 물어본다. 아하하, 어차피 말해도 모르실 텐데. 멋쩍게 웃으며 밴드의 이름을 대면 못 들어 본 이름이라며 구글에 검색한다. 그리고 화면의 '검색 결과가 없습니다.'라는 문구를 마주하는 순간, 더는 내가 하는 일에 관해 묻지 않는다. 그렇다. 나는 데뷔 후 제대로 된 무대에 서 본 적이 세 번밖에 없는, 4인조 무명 밴드의 보컬이다.

음악을 좋아했던 나는 고등학교 1학년부터 밴드 만드는 것을 꿈꿨다. 그래서 나와 같이 음악을 하는 애들을 모아 3년 내내 데뷔할 준비만 하다 졸업하자마자 첫 앨범을 발매했다. 하지만 그 이후의 생활은 내가 생각한 것과 너무 달랐다. 누군가 재능을 알아봐 스카우트해 간다는 미국의 음악 영화 같은 일은 우리에게 일어나지 않았고, 우리는 5년간 이렇다 할 성과 없이 구색만 겨우 갖춘 밴드가 돼 버렸다. 결국, 우리는 몇 개월 전 잠시 모든 활동을 중단해 거의 백수나 다름없는 상태가 됐다. 오늘도 그저 세상 욕이 난무하는 가사의 영국 헤비메탈을 들으며 정처 없이 동네를 빙 돌다 오는 중이었다. 망할 안개만 제외하면 평소와 다를 것 없는 하루였던 것이다. 하지만 나는 방금 이 쪽지를 발견했고, 슬프지만 할 일이 없는 건 사실이었으며, 시간이 남아도는 것 또한 사실이었고, 나는 이 쪽지가 궁금했다. 나는 곧장 방향을 틀어 모란 아파트 2단지 놀이터로 향했다.

　발걸음의 끝엔 홀로 그네에 앉아 책을 읽고 있는 작은 여자아이가 있었다. 단단한 양장본의 표지에는 커다란 고래 그림이 그려져 있었고, 페이지의 귀퉁이엔 『모비 딕』이라고 쓰여 있는 것이 보였다. 오, 저건 나도 아직 안 읽어 본 건데. 똑똑한 앤가 보네. 어린아이가 완벽히 이해하기에는 수준이 높은 책이라고 생각하다가 뭔가 이상함을 감지했다. 지금은 밤 8시를 훌쩍 넘어가는 시간이었다. 이 시간에 어린애 혼자 밖에 나와 있다니. 자칫하면 위험한 상황에 휘말릴 수도 있는 노릇이었다. 걱정된 나는 헤드폰을 벗고 아이에게 조심스럽게 말했다.

　"저기…… 이 시간까지 집에 안 들어가면 부모님이 걱정하시지 않을까?"

　그러자 아이는 소스라치게 놀라며 눈을 동그랗게 뜨고 나를 바라봤다. 집중하고 있는데 갑자기 불청객이 등장해 깜짝 놀란 모양이었다. 잠깐 동안 상황을 파악하려는 듯 눈을 이리저리 굴리던 아이는 이내 얼굴의 반을 차지하는 커다란 안경을 고쳐 쓰며 말했다.

　"아, 괜찮아요. 오늘은 부모님 두 분 다 일찍 들어오시는 날이라 친구들이랑 숙제한다고 거짓말하고 오랜만에 나온 거예요. 집에서 소설책 읽으면 싫어하시거든요. 이렇게 밤에 조용한 곳에서 혼자 읽으면 아무도 뭐라 못 하니까요. 이제 곧 들어가려던 참이었어요."

　자식이 책 읽는 걸 싫어하는 부모라니. 보통은 책 읽히려고 그렇게 안달이던데. 읽던 책을 탁 덮은 아이는 뭔가 생각났다는 듯

나를 보고 물었다.

"근데 그럼 아저씨는요? 아저씨는 집 안 들어가요? 보통 어른들은 지금쯤이면 퇴근해서 집에 있을 시간인데. 아, 혹시 백수?"

"백수라니! 아니거든!"

"그럼 직업이 뭔데요?"

음, 내 직업을 물어보는 건 예상 못 했는데. 말하고 나서야 나는 지금 백수나 다름없는 상태라는 게 생각났다. 나는 재빨리 머리를 굴리기 시작했다. 응, 나는 구글에 이름을 치면 검색 결과가 하나도 안 뜨는 5년째 무명인 밴드의 보컬인데, 동네나 한 바퀴 돌며 한숨 푹푹 쉬다가 집으로 돌아가던 중이었어, 라고 말하기에는 스스로가 너무 비참해질 것 같았다. 꼭 내 처지를 곧이곧대로 말할 필요는 없지 않은가? 어떻게 하면 이 어린아이에게 최대한 돌려 말할 수 있을까 궁리하던 나는 보통의 어른들에게 하는 것과 똑같이 말했다.

"아…… 나는 그냥 록 밴드에서 노래 부르고 있는데, 연습이 끝나서 집에 가는 중이었어."

"엥, 록 밴드요? 그럼 아저씨 이상한 사람 아니에요? 록 하는 사람들은 다 정상이 아니라던데."

이런 당돌한 아이를 봤나. 록에 대해 뭘 안다고 저런 말을 해? 스물다섯 살 먹은 어른이 고작 초등학생에게 이러는 게 어떻게 보면 철없어 보일 수도 있지만, 그 순간의 나는 어떻게든 반격해야 할 것만 같았다. 다름 아닌 록의 명예가 걸린 문제였다.

"야, 맨날 책만 보는 사람 머릿속도 정상적일 것 같진 않거든? 잘 모르면 조용히 해라."

"지금 뭐라 그랬어요? 말 다 했어요?"

"다 했으면 어쩔 건데?"

"척 보니까 살면서 읽어 본 책 열 권도 안 될 것 같은데 책 무시해요?"

"뭐, 열 권? 열 권?"

유치원생도 이것보단 지성 있게 싸울 것 같았다. 그렇게 한참을 티격태격하다가 내가 오른손에 들고 있던 쪽지를 툭 떨어뜨리자 다시 주울 새도 없이 아이가 먼저 그것을 낚아챘다.

"'꽃이 핀 아파트의 두 번째 놀이터로 와'? 이게 뭐예요?"

그제야 나는 퍼뜩 정신이 들었다. 아이와의 말싸움에 너무 열중한 나머지 이곳에 온 본래 목적을 까맣게 잊고 있었던 것이다.

"아 맞다, 나무에 그런 게 있더라고. 보니까 모란 아파트 2단지 놀이터를 말하는 것 같기에 여기 왔는데, 너랑 이렇게 되는 바람에……."

잠시 고요한 적막이 흘렀다. 아이는 민망했는지 괜히 쪽지를 더 자세히 들여다보더니 이내 무언가 발견한 듯 쪽지 뒷면을 손으로 짚으며 말했다.

"어? 근데 뒷면에도 뭐라 적혀 있네요? '1. 내가 가장 좋아하는 노래는?' ……아, 그리고 다음 쪽지는 내일 오후 5시까지 '은빛 돌고래가 물을 뿜는 곳'에 오면 찾을 수 있대요."

나는 쪽지를 다시 내 쪽으로 가져와 뒷면을 읽었다. 그러곤 잠시 후 아이에게서 연필을 빌려 질문 밑에 뭔가 써넣었다.

"뭐라고 쓰는 거예요?"

"질문을 했으니 답을 해야지. 내가 제일 좋아하는 노래는 이거야."

내가 적은 답은 미국 아티스트 프린스의 「뉴 파워 제너레이션」

이었다. 내게 밴드 보컬의 꿈을 안겨 준 노래이자 중학생 때부터 매일 빠짐없이 들어온 곡.

아이는 뒷장의 내용을 발견한 것은 자신이니 자신도 답을 써야 한다며 쪽지를 제 앞으로 가져가 뭐라고 적었다. 신기한 클래식 이름이었는데, 역시 문학인들의 정신세계는 보통이 아니라고 생각하며 나는 쪽지를 주머니에 넣었다.

은빛 돌고래가 물을 뿜는 곳이라, 아마 집 앞의 근린공원에 있는 돌고래 분수대를 말하는 것 같았다. 돌고래 앞에는 사람들이 동전을 던져 소원을 빌 수 있게 하는 그릇이 놓여 있으니, 은빛은 동전을 말하는 것일 터였다.

"그럼 저는 진짜로 들어가 봐야겠어요. 음…… 안녕히 가세요?"

아이는 책을 챙기곤 나에게 인사를 할지 말지 고민하는 듯하다가 말끝을 살짝 올려 인사하고는 집으로 뛰어갔다.

다음 날 4시 40분이 되었다. 쪽지에는 5시까지 오라고 적혀 있었지만 나는 혹시 몰라 조금 일찍 도착했다. 그런데 일찍 와도 분수대에 쪽지가 있는 걸로 봐선 아무래도 글쓴이는 준비성이 철저하거나 발이 빠르거나 둘 중 하나인 듯했다. 내가 추측한 장소가 맞았다는 사실에 안도하며 쪽지를 손에 들고 펼치려는 순간, 어제의 그 아이가 다가오는 것이 보였다. 똑같은 책을 팔에 끼운 채였다. 생각지도 못한 만남에 나와 아이는 마치 사전에 짠 듯 동시에 외쳤다.

"어?"

"웬일이야, 네가 왜 여기 있어?"

내가 아이를 바라보며 묻자 아이는 잠시 머리를 긁적이더니 말했다.

"쪽지의 필자가 말한 곳이 어디일까 생각해 봤는데, 근처에 돌고래와 관련된 곳이 여기뿐인 것 같아서요. 은빛이 동전을 상징하는 것 같기도 했고요."

정확히 나와 같은 생각을 한 모양이었다. 근데 필자가 무슨 뜻이지? 초등학생이 아는 단어를 내가 모르면 어제 아이가 말한 '책열 권도 안 읽어 본 사람'이라는 주장이 사실이 되는 것 같아 잠시 망설였지만, 결국 호기심에 못 이겨 아이에게 물었다.

"그…… 혹시 필자라는 게 무슨 뜻이냐?"

"헐, 아저씨 그걸 지금 질문이라고 하는 거예요? 초등학교 나온 사람 맞아요?"

"아니, 뭐, 모를 수도 있지! 나는 너처럼 책 자주 읽는 사람도 아닌데……."

역시 말하지 말걸 그랬나. 얼굴이 화끈거리는 것을 느끼며 어서 뜻이나 알려 달라고 아이를 보챘다. 그러자 아이는 큭큭 웃으며 말했다.

"장난이에요. 필자는 글을 쓴 사람을 말해요. 그러니까 쪽지의 필자라는 건, 쪽지를 쓴 사람이 되는 거죠."

뭐야. 생각만큼 어려운 단어는 아니었네. 필자, 필자…… 머릿속에서 계속 되뇌다 보니 말한 적이 없는데도 입에 착 붙는 느낌이었다.

"그나저나 너도 쪽지를 찾으러 올 줄은 몰랐는데. 왜 온 거야?"

"그냥 재미있어 보여서요. 그리고 어차피 집에 들어가면 부모님 때문에 공부밖에 못 해서 심심해요."

어제도 느꼈지만, 부모님이 엄격하신 집안인가 보네. 저렇게 어린 나이에는 좀 놀게 해도 괜찮을 텐데. 나는 속으로 혼잣말을 하며 아이와 쪽지를 확인했다.

'첫 번째 쪽지에 적힌 아파트 단지의 모든 곳을 한 번에 볼 수 있는 장소, 내일 오전 6시까지.' 앞면에는 그렇게 적혀 있었고, 뒷면에는 '2. 살면서 가장 행복했던 순간은?'이라 적혀 있었다.

이럴 줄 알고 이번에는 네임펜을 챙겨 왔지. 나는 네임펜 뚜껑을 뽑아 펜 뒤쪽에 끼우고서 질문 밑에 '처음으로 내가 만든 곡을 불러 봤을 때'라고 썼다. 아이는 '처음으로 소설을 읽었을 때'라고 적곤 내가 쓴 답을 보고 말했다.

"아저씨 작곡도 해요? 몰랐는데 할 줄 아는 게 되게 많은가 보네요. 좀 멋진걸요."

"에이, 작곡은 무슨……."

아이는 다시 봤다는 눈빛으로 날 바라봤다. 아이가 한 말은 칭찬이라기엔 살짝 밍밍했지만, 그래도 사람의 마음을 간질거리게 하는 힘 정돈 있었다. 이번엔 내가 아이에게 물었다.

"너는 소설 읽는 게 그렇게 좋아?"

그러자 아이의 얼굴에 화색이 돌았다. 마치 기다렸다는 듯 즐거운 모습으로 아이는 말했다.

"그럼요! 책을 읽으면 제가 그 주인공이 된 것 같은 기분이 들어요. 어딘가에 가지 않고 그저 페이지를 넘기는 것만으로도 다른 세계를 여행할 수 있다는 건 정말 멋진 일이라고 생각하지 않으세요? 매일매일 학교랑 집만 반복하면 너무 재미가 없는데, 책을 읽기 시작하면 주변이 책 속 세계로 가득 차요. 저는 그 기분을 너무나 사랑해요."

세상에, 한번 말을 시작하면 누가 말리기 전까진 멈추지 않는 것. 전형적인 오타쿠의 특징인데. 역시 이 아이는 내가 음악에 그런 것처럼 책을 광적으로 좋아하나 보다.

"그런데 첫 번째 쪽지의 아파트면 모란 아파트 2단지 같고, 단지의 모든 곳을 동시에 볼 수 있는 곳은 어디일까요? 엄청나게 높은 건물 꼭대기? 그럼 우리 동 옥상인데. 근데 옥상 문은 보통 잠겨 있지 않아요?"

"내 생각에 건물 옥상은 아닌 것 같아. 흠…… 단지의 모든 곳을 동시에 볼 수 있는 장소라……."

날도 더운데 머리를 너무 많이 써서 그런지 갑자기 목이 말랐다. 집까지 다녀오기는 너무 멀었으므로 앞에 있는 경비실에서 물을 얻어먹기로 했다. 아이는 그동안 책을 읽으며 기다리겠다며 팔에 끼워져 있던 책을 펼쳤다.

아, 시원해! 사십 걸음씩이나 걸어온 보람이 있었다. 종이컵에 물을 가득 채워서 세 번이나 마신 후 경비 아저씨께 감사하다고 인사드리고 밖으로 나오려던 참이었다. 카메라 렌즈의 초점이 맞춰지듯 내 눈에 뭔가 포착됐다. 경비 아저씨가 보고 계신 모니터 두 개. 그 속에는 아파트의 각 동과 놀이터, 단지 내 공원이나 길거리의 모습 등 말 그대로 '아파트의 모든 곳'을 실시간으로 송출하고 있었다. 바로 이거였다. 나는 경비실을 뛰쳐나와 아이에게 달려갔다.

"찾았어! 쪽지에 적힌 장소, 어딘지 알겠어!"

"정말요? 어딘데요?"

"정답은 경비실이었어. 아파트의 모든 곳은 CCTV 화면을 말한 거였어."

그러자 아이는 알겠다는 듯 박수를 한 번 짝 치며 말했다.

"아 맞네요! 왜 그 생각을 못 했지? 그럼 종합해 보면, 내일 오후 6시까지 모란 아파트 2단지의 경비실로 오라는 소리겠네요."

"그렇네! 그럼 내일 거기서 만나면 되겠다."

말을 마치자마자 살짝 후회했다. 어제까지만 해도 말싸움하던 사이였는데, 자연스럽게 내일의 만남을 약속해 버린 것이다. 하지만 다행히 아이도 아무렇지 않게 그러자고 대답해 주었다.

내일 있을 일이 기대되는 것은 참으로 오랜만이었다.

다음 날의 쪽지는 예상대로 경비실에 있었다. 그곳에 쓰인 질문은 '3. 내 어릴 적 꿈은?'이었다. 나는 밴드의 보컬이라고 적었고, 아이는 지금의 자신도 어린데 얼마나 더 어릴 적을 생각해야 하냐며 투덜거렸지만, 어차피 자신의 꿈은 여태 변함없었다며 작가라고 적었다.

그다음 날의 쪽지는 배드민턴장의 네트에 걸려 있었다. '4. 현재 나의 꿈은?' 아이와 나는 모두 어제와 같은 답을 적었다. 그날 우리는 편의점에서 아이스크림을 사 먹었다. 물론 아이의 것은 내가 사 줬다. 그래서인지 이날은 아이의 눈이 좀 더 부드러워진 기분이었다.

또 다음 날의 쪽지는 구청의 분실물 보관소에서 찾을 수 있었다. 그 많은 분실물 사이에서 조그만 쪽지 하나를 찾는 일은 생각보다 많은 인내를 요구했다. 희한하게도 이날은 질문은 하나였지만 장소가 다다음 날의 것까지 두 군데가 적혀 있었다. '5. 내가 생각하는 이상적인 삶이란?' 이상적이라는 말이 뭔지 몰랐던 나는 필자 때처럼 아이에게 질문했고, 아이는 사전적 의미는 내가 이해하기 어려울 거라며 '내가 상상할 수 있는 가장 완벽한 상태'라고 알려 줬다. 쓸 말이 너무 많아 고심 끝에 나는 '마음껏 음악을 할 수 있는 상태'라고, 아이는 '사방이 책장으로 둘러싸인 곳에서 지내는 이'라고 적었다.

벌써 여섯 번째 쪽지였다. 나는 이날 아이를 볼 수 없었다. 동네에서 가장 큰 소나무 밑에서 발견한 그 쪽지에는 '6. 나를 가장 행복하게 만드는 것은?'이라 적혀 있었다. 나는 '부르고 싶은 노래를 부르는 것'이라고 적으며 아이라면 어떻게 답했을지 상상했다. 그날 밤, 침대에 누워서까지 아이 걱정을 하느라 나는 늦게까지 잠들 수 없었다.

오늘은 토요일이다. 잠을 설친 탓인지 몸의 근육이 잘 움직이지 않았다. 일어나서 휴대폰을 켜니 작년보다 한 주 빠르게 장마가 시작됐다는 뉴스가 보였다. 쪽지에 적힌 2시까지는 아직 한 시간이 남아 있었지만, 아이가 걱정되기도 했고 미리 가서 산책이나 하고 있을까 해서 나는 평소보다 집을 일찍 나섰다. 다섯 번째 쪽지에서 언급된 오늘의 장소는 도서관 앞 벤치였다. 뉴스에 나온 대로 온 사방이 비에 젖어 있어 슬리퍼를 신고 나올걸, 후회하던 중이었다. 그때, 뇌에 번개가 치듯 갑자기 무서운 생각이 머릿속에 스쳤다. 비가 왔으니 쪽지도 비에 젖어 못 읽게 되거나 사라진 게 아닐까? 정신을 차려 보니 나는 이미 전력 질주를 하고 있었다.

다행히 아이는 나보다도 먼저 그곳에 가 있었다. 저기 멀리서 아이가 나를 향해 뭐라고 소리치는 게 보였지만 잘 들리지 않았다. 아이도 나처럼 쪽지가 걱정되어 일찍 나온 것 같았다. 마침내 아이에게 도달했을 때, 그제야 아이의 목소리를 선명하게 들을 수 있었다.

"쪽지가 없어요! 비에 휩쓸려 가 버렸나 봐요!"

"뭐?"

정말이었다. 우리는 다시 한번 모든 벤치를 샅샅이 뒤져 봤지만, 쪽지로 보이는 것은 어디에도 없었다. 정말로 비 때문에 어디론가 떠내려가 버린 모양이었다.

우리는 처음 만났던 놀이터로 터덜터덜 걸어가 그네 두 개에 하나씩 자리를 잡고 앉았다. 이곳에 앉아 보는 게 몇 년 만이더라. 비록 완전히 똑같은 그네는 아니었지만, 성인이 되고 어릴 적 앉았던 곳에 다시 앉으니 감회가 새로웠다.

"어제는 왜 안 왔어? 걱정했는데."

"부모님 때문에요. 요즘 부모님 몰래 어디서 뭐 하고 다니는 거냐고, 하루 동안 외출 금지당했어요."

"아…… 많이 혼났어? 괜찮아?"

"전 괜찮아요. 근데 어디로 갔을까요, 그 쪽지."

"그러게 말이다. 이렇게 갑자기 끊길 줄은 몰랐는데."

기분이 이상했다. 오랜만에 열성을 다할 일이 생겨 기뻤는데, 내가 아닌 다른 것에 의해 그것이 중단될 줄은 정말 상상도 하지 못했다. 어차피 별다른 목표 없이 시작하게 된 쪽지 찾기라 어찌 보면 당연한 결과일 수도 있지만, 그래도 나는 아이를 만나 쪽지에 암시된 시간과 장소를 확인하고, 쪽지에 적힌 질문에 답을 하고, 다음 날을 기약하는 일련의 과정을 즐기고 있던 것이다. 설상가상으로 이젠 이 아이와 만날 명분도 없었다. 사실 그동안 이 아이와도 정이 많이 들었는데. 그제야 나는 내가 느끼는 감정이 아쉬움이라는 것을 깨달았다. 아이도 나와 같은 생각을 하고 있을까?

아이는 그 발짓이 아이의 심정을 대신하는 듯 발밑에 있는 돌부리를 툭툭 건드리다가 말했다.

"이미 아시겠지만, 제 꿈은 작가예요. 글을 쓸 때면 전 세상에서 가장 행복한 사람이 되거든요. 마치 아저씨처럼요. 나중에 크면 꼭 작가명에 제 이름이 박힌 책을 낼 거예요."

"……."

"그런데 부모님은 제가 책 읽고 글 쓰는 걸 싫어하세요. 글은 먹고사는 데 도움이 안 된대요. 제가 글을 좋아하게 된 게 작은 동네에서 자랐기 때문이라고 생각하시나 봐요. 내일 당장 서울로 이사 간다고 하는 걸 보면."

잠깐. 내가 제대로 들은 게 맞나? 아이의 말을 들은 순간 입에서 "어?" 하는 바보 같은 소리가 흘러나왔다. 너무 놀라 말도 제대로 나오지 않았다.

"너, 너 이사 가? 내일 당장? 진짜?"

아이는 나이답지 않게 쓴웃음을 지으며 고개를 끄덕이고는 나를 똑바로 쳐다보며 말했다.

"제 상의도 없이 이미 다 결정해 놨더라고요. 난 어제 알았는데. 조금 일찍 알았으면 좋았을 텐데요. 아저씨 음악, 꼭 한번 들어 보고 싶었는데."

"록 음악 안 좋아한다고 하지 않았어?"

"생각이 바뀌었어요. 아저씨처럼 음악을 진심을 다해 사랑하는 사람의 노래라면, 어떤 장르든 꽤 멋질 것 같아요."

말이 끝나자마자 나는 하늘을 올려다봤다. 이렇게 하지 않으면 눈앞이 뿌예질 것 같았다.

"'세상에서 가장 위험하고 긴 항해를 한 번 끝냈다 해도 뒤에는 두 번째 항해가 기다리고 있을 뿐이며, 두 번째 항해를 끝냈다고 해도 뒤에는 세 번째 항해가, 그 뒤에도 또 다른 항해가 영원히 기다리고 있을 뿐이다. 그렇다. 세상에서의 우리의 노고란 그처럼 모두 끝이 없고 견뎌 내기가 힘든 것들이다.'『모비 딕』에 이런 문장이 나와요. 저는 내일, 제 인생의 첫 번째 항해를 떠나는 거예요. 아마 길고 힘든 여정이 되겠죠. 하지만 절대로 파도에 휩쓸리지 않을 거예요. 그러니까 아저씨도 물살에 주눅 들지 말고, 하고 싶은 일을 지켜 내세요. 그래서 나중에 우리가 다시 만났을 땐, 아저씨는 제게 음악을 들려 주고, 전 아저씨한테 제 글을 보여 주는 거예요. 약속!"

그렇게 말하며 자신의 새끼손가락을 내보이는 아이에 나는 그저 말없이 나의 새끼손가락을 마주 얽는 것밖에 할 수 없었다.

"그럼 안녕히 가세요. 고마웠어요, 아저씨."

나도 작별 인사를 하려는 순간, 문득 나는 아직도 이 아이의 이름을 모른다는 사실을 깨달았다.

"저기, 너는 이름이 뭐야?"

그러자 아이는 그걸 이제 물어보냐며 킥킥대다가, 여태 본 적 없는 가장 맑고 해사한 웃음을 지으며 대답했다.

"지찬솔이요!"

찬솔과 헤어진 지 4일째. 나는 요 근래 가장 침울한 기분으로 잠에서 깼다. 짧은 시간이었지만 매일의 작은 기쁨이 사라진 자리는 생각보다 컸다. 이대로 집에만 있어 봤자 좋을 게 없을 것 같아 떠오르는 생각을 애써 가라앉히고 새벽 운동을 나갔다. 들어오는 길에는 우편함을 확인하는 것도 잊지 않았다.

어? 그런데 우편함에 뭔가 있었다. 크기가 조금 큰, 접히지 않은 쪽지였다. 혹시, 설마. 급하게 꺼내느라 모서리가 살짝 구겨졌지만 나는 개의치 않고 쪽지를 읽기 시작했다. 그것의 앞면에는 반듯하면서도 어딘가 어린 티가 나는, 척 봐도 초등학생 것인 글씨로 이렇게 적혀 있었다.

'마지막 쪽지를 찾으신 걸 축하드립니다! 이제 뒷면에 적힌 마지막 질문에 답을 하시고 여태까지의 쪽지에 썼던 답을 전부 모아 보면 당신이 해야 할 일을 알 수 있어요!'

그리고 뒷면에는 이렇게 쓰여 있었다.

'7. 당신에게는 온 생을 바칠 정도로 좋아하는 게 있나요?'

집에 들어가자마자 7개의 쪽지를 바닥에 좌악 펼쳤다. 첫 번째 질문부터 시작해 내가 여태 쓴 답들을 찬찬히 살펴봤다.

내가 가장 좋아하는 노래는 처음 꿈을 안겨 준 프린스의 「뉴 파워 제너레이션」, 가장 행복했던 순간은 내가 직접 만든 노래를 불러 봤을 때, 내 어릴 적 꿈과 지금의 꿈은 모두 밴드의 보컬, 내가 생각하는 가장 이상적인 삶은 마음껏 음악을 할 수 있는 삶, 날 가장 행복하게 만드는 것은 부르고 싶은 노래를 부르는 것. 거기까지 보았을 때 마지막 쪽지에 대한 답은, 적는 것이 의미가 없었다. 모든 것이 분명했기 때문이다. 이 모든 쪽지들이 가리키고 있는, 내가 온 생을 바쳐 좋아해 온 하나의 일. 음악이었다.

빛이 들지 않는 케이스에 고이 보관되어 있던 마이크를 떨리는 손으로 쥐었다. 몇 개월 만에 잡아든 마이크로 무슨 노래를 불러야 할지 한참을 생각했다. 고심 끝에 정한 노래는 내가 첫 번째로 만들었던, 두 번째 쪽지에 적었던 바로 그 노래였다. 너무 어릴 적에 만들어서 몇 번의 수정을 거치긴 했지만 그래도 나의 처음이 묻어 있는 노래. 반주는 없었지만 아무래도 좋았다. 나는 노래를 부르기 시작했다.

첫 소절을 부르자마자 나는 영화의 한 장면처럼 어린 날의 나로 되돌아갔다. 「뉴 파워 제너레이션」부터 시작해 프린스의 노래를 종일 듣고, 꿈이 생기고, 처음 마이크를 만져 보고, 본격적으로 음악을 공부하기 시작하고, 고등학교에서 친구들을 만나 열심히 연습해 데뷔에까지 이르는 과정이 주마등처럼 머릿속에서 스쳐 지나갔다. 잠시 잊고 있었던 나의 음악에 대한 동경과 열정을 다시금 깨닫는 순간이었다. 결국 나는 1절을 마치기도 전에 어린아이처럼 펑펑 울어 버렸다.

나는 그날, 멤버들을 전부 불러 모아 처음으로 무한 리필이 아닌 곳에서 회식을 했다.

마지막 쪽지를 발견한 날 이후로 약 1년하고도 반이 흘렀다. 뿌리 염색을 해서 아직도 그때와 같은 애시블루색 머리지만, 머리카락을 자르지 않아 이제는 어깨까지 오는 단발머리가 되었다.

이제 멤버들 모두 현실을 직시할 나이였기에 활동을 재개하는 것은 쉽지 않았다. 멤버 중 둘은 취업 전선에 뛰어들겠다고 했고, 하나는 부모님의 가게를 물려받는다고 했다. 하지만 취업 준비를 하던 두 명은 면접관의 '무엇을 할 때 가장 행복한가요?' 질문에 음악 말고는 떠올리지 못해 다시 돌아왔고, 한 명에게선 오늘 연락이 왔다. 저녁에 술이나 한잔하자는 간단한 메시지였다.

나는 아직도 어딘가에서 고래를 볼 때면 찬솔을 생각한다. 찬솔이 읽고 있던 책을 생각한다. 하지만 아직까지 찬솔을 다시 만

난 적은 없다. 그저 어딘가에서 계속 자신만의 글을 쓰고 있겠구나, 어렴풋이 짐작할 뿐이다.

오늘은 마치 내가 첫 번째 쪽지를 발견했던 날처럼 안개 껴서 앞이 잘 안 보이는 날이었다.

나는 1년 반 전의 나를 떠올렸다. 꿈을 잃고 방황하던 스물다섯 살의 나를, 나의 어린 친구와 함께 쪽지를 찾아다니던 짧은 날들을, 그때의 나처럼 이 세상 어딘가에 있을 꿈을 잃은 누군가를 떠올렸다. 순간, 나는 기발한 생각이 났다.

오늘은 산책을 마치고 돌아오는 길에 내 손바닥 4분의 1만한 조그마한 편지지 여러 장을 샀다. 처음 쪽지를 발견했던 순간을 생각하며 글씨를 쓰기 시작한 나의 손은 미세하게 떨렸다.

한참 만에 작성을 마친 나는 밖으로 나갔다. 두 번을 곱게 접은 쪽지를 오른손에 든 채였다. 어디에 두는 것이 좋을지 고민하던 나는 나무에서 쪽지를 처음 발견했을 때 안개 때문에 잘 보이지 않았던 것과 벤치의 쪽지가 비에 휩쓸렸던 것을 생각했다. 안 되지, 안 돼. 나는 자연 현상이 누군가의 쪽지 찾기를 방해하는 것을 원하지 않았다. 나는 집 앞의 지붕 있는 정류장으로 발걸음을 옮겼다.

집으로 가는 나의 발걸음은 점점 빨라져 경쾌한 리듬을 자아냈고, 얼굴에는 나도 모르는 사이에 미소가 슬슬 번졌다. 훗날, 누군가에 의해 펼쳐진 쪽지의 앞면에는 이렇게 적혀 있을 것이다.

'꽃이 핀 아파트의 두 번째 놀이터로 와.'

제31회 대산청소년문학상 수상 작품집

베개 위의 수목원

1판 1쇄 찍음 2023년 11월 17일

1판 1쇄 펴냄 2023년 11월 24일

지은이 최지우, 장재희 외

발행인 박근섭, 박상준

펴낸곳 **(주)민음사**

출판등록 1966. 5. 19. 제16-490호

주소   서울시 강남구 도산대로 1길 62(신사동)

          강남출판문화센터 5층 (우편번호 06027)

대표전화 02-515-2000 | 팩시밀리 02-515-2007

www.minumsa.com

www.daesan.or.kr

© 재단법인 대산문화재단, 2023. Printed in Seoul, Korea

ISBN 978-89-374-4598-9 (03810)

* 잘못 만들어진 책은 구입처에서 교환해 드립니다.